—————— 阅读之前 没有真相

午 夜 文 库

积木花园

白月系 著

新 星 出 版 社　NEW STAR PRESS

人物表

花

祝嵩楠	19	大学生,七星馆所有者之子,海谷诗社成员
钟智宸	22	大学生,海谷诗社社长,纨绔子弟
齐安民	20	大学生,海谷诗社副社长,通称"大哥"
林梦夕	21	大学生,海谷诗社成员,青年诗人
秦言婷	21	大学生,海谷诗社成员,警察的女儿
周 倩	23	会计师,海谷诗社前成员,通称"学姐"
朱小珠	21	大学生,海谷诗社成员,存在感薄弱
庄 凯	22	大学生,海谷诗社成员,负责后勤工作
奚以沫	20	大学生,海谷诗社成员,讽刺家
余馥生	21	"我",大学生,海谷诗社成员,记录者

木

赵书同	[63]	七星馆的前任所有者
赵 果	[34]	赵书同长女
许远文	[44]	赵果的丈夫,建筑师
赵 乔	45	赵书同次女
赵思远	[25]	赵书同长子
张志杰	22	大学生

陈　诚	24	林业局职员
周向宇	32	量贩式 KTV 员工
黄阳山	23	建筑工人
邱亚聪	38	救护车驾驶员
阿　海	??	写下手记的孩子
谬尔德	??	白越隙的合租人，自称侦探
白越隙	22	大学生

* 用"[ ]"标注者为享年

目 录

1	手记 积木花园
30	一 朽木
40	二 繁花
67	三 斫木
80	四 火花
111	五 梁木
140	六 绣花
172	七 棺木
192	八 散花
219	九 神木
248	尾声 花园积木
250	后 记

手记 积木花园

自从作文得了 B 的那天起，我就变得讨厌去上学了。

那篇作文的题目是《我的梦想》，我在里面写道："我想当'感动中国'人物！"我其实没有看过《感动中国》这个节目，只是经常听妈妈提起而已。她说，那是中央电视台每年播出一次的节目，会评选出上一年全国最伟大的几个人。能上中央电视台！光是听到这一点，我就觉得很了不起了。我把这个想法写进作文里，刘老师却写下"太抽象"的评语。真搞不懂要怎样她才能满意。

刚上小学的时候，刘老师就一遍又一遍地在我们耳朵边上重复：学校是学习知识的地方，学生只有学到了知识才能成为对社会有用的人，长大报效国家。说完这句话，她还会让我们在座位上摆好姿势，然后逐一检查。左手横着摆在胸前，右手横着叠在左手上面。如果需要举手发言的话，就以手肘为支撑点，让右手的小臂转四十五度，变成立起来的姿势，"举手"的动作就完成了。

每当摆出这个姿势的时候，我都会联想到哥哥给我讲过的"铡美案"，把右手往下落，脑海里想象着"咔嚓"的声音。我没有见过什么"狗头铡"，只是听了哥哥的描述以后，单纯地从家里的裁纸刀上进行联想，认定那会是一种凶暴的武器。哥哥讲故事的时候,还会哼哼唧唧地念出一段词来,不过我听不懂,也不觉得好听。

但是,如果光是想象这种场面而出了神的话,可能会被刘老师点名。刘老师一旦生气了,就会把左边的眼睛瞪得大大的,右边的眼睛却是一眨一眨的。爸爸常说"左眼跳财,右眼跳灾",所以我觉得刘老师生气起来,可能就要有不好的事情发生了。但我又不想告诉她。

有一次,在上课的时候,她突然把粉笔头从"日照香炉"的"炉"字上挪开,"啪"地朝我丢过来。其实她瞄准的是我身后的晨欣,但她丢得不够准,砸到了我。即使如此,她也没有道歉,所以我讨厌刘老师。

我不想告诉她"右眼跳灾"的秘密,只告诉了家豪这件事。没想到,家豪听了之后,反而对我说:"有这回事吗?"我觉得很不可思议,我本以为每个人都知道刘老师的习惯。我想,难道只有我一个人发现了这个秘密吗?这让我感到很高兴,我想把这件事告诉更多的人,但是又担心刘老师知道了会生气。最后,我还是没有告诉其他人。

我讨厌刘老师,但这不是我讨厌上学的原因。讨厌刘老师和讨厌上学,是互不相干的两件事情。就好像我也讨厌上课时把两只手叠在一起的姿势,坐久了会让人觉得很不舒服,有种想要跳起来大喊大叫的冲动;但这也和我讨厌去上学没有关系。

话说回来,一开始我以为这种姿势是非常重要的东西,但二年级开始就没有什么人坚持这么做了。第一个放弃的人一定是勇士,是他让我们确信,老师们已经不会因为我们把两只手舒展开来而大发雷霆了,所以我们也没什么可担心的。不过,如果班里要上"公开课",大家就又得重新摆出这个姿势。每到那个时候,大家都会非常认真地做好这一点，仿佛整个班级正在面对一个共同的敌人，必须团结起来才能打赢这场战斗。

我也不喜欢公开课，但只是"不喜欢"而已，并没有到"讨厌"的程度。对我来说，"不喜欢"和"讨厌"是完全不一样的概念，比如眼保健操是"不喜欢"的，早操就是"讨厌"的。而且我也并没有讨厌学校里的每一件事，至少每天中午的点心我是很喜欢的。老师通常会给我们发馒头，但那种馒头和妈妈做的馒头不一样，里面会夹着咸咸的东西。我觉得那东西很神奇，只是加了那么一点点，整个馒头就变得好吃了。

可是家豪不喜欢吃那种馒头。他总是偷偷把馒头藏起来，放学之后想办法丢掉。我觉得很浪费，但又不好意思对他说什么。他告诉我那个东西是"咸菜"，我也就一直这么叫着，可直到不久前我才知道那不是"咸菜"，而是应该叫"腌菜"。这是哥哥告诉我的，虽然我也不明白它们之间的差别，但比起家豪，哥哥应该是更为可信的。可是，"腌"这个字好难写，我花了点时间才记住。比起学会点心的正确叫法，学会一个生字带给我的喜悦更大，如此看来，我也不讨厌学习。

但我就是不喜欢上学。

我不觉得学习和上学有什么必然的联系，就算是把我送到学校里去的妈妈，也不会像刘老师那样，把"学校是学习知识的地方"这样的话挂在嘴巴边上。只是学习的话，在哪里都可以做。就算是上课的时候，我也很少去理会老师说的话。

不管是晚上回家之后需要完成的作业，还是考试时发下来的考卷，只要能够做出来，就说明我的学习成果是存在的。而且，我的成绩并不差劲，虽然我的普通话说得还是不好，但语文考试不会要求我站起来讲普通话。我只需要把正确的汉字写上去就可以了，通常情况下我都能写对，所以我从来没有被刘老师批评过。

硬要说的话，我觉得写作业的过程比上课舒服多了。上课的时候，老师会关注我们的一举一动，而我也不得不去关注老师的一举一动。但我对老师的一举一动并没有什么兴趣，所以这让我感到很麻烦。

这种麻烦即使是在下课时间也不会消失，因为除了老师，我的周围还有好多同学。我也不喜欢和他们玩，只有当有人打架的时候，我才会对大家产生一点儿兴趣。这样的事情每周都会有，通常是浩瀚和晨欣他们惹出来的事情。只要他们不来找我的麻烦，事情就还是比较有趣的。

不过，他们有时候也的确会来找我的麻烦。有一次我被打肿了眼睛，只好告诉家里人，那是和家豪玩的时候摔伤的。

家豪是一个例外，因为他家就在我家的隔壁，所以在我眼里，他不是学校里的同学，而是普通的邻居。虽然是邻居，但他从不和我一起上学。在我看来，学校里的家豪和家里的家豪，就好像是两个家豪，彼此之间没有必然的联系。这种感觉很奇妙，而且我依然可以和家里的家豪若无其事地提起白天发生的事情，尽管和我一起上课的是另一个家豪。

当然，我在学校里也是会和他说话的，但这对我来说并不是必要的事情。不做这些事情，我一样可以很好地活下去。这大概也是我对上学的看法。

妈妈也没有强迫过我去上学。她很爱我，这一点是她自己告诉我的。她和我说话的时候，总是喜欢用"阿海，妈妈爱你，所以……"这样的句式来开口。她不会像爸爸那样时而温柔时而暴躁、脸上的表情总是差不多一样的。不知道为什么，我有些害怕那样的表情。不过这也比姐姐的表情来得好，姐姐总是皱着眉头，好像只是平常地生活着，就已经有什么非常不好的事情发生了一样。

每天早上，妈妈和姐姐都会做好早饭给我吃。早饭的馒头没有学校里的馒头好吃，但如果没有进行对比的话，或许我就不会觉得学校的馒头好吃了。这是哥哥教给我的思考方式。我不是很能理解，但哥哥说的应该是对的吧。哥哥也和我吃一样的早餐，但他是初中生，而且学校在镇子外面，需要比我更早起床出门上学。按照妈妈的说法，哥哥是要考高中的。也就是说，家里最聪明的人应该是哥哥，因为除了他以外，还没有人能够去高中念书。

我也几乎没见过哥哥苦恼的样子。不仅如此，他还有好多课本以外的书。他经常借我看画着恐龙或者太阳系的画报，靠着这些好玩的画报，我学会了好多课本里没有的东西。不知道为什么，这些画报的封面上总是写着姐姐的名字。

画着太阳系的画报里讲的内容最为深刻，还能看到一些就连我也记得的事情，比如杨利伟和"神舟五号"。虽然记忆已经很模糊了，但我还是能隐约想起当时家家户户都在关注这件事的热潮。按照推算，那个时候我只有六岁，还没有开始上学呢。我已经想象不出自己上学以前是什么样子的了，对我来说，现在几乎已经没有办法想象一段不用上学的生活，这是不是说明上学这件事早已侵入我的意识里了？

我对于宇宙的兴趣其实一般，至少不会超过家豪。有一次，我从画报上看到一种叫作"虫洞"的东西，能使人进入另一个时空。宇航员穿过虫洞，就会回到过去的时空，一下子变成年轻人。光是想象一下就觉得很神奇，可惜除了想象之外，我也没有什么可以做的了。

但是，我和家豪说起这些想法的时候，他却说并不是那样，宇宙里根本不存在什么能够连接不同时空的虫洞，宇航员变年轻其实是因为一种叫"相对论"的原理。明明自己也没有去过宇宙，却一口咬定虫洞不存在，真是太武断了。就算那个什么相对论是真的，虫洞也一样是有可能存在的呀！我难以赞同他的想法，但也不准备说服他。如果和家豪吵起来了，最后我一定会感到后悔的吧。我没有办法用虫洞回到过去，所以一旦做了什么令自己感到后悔的事情，就无可挽回了。

家豪不仅懂得宇宙，还懂得许多稀奇古怪的东西。他有一个在大城市工作的表叔。从记事起，我们就叫他"表叔"，好像这两个字就是专门为了形容那个留着一字胡的圆脸叔叔而发明的。表叔只在过年的时候出现，每次他出现之后，家豪的家里就会多出一些亮闪闪的玩具。画报里的恐龙和宇宙飞船，在他家都能看见实物。变形金刚和铁甲小宝的模型，也都只能在他家见到。

最让我羡慕的还是家豪的积木。那是前一年春节，表叔带来的。我自己家里也有积木，三角、圆柱、正方的木头，都有很多。但我不喜欢它们，一是因为它们能搭建的造型非常少，二是因为它们都是粉色的。尽管不是明亮的粉色，而是灰蒙蒙的、已经掉色的粉色，我还是不喜欢。我是男孩子，当然不该喜欢粉色了。

家豪的积木则完全不一样了。正月初三那天，我去他家玩，他"哗啦啦"一倒，各种颜色的塑料片就在地板上堆成了小山。我捡起一片来看，发现那上面有一片一片圆形的凸起。我小时候经常吃的药片，看上去也是这个样子的，我曾经很喜欢在吃完药片之后，把那些透明的凸起摁下去，或者撕掉背面那些银闪闪的亮片。

但是家豪拿出的东西则完全不一样，它摁不动，也没有亮闪闪的部分。他把两块塑料片上下扣合，"啪嗒"一声，它们就像被黏住一样分不开了。然后，他告诉兴奋的我，这个东西也叫"积木"。跟我认知中的积木完全不一样，但既然连馒头都有两种，那么积木有许多种也不是什么稀奇的事情。我很快跟家豪玩了起来。

在说明书的指导下，我们用一个下午的时间，把积木山变成了一艘宇宙飞船。那些说明书对我来说太抽象了，但家豪却能很好地理解其中的意思。飞船的外形和家豪本来就有的宇宙飞船模型差不多，还显得更粗糙一些，毕竟塑料片都是方形的，飞船自然也显得方头方脑的。最后，他还拿出一个穿着宇航服的小人，固定在飞船里面。这下就算彻底完成了。

我们兴奋了一阵子。第二天，我兴冲冲地去找家豪，问他还想不想玩积木。谁知，他却一脸疑惑地回答："昨天不是拼好了吗？"我进屋一看，飞船正摆在他的书桌上，白色的小人也直挺挺地站在原处。我突然明白了我和家豪的不同：我喜欢把积木组合成各种各样的东西，但家豪眼里的积木，只有这一种组合方式。

真可惜。没有办法让积木按我的意愿组合，对我来说是一种遗憾。但是，我还是不会因此去反驳家豪的。就像当初关于虫洞的争论一样，我不介意家豪和我有不同的看法。他比起我，更相信唯一确定的答案。对此，我只是觉得很可惜，但依然把他当成最好的朋友。

除了我以外，没有人知道家豪有那么多的玩具。他和我一样，属于乖孩子，从来不会把那些东西带到学校去。要是带去了，他或许会在班上很有人气的。

虽然"隔壁的家豪"和"在学校的家豪"不是同一个人，但除了他以外，我在学校里也没有其他可以谈论各种话题的对象。比起什么虫洞和宇宙飞船，班里的人对"宇宙"的认知，多半还停留在只知道太阳系的阶段。

晨欣就有一张名叫"黑洞"的卡牌。那是从校门对面张伯的杂货店那里买来的对战卡，属于相当昂贵的玩具，每包卡片里都放着效果不一的卡牌，要抽到什么样的卡牌全靠运气，而"黑洞"更是其中特别稀有的一张——我对这种对战卡的理解也就到这里而已了，毕竟我自己是从来没有机会，也不会想要去接触它们的。

有一天，出现了非常非常罕见的情况，所有的老师都由于各种各样的原因没法来主持上午的第二节课，班长便宣布我们自习。我之前只是听说过"自习"这个词，还没有实际体验过，所以觉得有点儿新鲜。但大家对自习的看法好像和我不大一样，不出十分钟，教室里就乱成一锅粥了。就在我捂着脑袋趴在桌上，不知道该怎么办的时候，背上传来了被硬邦邦的物体戳中的感觉。我回过头，发现晨欣正捏着自己的2B铅笔，笑嘻嘻地看着我。

"来玩呗？"

他亮出另一只手，一沓漂亮的对战卡出现在那里。

我如实告诉他我不会玩。他看起来有点意外，也有点生气。"试一下就会了！我教你！来！"他这样嚷嚷着。和他同桌的女生正若无其事地看着手中的课本。本来我也应该是那样的状态，但如果惹怒了晨欣，不知道会发生什么事情。

我不情愿地伸手接过半沓洗好的对战卡。晨欣简单地向我说明了一下规则，出人意料的是，那规则怎么听都像是自己编的。用卡片左上角的大数字，减去对方卡片正中央的小数字。他对于对战卡的理解，或许和我对于宇宙的理解一样肤浅。

我到最后也没有对对战卡产生兴趣，但晨欣似乎为找到新的"牌友"而感到兴奋了。那之后，就算是下课时间，他也会主动来找我说话，这在以前是不可能发生的事情。在他的推动下，我们甚至开始在上课的时候打牌。具体的操作方式是由他将自己要使用的卡牌从后桌传给我，我选择想出的牌，再传回给他。

虽然我对对战卡没有兴趣，但是对待上课的态度本来也差不多，放弃一件没有兴趣的事情，转而做另一件没有兴趣的事情，这是很平衡的。我告诉自己，如果拒绝了晨欣，可能会招惹来不必要的麻烦。事实上事情可能没有那么严重，也可能比那还要严重。总而言之，我选了最不费脑子的选项。

随着后背被铅笔戳弄的次数增加，我对这种游戏的熟练度也逐渐提升。渐渐地，我也开始厌恶这样的重复，因为我已经没有办法拒绝晨欣的要求了。有时候我甚至希望老师能够把晨欣从座位上叫起来，没收他的所有卡片，终止这种无聊的游戏。

但是，那样的话老师一定也会一并责骂我的吧。我也不想让事情变成那样。我还是认为自己和晨欣不一样，是被欺负的人与欺负别人的人这样的区别。如果老师一直站在讲台上观察我们的话，应该能把这一点区分得很清楚吧？

不过，要是能够观察清楚的话，为什么迟迟没有阻止我们呢？也许老师们也觉得"多一事不如少一事"吧。会在课堂上扔粉笔头的只有班主任刘老师，这可能是性格使然。在刘老师的语文课上，晨欣是从来不会用铅笔戳我后背的。

平心而论，晨欣也没有特别地欺负过我。他属于对任何人都会毫不留情地去招惹的人，在这一点上他对待班上的每个人的态度，可以说是一视同仁的。自从成为"牌友"之后，他在我面前的样子也愈加温和，有时候甚至会把卡牌和软糖一起从身后传给我。这是唯一一件让我觉得开心的事情，那一瞬间，我也会对他产生好感，觉得他是一个讲义气的家伙。但为了保留自己"被欺负"的形象，我还是会摆出一副不情愿的样子，好让讲台上的老师看到，我是被迫与晨欣玩牌的。

这样的表演真是太无聊了，可是我又不能不做。只要老师还有可能看到我，我就必须这么做。

爆发的那天终于来了。不知道是谁暗地里把我们上课打牌的事情告诉了刘老师。我猜想是某个科任老师——自己装作一副对学生温柔的样子，暗地里却耍阴招！

刘老师捏着我的脸，把我拉进了办公室。为了保持自己受害者的形象，我挤出眼泪来，在办公室里对她大肆控诉了一番晨欣的所作所为。大概因为我的学习成绩还好的缘故，她最终没有对我下达想象中的严厉处罚，只是对班级里的座位进行了调换。

没有人戳我后背的第二天，放学之后，我在小河边被晨欣和志东拦下了。那一刹那，我心想"这下完蛋了"，一下子坐在了地上。晨欣的表情非常平静，如果在以前，我一定会以为他的心情还好。但这段时间的相处已经告诉我，事情并非如此。

在他准备揪住我的衣领之前，我从口袋里拿出了那张"黑洞"卡牌。这是刘老师没收他的卡牌之前，我偷偷藏下的。他用食指和中指夹着那张牌，歪了歪脑袋，然后"咻"地往身后一丢。下一秒钟，落在脸上的拳头还是如期而至。我跌倒在地上，下意识地翻了个身，用被2B铅笔戳过无数次的后背抵挡冲击。同时落在我身上的攻击不止两处，恐怕志东这个跟班也出手了吧。

就在我不知道如何是好的时候，耳边突然响起了熟悉的叫喊声。紧接着，攻击的力道突然消失了。我转身睁开眼睛，看见哥哥握着拳头站在我和晨欣他们之间。已经坐在地上的晨欣看了我们一眼，眼里的凶光逐渐消失，又变回了一开始的平静神色。他拍了拍身上的沙土转身就走，志东也跟跟跄跄地跟着逃走了。哥哥转身把我扶了起来。我们彼此一句话也没有说，就这么回了家。

又过了一天，生活一切照旧。哥哥一次也没有问起过我那天发生的事情，晨欣在学校里也没有主动和我说过话。刘老师在上课的时候连着点了我的名字三次，让我起来回答问题。我没有答出第三个问题，她就瞪大了左边的眼睛，但随即又恢复了平静，继续上课。我想，如果我没答出的是第一个问题的话，下场恐怕就不一样了。晨欣就是这样的反面例子，他也被刘老师点了一次，但刘老师似乎懒得对他发火。

连着一个礼拜，晨欣都没有对我发难。从他的日常生活来看，也还是和往常一样，上课做小动作，下课做大动作，看不出和以往有什么区别。

真正发生了变化的应该是我，我意识到自己已经开始注意晨欣这个人了，无目的的上学好像突然被什么东西给填满了；但那不是什么值得高兴的事情，因为填满我的是一种黏糊糊、令人烦躁的情绪，比起无目的，这样的感觉更让我觉得煎熬。

我努力地重复自己以往的行为模式，不让这种变化表露在外。不过，如果心理的变化可以抑制的话，说不定晨欣现在也是一样的情况呢。

劳动节快到了，我帮妈妈和姐姐干了家里的不少活儿，精力被消耗得差不多了，即使是在学校里，也只想着早点回家睡觉。

那天傍晚，天上下起了小雨。我准备去班级后面生锈的铁架子上取自己放在那里的雨伞回家的时候，晨欣突然现身。这一次，他的身边没有志东那样的跟班了。他把我的雨伞递给我，但自己的手却没有松开，依然揪着伞尖不放。大概是让我跟着他走的意思吧？我不知道他想干什么，但可以直接握着伞把朝他的肚子捅下去，然后转身离去。我不想那么做。要是那么做了，之后的日子一定也会和这段时间一样不爽。

我乖乖跟着晨欣走了出去。一直走到校门外，他才松开我的伞，但也只是撑起自己的伞，头也不回地朝一个方向走去。我也撑着伞跟了上去。我们穿过村子，一直走到了水泥路上。我突然间产生了一种不好的预感，但还是忍不住跟着往前走。眼前的景物没有一样是陌生的，我们好像正在拨云见雾一样，朝着一个越来越清晰的目标走去。

哥哥就读的中学出现在我的眼前。我心想，晨欣的目的地一定就是这里了，由于不知道他打算做什么，或是已经做了什么，我的心脏开始剧烈地跳动起来；但他并没有在校门口停下步伐，而是继续往前走去。正在我松了口气的时候，他又突然站在了铁栏杆的边上。我顺着他的视线，朝铁栏杆里面看。盖着半段挡雨棚的塑胶跑道上，三四个高大的中学生正把一个人摁在墙角。

是哥哥。

我差一点儿就喊出了声，但晨欣先一步用沾着泥巴的手捂住了我的嘴，下一瞬间，我已经被一股强大的力量推到了铁栏杆前。我的左眼眼眶贴着冰凉的铁锈，右眼则猛地睁大了。那一瞬间，我想起了刘老师。我总以为"左眼跳财，右眼跳灾"，所以认定刘老师生气的时候会遇上灾祸，可直到现在我才注意到，她平时跳动的是右边的眼睛，对她自己来说应该是左眼才对。原来我一直都搞错了啊，也难怪家豪会那么对我说了。明明是在这种情况下，不知为何我脑子里想着的却是这样的事情。

哥哥已经被打趴在地上了。一直在家里无所不能的哥哥，原来在学校里也和我一样受着欺负。晨欣是怎么知道这件事情的呢？从那以后，他每天都来这里观察吗？还是说，他也有一个在这里上中学的哥哥？

耳边仿佛传来了晨欣的大笑声。我从来没有听过晨欣发出大笑声，就算是在对战卡的比赛中取胜了，他也不会大笑。我想仔细地听一听这种声音，但稍微集中精神，就又只能听到淅淅沥沥的雨声了。难道晨欣没有在笑吗？我困惑地想要回头，却做不出这个动作来。不过，脖子上的触感告诉我，晨欣已经不在身后了。

我感到脑袋里非常的混乱。白色的校服在我眼前晃来晃去，不知怎么的，又让我想起了白色的宇航服。如果虫洞真的存在的话，不妨就让我钻进去，消失在宇宙里好了。

我只顾想着这些乱七八糟的事情，后面就什么都注意不到了。不管是被打趴在地上的哥哥、已经消失的晨欣，还是骤然变大的雨和被风吹散架的雨伞。我已经什么都感受不到了。

因为淋了雨，我被妈妈骂了一顿。她一边擦着我的头发，一边在我耳边重复道："阿海，妈妈爱你，所以不要让妈妈担心……"

爸爸也是需要妈妈担心的人,因为他还没有回来,估计又在陈伯伯那里搓麻将了。姐姐一个人在厨房里准备着晚饭。哥哥正在里屋洗澡。

我有些记不清自己是怎么回到家里的了,我猜是哥哥把我带回来的,但我不敢去问他。如果被哥哥知道我看到了什么,我该如何继续面对他呢?我被这样的担心所困扰着,最后还是选择装聋作哑。

哥哥也没有主动和我说话。我们在尴尬的氛围里度过了劳动节假期。据说调休之后的周日是要补课的,但我们学校不知为何从来没有这种规矩。也就是说,我的假期要比城里的孩子多出整整一天。以前我会觉得很开心,如今却只觉得煎熬。我躲在房间里看画报,脑子里不停地想着快点回到学校,好从关于哥哥的思考里逃出来。然而,回到学校又会见到晨欣。现在的我是腹背受敌了。

好在开学之后,晨欣没有再来找我了。倒是家豪先一步和我聊起了天。

"你今天带了什么?"

我被这个问题弄得有些莫名其妙。他见我这反应,脸上流露出焦急的神色。

"你忘啦?今天有科学课啊。"

完蛋了。这下我想起来了。

每周一都有科学课,开学之初,我曾经对这个安排苦恼不已。一周一次的科学课,对我们来说,就像是馒头里的腌菜一样,是最好吃的部分。如果一开始就把腌菜吃掉了,后面就只能一直嚼馒头了。我虽然也不讨厌馒头的味道,但还是希望能把更好吃的部分留到后面,而不是一开始就着急地吃掉。

科学老师是个城里来的年轻人,说话有奇怪的腔调,自我介绍的时候没有介绍自己姓什么。他是为数不多用电脑备课的老师,刘老师的办公室里就没有电脑。但是我们经常能看见他在办公室里堂而皇之地玩电脑游戏,红色的小人在水管之间跳跃,采集金币和各种颜色的花朵,把敌人踩成肉饼。一旦注意到男生们在窗外围观,他就会笑嘻嘻地把窗帘拉上……总而言之,他看上去很闲,根本想不出有什么理由一定要把他的课安排在周一。

正因如此,四天假之后,上一周的周一给人感觉已经是很久很久以前的事情了。被家豪提醒,我才记起,科学老师让我们下节课把家里有关太空的东西带来。我本打算把那些画着太阳系的画报拿来,展现一下自己对宇宙的了解呢,没想到把这件事忘得一干二净。我是乖孩子,没有完成老师布置的作业,就会让我感到不安,即使是那个非常不靠谱的科学老师布置的作业。

出乎意料的是,当科学老师让大家拿出准备的物品时,几乎全班同学都摊开两手,什么也没拿出来。一开始,我以为大家都和我一样,经过连休后把作业给忘掉了。但一直很听话的班长,却带头嚷嚷了一句"家里没有那种东西",赢得一片附和声。坐在第一排的王健,则拿出一本画着神仙的旧挂历,说是爷爷让他带来的。

原来太空离我们这么远。我突然觉得自己此前对宇宙的认识都是些错觉。确实,估计爸爸妈妈也不知道"太空"这个词到底是什么意思吧。除了哥哥和家豪,从来没有人和我讨论过这些事情。

那个家豪,此时却拿出了一件熟悉的东西。是过年的时候我们两个一起拼好的积木。和当时一模一样的宇宙飞船,放在木头课桌上，显得好大。

就连科学老师看到飞船，也流露出意外的神色。他抓起飞船，向全班同学展示了一通，表扬家豪认真完成了他布置的作业。那一瞬间，我突然有种怅然若失的感觉。下课后，大家一窝蜂围住了家豪。许多同学请求摸一摸那架飞船。

家豪细着嗓子答应了。我知道那是他紧张的表现，他不擅长和不熟悉的人交流，也不擅长拒绝别人。我觉得好担心，但又说不出为什么担心。是担心飞船被弄坏吗？

晨欣也带着跟班凑了过来。我以为他会一把抢走飞船，没想到他一反常态地向家豪套起了近乎。"黄家豪，你的飞船真帅！"他这样称赞道。平时被晨欣欺负的同学，此时听到他的肯定，反而都一起附和起来。他们一定觉得强壮的人总是对的。

风暴中心的家豪尴尬地笑着。我被想要做点什么，又不知道该怎么做的情绪压制，呆呆地在远处坐着，熬过了课间。那之后，家豪突然成了班上的红人，原先各自玩耍的小团体都开始向他示好。

我不知道家豪如何看待这种转变。他看上去还是和平时一样，会在放学后和我聊些乱七八糟的话题。我也还是一样，在学校和他保持着可有可无的距离。但我总觉得这个距离正在一点点变大。

"明天他们想来我家。"

周五放学的时候，他突然告诉我这件事。我其实已经偷偷听到了，但没有作声。第一个提出去他家参观模型的似乎是晨欣，志东紧跟着表示支持，形成让家豪难以拒绝的气氛。真是可恶！我本想这么说，但却发现家豪的脸上挂着浅浅的笑容，似乎并不讨厌他们来自己家做客这件事。

他们当然不会提到我。幸好，家豪还是来邀请我了。我不动声色地答应下来，心里却五味杂陈，不知道该怎么办好。以前，我从来没有像现在这样。我一直觉得家豪应该是和自己一边的人，既然是一边的人，就应该一起过着独来独往的生活，一起和晨欣这种孩子王敌对才是。我本以为这是理所当然的事情，现在却变得不一样了。他竟然搭乘上自己的宇宙飞船，要飞到那边的世界去了。

即使如此，我也没有可以做的事情。我没办法阻止家豪离开，就像我没办法把哥哥从那天的操场里带出来一样。

我没有自己的宇宙飞船。

周六那天，我吃过午饭就出了门。离其他人约好的时间还有足足两个小时，家豪见我来得这么早，很是吃惊，但他马上就把我迎了进来。他正一个人在客厅里看《魔豆传奇》，一部所有出场角色都是熊猫的动画片。他的父母周末也要出去工作，这我早就知道了。

家豪知道我不看动画片。我家里只有一台小小的电视，而且妈妈从来不让我用。"阿海，妈妈爱你，所以你一定要好好学习……"往常想起这种话只会觉得不必较真，今天却让我产生了一种暴躁的情绪。凭什么总说这种话！如果我也能每天晚上看动画片的话，现在就不会无话可说了吧。我可以和家豪一起聊天，聊动画片里的剧情，聊各自喜欢的角色……但我做不到。不仅做不到，而且等晨欣他们来了，他们就会代替我，来和家豪聊这些话题了。

我丢下沉迷于动画片的家豪，暗地里溜进他的房间。白色的宇宙飞船依然一成不变地摆在那个位置。实在是太浪费了。换成是我的话，明明可以让这些积木变成更多不同的形状。

那一瞬间，奇怪的念头占据了我的脑海。如果把它拿走的话，问题就能解决了。晨欣他们失去了做客的理由，我和家豪的关系就会恢复如初。

我缓缓地拉开了挎包的拉链，发出细微的"咔啦"声。飞船比挎包的开口要大上一圈，没有办法塞进去。我狠下心来，用了用力，积木之间连接的地方被轻易地扯开，我们一起拼成的飞船变成了两半，露出驾驶舱里的小人。我轻轻将它们全部塞进挎包里。

再度回到客厅时，家豪还在目不转睛地盯着那些卡通熊猫。以他的条件，明明可以拜托家人带他进城，去看真的熊猫的，为什么非得在电视上看呢？我大踏步朝门外走去，他也无动于衷。我们之间的关系本来一直是这样的，谁也不去干涉另一个人的行动，但这份关系就在刚才被我亲手打破了。

离开家豪的家，我低着头，朝着晨欣他们家的相反方向，不顾一切地快步走。把注意力集中在双腿上，就不用一直去思考接下来该怎么办了。仔细一想，任谁都能看出飞船是我拿走的，除非再也见不到家豪，否则做这种事情很快就会暴露。但是，就算此时马上掉头回去，家豪也可能已经发现飞船不见了。我已经没有退路了，只能放空大脑，就这样拼命走着。

就这样，我离开村镇，穿过土路，一头钻进了山林里。不知走了多久，天色也从明亮的蓝色，逐渐变成深蓝，最后是傍晚的暗紫色，飘浮的云朵像一条白色的大蛇一样从我的头顶穿过。我感到郁闷极了，找了块空旷的地方坐下。

拉开挎包，里面放着变成两半的积木飞船，还有我的水壶、作业本和圆珠笔。出门之前，哥哥帮我往里面加满了开水。一想到我现在可能让他们担心了，我就觉得很难过。

"咕嘟咕嘟"喝下半瓶水之后，我的视线重新落到了变成两半的飞船上。都是因为这个东西！得到了想要的积木，我的心情却非常复杂。我开始随心所欲地拆卸积木片，不一会儿，飞船就已经没有原来的样子了。

接下来该做什么呢？我决定先像玩粉色积木一样，搭一间房子的形状。但是，这种积木和木头积木不一样，一切都必须得建立在地基上才行。于是，我把本该是飞船外壳的东西一片一片地摆在一起，再用小块的积木拼在它们的交界处，形成一大片白色积木板。虽然看上去不平整，但也算是做成了。

接着，我开始寻找适合支撑房屋的柱子。几个圆柱形的零件首先吸引了我的注意力。但拿起来仔细一看，却发现那是宇宙飞船侧面那几个像导弹一样的东西。我还记得在画报上，这些东西是负责喷火的。我把导弹形状的积木倒过来，插在积木板上。下面尖，中间是圆柱形，最上面则呈放射状打开，看上去就像一朵白色的花。看着这朵导弹变成的花，我心里一动，不如就做个花园出来吧。做个和这艘刚冷的宇宙飞船最不相称的花园出来。

于是，我把变成白花的导弹一株一株地倒插上去。插完之后，又用飞船的外壳做枝干，红色的探照灯做花瓣，搭了几株红花。还缺什么呢……既然是花园，就不能没有水吧。但是在积木零件中找不到蓝色的部件，除了黑、白、灰，以及红色的探照灯外，剩下的就只有黄色部件了。我用黄色而细长的积木板，在白花和红花之间的空隙里穿行，组成一条黄色的小溪。用直角拐弯的小溪，看上去就像一道闪电，充满能量。有了这么强的能量，植物一定会长得很快。

接下来，我把只剩一小部分的船舱，和其他零件堆叠起来，在角落形成一间小屋。还剩下一些灰色和白色的小块零件，我把它们安插在花朵之间，就当成是兔子之类的小动物。最后该把小人放进去了。

我拿起小人，它的宇航服上写着一个L开头的单词，也许是积木的商标吧。鼓鼓囊囊的白色宇航服，倒也可以看成是花匠的服装，但航天头盔就完全不适合它了。透过头盔，可以看见小人带着几分英气的双眼和有些奇特的眉毛。这张脸被遮起来太可惜了，我试着把它的头盔拔下来，没想到一下子把小人的头也拔出来了。一开始我还以为小人被我搞坏了，吓了一大跳；但冷静下来仔细一看，它的身体部分伸出了一根长长的棍子，像脖子一样，头则是中空的，刚好可以插入那根棍子。看样子本来就是做成可以拆卸头部的设计。人类也可以更换自己的头颅吗？总觉得有点不舒服。

我正准备把头插回去，屁股底下突然传来一股陌生的触感。我吓了一跳，猛地从地上跳了起来。原本我坐着的平地，不知什么时候多出了一小块四方形的石头。我盯着那块多出来的石头看了一会儿，试着用脚踩了一下。石头很坚固，纹丝不动。刚才坐下的时候，我清楚地记得这里是块平地，没有石头的。

我下意识地后退了几步，突然脚后跟绊了一下，整个人坐在了地上。所幸刚搭好的积木被我及时护在了怀里。低头一看，绊倒我的竟然是另一块四方形的石头。

石头居然自己长出来了。我转身跑了几步，面前突然开出了一丛漂亮的红花。我拨开草丛，发现地上还有许多红花，我跑到哪里，它们就开到哪里。在花朵之间，四方形的石头有规律地镶嵌着，就像拼接这片土地的地基。

我对照着手里的花园看了看，突然明白了。那些四方形的石头,和我为花园搭建"地基"时连接地面用的小块积木,所处的位置一模一样;而刚刚开出的红花,和我用飞船外壳与探照灯搭建的红花也十分相似。原来做出这些石头和花的人是我。我想起了"神笔马良"的故事——马良得到了一支神笔,画出来的东西都会变成真的……看样子,这套积木是和神笔差不多的东西,用它造出的物品也会变成真的。

为什么家豪没有发现呢?一定是因为他太迷信科学了。每次跟他提出什么想法,他都要用现成的理论来解释。就算神仙送他一支神笔,也会被他当成骗子吧。我突然感到很庆幸,还好我拿走了积木,不然,这么神奇的道具就要被埋没了。

正想着,身后传来了清脆的流水声。回头一看,刚才还是荒地的地面上,出现了一条小溪,和积木里的小溪一模一样。可惜的是,它的颜色就像玉米一样黄。拼接积木的时候没什么实感,但真的在现实中看到的时候,又觉得黄色还是太丑了,给人一种有毒的感觉。我想了想,伸手拔掉了组成小溪的黄色积木,插在那间小房子上。再低头,流过我脚下的溪水逐渐变细,很快干涸了。我本打算从小房子上拆下白色的积木,做一条新的小溪,但转念一想,纯白色的溪水看起来也叫人不舒服。还是算了吧。

脚边突然传来毛茸茸的触感,有什么小动物撞到了我的腿上。是兔子吗?我兴奋地弯下腰,却发现那是一只毛色灰白的老鼠,和平时在学校后面能抓到的鼠类没什么两样。的确,毕竟我只是点缀了几块小小的积木块来代表小动物,具体要解释成兔子还是老鼠,似乎都说得通。但兔子总是更受欢迎的。我自己是不害怕老鼠,但如果想造一座花园的话,还是希望多添加一些受人欢迎的元素。

那只老鼠似乎非常亲近我，在我的脚边蹦蹦跳跳的，即使伸手抚摸也不会逃跑。平时见到的老鼠可不是这样的，应该是因为这是我自己创造出的生命吧！这么一想，突然有种神圣的感觉。本想像对待黄色的小溪一样拆掉重做，这下又舍不得了。

"你的同伴呢？"

我试着和老鼠说话，它眨巴着眼睛，腮帮子突然鼓了起来，发出一阵沉闷的声音，听上去就像老牛发出的哞哞声。一定是因为我创造它的时候没有拿捏好，唉，果然还是应该拼出具体的动物形象更好些。

我拍了拍老鼠的后背，它立刻理解了我的意思，蹿进草丛里去了。在它跑过的方向，又有两三只老鼠冒了出来。它们聚在一起，拱出了一块白色的东西。我凑上去，才发现那竟然是一块馒头。为什么山里会有馒头？对了，可能是白色的积木被当成了馒头。我又仔细地找了找，果然和老鼠一样，馒头也在草丛里散落了好几块，不知道是什么时候长出来的。

肚子不争气地叫了起来，差不多到吃饭的时候了。不知道这些馒头能不能吃。既然有这套神奇的积木，应该可以做些更好吃的东西才是。可是，我不会做饭，也想不出什么像样的美食。即使想到了，要用积木拼出来也很难，等下又被误解成老鼠就不好了。对了，既然是花园，那就做点可以直接吃的水果吧。我拆掉组成红花的探照灯，拼凑在一起，想象那是一个苹果，再放回积木板上。

等了一会儿，仿佛听见草丛里传来窸窸窣窣的声音。长出来的是一个怪异的红色块状物体，颜色鲜红，不像是苹果。我试着把它捡起来，咬了一小口。一股塑料味在嘴里蔓延开来，太难吃了。我一把将剩下的塑料苹果扔了出去。奇怪的是，这下肚子好像又不饿了。

我逐渐掌握积木的使用方法了。回去以后，向大家好好展示一下吧。可是，我现在还能回去吗？家豪不知道会用什么样的眼光看待我。不管怎么说，我都做了会让他生气的事，就算因此挨骂也没有什么可以辩解的。我一直都不擅长取得别人的原谅，之前用"黑洞"的卡牌向晨欣道歉也失败了。虽然我并不是很想向晨欣道歉。

可以的话，我现在最想向哥哥道歉。我想为这段时间疏远他道歉，也想为今天偷偷跑出门道歉。因为是哥哥，所以哪怕不说"对不起"，他也能原谅我。就因为这样，我一直没有向他好好地道一次歉。

我又一次伸手，从积木小屋的墙壁上拆下一块零件，安在代表老鼠的灰色积木边上。正方形的黑色积木，看上去就像一个小木盒。我对着积木默念：在这个木盒里，有能让别人原谅我的东西。提出这么模糊的要求，恐怕根本没办法实现吧，但我能想到的就只有这样了。

木盒没有长出来。太阳马上就要下山了，周围的景色也越来越暗。我不想回家。积木搭成的小屋已经被我拆得破破烂烂的了。刘老师曾经说过，人类不能为了建造自己的房子，而随意砍掉地球上的树木；然而，我今天做的却是相反的事情，不停地拆掉自己的房子，去制造大自然里的东西。我不想成为破坏自然的人，但我也不想没地方住。这可怎么办呢？

对了，让园丁帮我带路吧。我拿出代表园丁的小人，它脖子以上的部分依然是一根长长的棍状物体。头呢？我摸了摸口袋，找不到小人的头了。是弄丢在地上了吗？那么小的头，混在泥土地上，光线又暗，根本找不到。我踢了脚边的老鼠们一脚，它们又发出"哞——"的声音,不情愿地立起上半身,在我面前列成一排。

"快去帮我找头。"

我下达命令,它们就四散开去了。都说老鼠具有夜视能力,不知道我拼的这些老鼠能不能在黑暗中看清东西。我觉得累了,索性原地躺下。各种颜色的花迅速长大,没有塑料质感,而是像柔软的垫子一样托着我,把我包围在其中,比家里的木板床还要舒服。但是,我却没有产生睡意。我觉得自己似乎变成了积木世界的王,每个细胞都沉浸在快乐与激动之中,就连家豪和哥哥的问题也不想考虑了。太阳还没有下山,我的眼前已经浮现出浩瀚的星空。我想,等到决定回家的时候,就重新把花园拼回宇宙飞船的形状。什么时候才会想回家呢?大概是很久很久以后了。

"哞……"

耳边又传来了老鼠的叫声,我已经逐渐习惯了。但是,这次的叫声和之前似乎有些不一样,听起来更加沉重、吃力。我扭过头去,只见五只围成一圈的老鼠,正努力拖着一个黑色的球体。细细的毛发,看上去很像是人类的头。可是,我让它们去找的可不是那么大的头。接着,那个头滚了一圈,正脸对着我。原来是家豪的头。他用一脸无奈的表情看着我,嘴巴微微张开,黑色的液体从里面流了出来。那些液体汇聚成方形,变成一张卡片的形状。其中一只老鼠将卡片从他的嘴里拔了出来。我看清楚了,那是晨欣的"黑洞"卡牌。

刹那间,我想起来了,我刚才造了个黑色的木盒,希望那里面有"能让别人原谅我的东西"。可是,那个东西竟然是"黑洞"卡牌。我明明已经把它还给晨欣了,晨欣也没有原谅我。再说,我也没有那么想要晨欣的原谅。为什么家豪的头会把"黑洞"卡牌送给我？难道，我已经得不到他们的原谅了吗？

我吓了一大跳，紧接着，一声清脆的响声从脚下传来。一直拿在手里的积木，被我一不小心摔在了地上，变成了好几部分。它发出了刺眼的紫色光芒，把周围照得亮如白昼。连接地基的积木片被摔开了，代表老鼠的小点也都掉了出来。老鼠发出尖厉的声音，瞬间化成气体消失了。再仔细看时，被它们运过来的家豪的人头，也变成了白色的馒头。

我急忙想去捡回积木，但失去了地基，我站立的地方也就变成了一片虚空。危急时刻，那张"黑洞"卡牌突然从地上跳起来，卡面扩散开来，变得巨大无边，将我整个人吸了进去。

那之后，我就失去了意识。

再次醒来的时候，我发现我躺在陌生的床上。映入眼帘的是一张方脸，一个强壮的男人正站在床边看着我。他穿着白色的衣服，看上去很高，眉毛几乎连成一片。那四四方方的脑袋，让我想起那位扮演宇航员的塑料小人。

对了，我的积木呢？我急忙从床上坐起来。这是个非常狭小的房间，除了一张床、一套桌椅外，几乎看不到别的东西。不过，床和桌椅看上去都很高级，以前我只在图片上见过这种床头刻着浮雕的床。

我的包也不在视野范围内。我摸了摸口袋，没有找到任何积木，倒是有一张硬硬的薄片。抽出来一看，果然是"黑洞"卡牌。之前遇到的一切不是梦。但是，我的积木哪去了？

"您好，请问您看到我的积木了吗？"

我用所能想到的最礼貌的方式向那个方脸男人发问。他皱起眉头看着我，用力地摆了摆手，与其说是不知道，更像是完全没办法理解我的问题。紧接着，他不知从哪里变戏法似的掏出一杯水和几块红红的、形状就像积木块一样方方正正的东西，递给我。我仔细一看，原来红红的东西是肉。和那个男人一样，这里的食物也是积木的形状。

现在可不是悠闲吃东西的时候……话是这么说，我的饥饿感还是被不由自主地唤醒了。我接过了男人的食物，简单吃了一些。吃完之后，我想从床上站起来，却突然感到一阵剧痛。拉开被子一看，我的腿上有一道触目惊心的伤口。

男人似乎早就预料到了我的反应，耸了耸肩，收走水杯就出去了。在我看不见的角度，传来了沉闷的关门声。整个过程中，他没有说一个字。

我重新审视这个房间。简陋，规整，就像积木搭成的小屋。桌椅后面似乎有一扇窗户，但白色的窗帘拉上了，没有办法观察外面。我想拉开窗帘，但怎么也够不着。

不知道男人什么时候会回来。如果他是宇航员小人的化身，应该要听命于我才对。可是，我把他的头给弄丢了，他会不会因此怨恨我呢？不过，现在他的头还好好地在脖子上呢。

腿暂时动不了，也只能先这样休息了。我躺在床上没日没夜地睡着觉。宇航员时不时进来看看我的情况，顺便送点吃的。我试图跟他说话，我告诉他我叫黄阳海，在哪个学校，读几年级，家住哪里……但他总是没有任何反应，以至于我开始怀疑，他是不是真的听不懂我说话。当时，我没能摘下小人的头盔，所以还不知道小人有没有耳朵，但它的嘴巴确实是张不开的。这么一想，宇航员不会说话也情有可原。

他还在床头放了一个盆，似乎是想让我用这个当厕所。但我吃得很少，也不常用盆。虽然觉得身体越来越虚弱，腿上的伤痛却在快速减轻。不，应该是我正在努力把注意力从伤痛上转移开来。

不知道是第五次还是第六次睡醒之后，我觉得自己已经可以下地走路了。趁宇航员不在，我努力爬下了床。双脚踩在地板上，给我带来了钻心般的刺痛，但这股痛楚很快就被兴奋冲散了。因为我发现，在我之前看不到的视角，桌子后面，原来就放着我的挎包！

我忍住疼痛，冲向挎包。积木还在。不仅是积木，水壶和其他东西也都还在。但是，积木已经碎成了很多块，许多部件已经看不出样子了。白花、红花和老鼠都没有了，只剩下小屋还勉强维持着形状。

即使如此，只要取回积木，我就能离开这里了。把积木拼回宇宙飞船，就能用它去任何地方了。我不想回去，因为哥哥、家豪和晨欣都还没有原谅我。索性坐着宇宙飞船，到宇宙里去好了。一想到能够亲眼见到画报上的那些行星，我还有点激动。

我把积木小屋"哐哐"拆成了碎片。比较光滑的几块积木，能够明显看出是飞船外壳的部分。接下来怎么拼呢？我突然僵住了。当初制作飞船的时候，都是家豪负责解读说明书的。我虽然能自己搭建想要的东西，却不会还原设计好的形状。我没办法把飞船还原成本来的样子了！

窗外传来了巨大的响声。果然，我现在所处的地方就是积木小屋。因为我把积木拆掉了，小屋马上也要消失不见了。不管怎么说，先从这里出去吧。我拉开窗帘，窗外是一片平整的土地，我看见宇航员跟跟跄跄地走在路上。他看上去比之前要矮了一点儿，仔细一看，原来是他的头没有了。没有了头，就没有眼睛了，难怪他走起路来是那个样子的。一定是因为我之前拔掉了小人的头,所以他的头也不见了。

这么说,他现在也看不见我了。我放心地推开窗户翻了出去。因为腿受伤了,我的动作不大稳,头朝下摔到了地上。但是,地面柔软得像一块大面团,很好地承载了我的体重。我像刚刚下锅的春卷一样,不停地朝前滚着,只觉得天旋地转,渐渐又失去了知觉。

再次睁开眼睛的时候,场景似乎又变化了。时间似乎是晚上,周围一片漆黑,隐隐能看见白色的星星。小屋就像突然出现时那样,又突然消失了。黑暗之中,我看见一个男人和一个女人立在我两侧注视着我。有那么一瞬间,我希望那是爸爸和妈妈,但两个人的长相我都不认识。他们的脸上带着慈祥的笑容,但不论我问他们什么问题,他们都和宇航员一样,一言不发,只是微笑地注视着我,甚至让我感到有些害怕了。也许,他们是接我去天国的天使……难道我已经死了吗?

积木呢?我立刻开始寻找积木。挎包掉在离我两三米远的地方,我想伸手去够,却发现身体动弹不得。我的目光朝下偏移,这才发现我的身体不见了,脖子以下的部分什么也没有,只剩一个孤零零的头。这可怎么办呢?没有身体,就没办法够到积木了。对了,用"黑洞"卡牌吧,如果能够穿越黑洞,就能把远处的物体传送过来……可是,那张卡片被我放在口袋里了,现在身体都找不到了,更不要说口袋了。

我什么办法也想不出来了。早知道会变成这样,就不该随便摆弄这套积木。也许哥哥会过来救我吧。他会把我的头抱起来,拍掉脸上的尘土,带着我一起去找我的身体,就像那天下午,他从晨欣手下把我救出来那样。这一刻,我才意识到为什么我会疏远哥哥。看见哥哥被欺负的一面,我产生了恐惧,我担心那个最强大的哥哥变得弱小,最值得依靠的哥哥变得脆弱。

但是,即使脆弱,他也是我的哥哥呀。我不该那么自私,为了维护他在自己心中的形象,就去疏远他。即使不够强大,我也可以依靠哥哥,哥哥也可以依靠我……

"黑洞"的卡牌,大概就是想提醒我去想起那天下午发生的事吧。即使丢开,也还会回到身边,因为我们兄弟之间就是存在着这样的引力。所以,哥哥一定会来找我的。到了那时,我要把这些心里话,全都原原本本地告诉他。

他一定会原谅我的。

我开始等待。

一 朽木

等了半天，红灯终于变绿了。浩浩荡荡的摩托车大军像被摩西分开的海水一样，停在马路两侧。

摩托车真是世界上最烦人的交通工具。被喷了一脸灰之后，白越隙在心里这样想。声音大，尾气多，哪点都比不上电动车。明明体形不大，却要发出很大的声音，在行人面前虚张声势，把人吓得一惊一乍。每到节假日，它们更是成群结队地出现，仿佛不良团体的巡游。

他认为禁止摩托车上路是城市规划的重要一步。可是，自己出生的家乡眼下依然在城市化的道路上蹒跚前行，所以当他回乡省亲的时候，仍旧不得不面对漫天飞舞的尘埃。

好在，口罩在一定程度上解救了白越隙的呼吸系统。尽管是医用口罩，但多少也能挡一下灰尘。疫情已经横行了超过半年，年初跑遍全城也一"罩"难求的局面已经一去不复返，现在在上网购买蓝色的一次性医用口罩，平均每个只需要两毛钱。白越隙想起寒假期间，某个高中同学在朋友圈里沾沾自喜地发言："今天又代购了两箱美国的！"他想重温一下那段发言，却发现对方已经将三天以前的朋友圈设置成了不可见。如今其个人主页呈现出拒人于千里之外的空白，看上去比戴着口罩的脸还要冰冷。

他离开嘈杂的十字路口，走向公园。空气突然变得清新了，他把口罩拨到下巴的位置，将鼻子解放出来，贪婪地吸取氧气。午后暖暖的阳光洒在后颈上，让人感觉自己变成了猫。几个月前被台风刮倒的树早已被清除出木栈道，现在剩下一个个凹陷的土坑。不少遛狗和带孙子的老人，三三两两地结伴而行，用方言聊着天。

这是种熟悉又陌生的感觉。据说所谓故乡，就是每次回去的时候都和以前不一样，但依然能让你觉得亲切的地方。在大部分时间里，白越隙是不喜欢故乡的。高考时，他努力考到更为发达的邻市，还希望进一步往上，研究生到北上广去念。大城市也没有辜负他，不论是专业领域内像铀矿一样高质量的资源，还是娱乐方面的声色犬马，都比故乡好太多。

所以他不愿承认，自己走在修缮一新的市公园里，还是会觉得有些怀念。

忽然，眼角闪过了一个有点熟悉的身影。因为没有戴眼镜出门，等意识到对方是谁的时候，那人已经近在眼前了。他慌张地想要躲闪，但还是听到对方叫出了自己的本名。

"怎么，你回来啦！"

他不禁感到懊恼，要是没把口罩拉下来就好了。他觉得，自己的本名就像刑具一样，总会将他束缚在原地。

"嗯，啊，是啊……"

他仓促地应对着。

"国庆回来？听说你爸妈不是也搬出去了嘛？"

"家里老人还在这儿，就回来看看。爸妈正在陪着呢，我出来转转。"

"这样啊。"张志杰挠了挠后脑勺，标志性的黑框眼镜在太阳下有些反光，"我也刚回来，前天刚到。最近出个门不方便，我还以为我这种情况不多呢。"

"省内的,跟你不一样,我们不严。"

"我这儿也不严的,都是走个程序。都半年多了嘛,哪能一直紧绷着神经。不过导员事儿多,每天都要线上报体温。"

"我们也要报体温的,我就复制同一个数字。谁会每天量呢。"

"你这人就是不守规矩。"

"总比你这口罩都不戴就出门的人好吧。"

"走两步路而已,你也知道我家就在公园边上嘛!"

说完,两人同时沉默了几秒。

"去吃点东西?"

"行。"

白越隙其实不想说"行",但又不知道回答什么更合适。毕竟一开始已经失口说了"出来转转",暴露出自己不忙了。和张志杰这位老同学相处本身并不令人厌烦,但走在一起,多少会让他觉得有些抬不起头。究其原因,不过是高考时的那十几分差距罢了。他自己也觉得矛盾,平日里自称"不喜欢用简单的标签定义别人",实际上还是会用数字定义自己。

"最近怎么样?"

这是张志杰坐下以后的第一句话。

"没怎么样,就混日子呗。"

"读研还是找工作?"

"没想好。"

"都十月啦,没想好?"

其实想好了。考研就能多混一段日子,继续住在谬尔德那里写小说,总之不用操心未来。就好像牙疼时吃的止痛药,明知道早晚难逃强制性的治疗,还是忍不住会想办法拖延那一天的到来。但是,自己未必能考上。就先推说不知,免得事后"落气"。

"我还以为你会去当作家呢。"

张志杰没有深究,立刻抛出了一个更严酷的话题。

"之前看你朋友圈,是不是出书了?"

"勉强算是吧。"

"笔名是什么?"

"白越隙。"

"哪几个字啊?"

白越隙慢吞吞地拿出手机,展示给对方看。

"挺有文化的嘛。"

虽然考了好大学,但到底是理工男——一瞬间,白越隙在心里如此嘲笑对方。他觉得"有文化"是最没有文化的夸法。

"写的是什么,还是侦探小说吗?"

"嗯,差不多吧。"

还是有点差别的。与其说是创作,不如说是单纯地把自己和谬尔德经历的事情记录下来,但白越隙不想深入探讨这个话题。

"那不是挺好的嘛,以后就吃这个饭吧!"

"靠这个吃不饱啦。"

双方说的都是心里话。

白越隙回想起上一本书出版时的情形。以交出命名权为代价,谬尔德把《雾与岛》推荐给了熟悉的编辑,总算是通过了选题,结果听说连首印都没能卖光。靠这本书让谬尔德身败名裂的计划彻底破产了。不过,推荐的书让出版社亏了一笔,某种意义上来说也是身败名裂。尽管白越隙很清楚,这种胜利根本不是自己想要的。

——"还不都是你起的破名字,不知道的人还以为是意识流小说呢,活该卖不出去。"

——"你不该对某种文学形式抱有过度的偏见,而且,自己的失败可不能迁怒于别人呀,作者先生。要是没有我,这本书可未必能出版哦。不对,可能根本就不会有这本书吧。"

——"你这话就像在说,如果恐龙没有灭绝,人类就不会出现一样。这种间接性的溯源根本没有意义。再说了,就算不靠你,我自己去投稿,也许也能出的。"

——"是吗?就算你把我的出场安排在第一行,也不是每个编辑都有能力欣赏这种美,愿意被吸引着往下看的。"

——"你也知道自己不符合大众审美啊。"

总之,两人之间有过这样的拌嘴。类似的桥段基本上是每天都会有的,但这件事尤其让白越隙来气。他不觉得自己离不开谬尔德。

说话间,店员把两份四果汤端了上来。厚厚的冰沙覆盖在五颜六色的配料上。

"南方就是这点好,不冷。我们那边现在就盼着通暖气了。"

张志杰无意识地宣扬着自己所处的领域有何不同。随后,他埋头喝起糖水来。

"就是这个味道,在其他地方都买不到啊。难得这家店这么多年还开着!"

"是啊。"白越隙也用一次性塑料勺捞起一块凤梨,放进嘴里,心里想着如何快速转移一个更舒服的话题。"这附近真的变了很多,还好这家店还在。"

"小时候你还在这里搞丢过五十块钱呢。"

"那不是在这儿吧。我记得是在庙那边丢的。"

"啊啊，好像是。好久没去那儿了。"

"你还不知道吗。那里今年拆了，现在还围着呢。"

"拆啦？"张志杰瞪着眼，"真可惜……真可惜。拆了要做什么用？"

"不知道。"

"真可惜。"

张志杰重复着这句话。

"是很可惜，但也是没办法的事情。这都是城市化建设的需要。"白越隙想起不久前朝他喷尾气的摩托车，"说到底，老了的建筑物就是朽木了。除掉朽木，对整片土地都是好事。"

"不愧是作家啊，真是有……有文化。"张志杰笑了笑，"不过，我还是觉得有点可惜。说是城市化，但那么一小块地能干什么呢？我之前和我妈开玩笑说，等找到了工作，就马上把她接到首都去，但她拒绝了，说是小地方待着舒服。可等到庙都被改造了，她会不会也觉得这儿不舒服了？我有点放心不下啊。"

他歪着脑袋，似乎是觉得白越隙肯定不会回答这个问题，最后自己摇了摇头，继续吸糖水。

"对了，说到拆，有个事情我想告诉你这位侦探小说家。"

"嗯？"

"我家的老房子今年也拆了。"

"强拆的吗？我可不敢写这么社会派的动机。"

"不是，不是，哪儿跟哪儿啊。是合法征地，拿了不少补偿呢。当初我外婆不愿意，也没马上动土，然后，唔，你也知道，年初的时候她去世了……所以事情就敲定下来了。前两个月，清理完杂物，就拆掉了。可是这两天，我闲着没事，去翻那些杂物的时候，翻出了一个有点奇怪的东西。"

"奇怪的东西？"

"奇怪的笔记本。啊，不是电脑啊，就是写字的那种本子。"

"我猜得出。奇怪在哪儿呢？"

"怎么说呢……是一篇小孩子写的，类似日记一样的东西，字迹歪歪扭扭的，虽然一直在用成熟的口吻说话，但还是有不少错别字。主要是，那里面写的事情有点诡异。"

"听上去像惊悚电影。诡异在哪里呢？"

白越隙产生了兴趣。

"我也说不清楚。一开始很写实，后面又好像变成了小孩子的幻想。但如果说那是幻想，似乎又有点太不美好了……"

"这不是你家里的东西吗？你问问写的人不就知道是怎么回事了。"

"不知道那是谁写的呀。我们家根本没有小孩子住老房，之前都是我外婆一个人住的。要说上一次有小孩子住，那大概就是我妈小时候那会儿吧。但那都是几十年前的事了。那个本子看上去也就是咱们读小学那会儿的款式，不过非常旧，都发黄了，至少放了十年吧，但应该也不会更老了。"

"那会不会是你这辈的人写的？"

"我这辈除了我，只有一个表弟，跟着我小姑住在日本呢。绝对不可能是他。当然更不可能是我自己了。"

"行吧。那你说他的幻想不美好，具体是什么样的呢？"

"唉，我真说不清楚。要不这样吧，我把本子拿给你看看。你住到几号？"

"嗯……这一两天……"

白越隙犹豫了一下。其实他预计要住到假期的倒数第二天，但如果让张志杰知道了，也许会每天找自己见面，这对他来说还挺有负担的。不过，张志杰误以为他是有难处，反而主动开口了："这样吧，如果你马上要回去的话，我就把本子寄给你。"

"欸？这样好吗？"

"没关系的，反正我问了一圈，家里没人要那玩意。给你没准还能当成下次写书的素材，到时候我也算出名啦。"

"那……那就恭敬不如从命了。"

看着张志杰坦率的样子，白越隙感到有些羞愧。不过，他也很清楚，这种羞愧最终会变成压力，让他变得越来越不想在路上偶遇张志杰。

他把谬尔德住处的地址告诉了对方，顺便写了一张字条，托其一并寄出。之后，两人简单聊了些同学之间的话题，便互相道别了。

四天后，他坐长途汽车回到了住处。

"我回来了。"

迎接他的依然是那个讨厌的身影。穿着黑色高领毛衣的谬尔德，像格斗游戏的最终 BOSS 一样，藏身在三张办公桌拼成的工作台后面，仰靠着自己的旋转椅，脖子上垫着一只画着熊脸的 U 形靠枕。

"欢迎回来。这些天有没有想念我呀？"

"一丁点也没有。"

"那咱们可真是心有灵犀，我也是一丁点也没有呀。"谬尔德坏笑着拿起工作台上的某样东西，"谢谢你，担心我一个人看家太无聊，特意准备这种乐子寄给我。"

"你！"白越隙注意到桌上被拆开的快递包装，"我不是在里面附了字条，叫你不许看吗？"

"我说小白啊，就算是小学生，看到这种字条也只会更想打开看吧？"

"你又不是小学生！成年人不应该更有自制力吗？还是说，下回我写'一定要看'，你就不会看了？"

"总是让你生气也不大好，到时候我也许会按你的吩咐照做一次。"

"反正无论怎样一定会采取我不想要的行动吧。"

白越隙叹了口气。本想瞒着谬尔德自己看的，这下又失败了。把包裹寄给这家伙，就像朝动物园的老虎笼子里扔肉包一样，根本不能指望留个全尸。

"不过，你这次真是找到了个有趣的东西呀。怎么说呢，有点犯罪的气息哦。我很好奇把这东西寄给你的人为什么还没有报警。"

"犯罪？这里面记载了什么犯罪计划吗？"

"倒没有那么直白，就是篇小孩子口吻的幻想手记罢了。"

"那当然不会有人为这种事报警了。"

"话是这么说，但文字以外的地方倒是大有问题呀。不过，一般人可能也看不出来就是了。"

谬尔德"哗啦啦"地把本子翻到某一页，亮了出来。白越隙不禁倒吸一口凉气：在手记结束之后的空白页，赫然出现了一个小小的、暗红色的手印。

"这是？"

"血。大小像是小孩子留下的血手印。当然，普通人是没办法断定这是血的，但对于名侦探谬尔德来说，这种事情只需要看一眼就能确定。"

"凭什么确定？你鉴定过吗？"

"你知道吗，现代科学用了数百年的时间，也没办法完全独立制造出人体内哪怕最简单的一个细胞。我的判断比科学的鉴定要可靠多了,这就是名侦探的直觉。"

白越隙放弃了反驳,不是因为理亏,而是因为觉得这很浪费时间。

"不管怎么说,先给我看看。"

"拿去吧。我拿明年上半年的宽带费打赌,看完之后,你会马上联系你的那位老同学。"

"你为什么知道那是我的老同学?"

"寄件地址,加上他附上的字条。你俩还真是连习惯都一模一样。"

谬尔德吹了声口哨,把手记连同快递包装一起扔了过来。那是让对方回房间自己待着的意思。

白越隙看了看张志杰留下的字条,苦笑一声,飞快地将其揉成一团。

二 繁花

"'……生者既凛天威，死者亦归王化，想宜宁帖，毋致号啕'，这句话的大致意思就是说，活人和死者都各自得到了归宿，可以安宁了。诸葛亮写下这篇《祭泸水文》，再献上七七四十九个代替人头的面团，终于平息了泸水的愁云惨雾，大军得以安然返回。这就是馒头这种食物的由来。"

祝嵩楠说完，从副驾驶座上探过头，眯着两只小眼睛，似乎在等待喝彩声。然而，面包车里一片寂静，没有人理会他的这番科普。

"怎么？你们不觉得很有意思吗？"

"是有点意思。"

大哥总算带头打起了圆场。每到这个时候，他总是能第一个承担起调节气氛的重担，所以尽管他年纪不是最大的，也被我们叫作"大哥"。他本名叫齐安民，是个非常可靠的人，也是我们的副社长。

"不过，照你这么说，馒头最早是杀牛羊做成的？"

"是啊，我刚才不是说过了嘛！七擒孟获之后，在战争中死亡的阴魂过多，南蛮的土著让诸葛亮用四十九个人头祭祀，被他以'岂可杀生人以祭死人'为由拒绝，于是杀牛宰羊，代替人头。你们有没有认真听啊？"

祝嵩楠这个人，虽然平时大方亲切，但最容不得别人不听他说话，一旦不听，他就爱发脾气。明明是我们之中年纪最小的，却是最像老干部的家伙。不过，他毕竟是个有钱人家的儿子，出手阔绰，日常的社团活动少不了他关照，所以我们也只好由着他。当然了，他的学识确实渊博，这点还是很让我佩服的。

"认真听啦，所以我才会问这个问题嘛。你说要杀牛宰羊，包到面团里，才能做成馒头，可是我们今天吃的馒头不都是没有馅的吗？"

"对呀！我也想问来着，我还寻思你们这儿的馒头和我们那儿不一样呢！"

说话的朱小珠和我一样是外地人，印象中是来自北方。我刚才其实也有这个疑问，还以为只有我们东南沿海的馒头没有馅呢。既然和祝嵩楠同为本地人的大哥也发出了这种疑问，看来并不是地域上的差异。

"事物总是会发展的嘛，两千年前有馅，现在没有馅，不也很正常嘛。"

坐在最后排的奚以沫突然出了声。一直以为这小子在睡觉，原来在偷偷听着。

"以沫，还晕车吗？"

在旁边照看他的大哥问道。

"晕，晕得很厉害呢。本来我是想先睡一觉，托某人的福，这下梦里估计全是馒头了。"

"别这么说嘛。要不开窗透透气？"

"不要。这土路上都是沙子，要是开窗，不出几分钟，我们车里也得'愁云惨雾'咯。"

"你小子倒是每句话都听得很清楚嘛！"祝嵩楠抬高了声调，

老实说听不出是开心还是生气，"放心，已经出门快一小时了，七星馆马上就到了……不对。"

他看向车子前方，语速突然变得缓慢了。

"这路看起来不大对啊。庄凯，你确定没走错吗？"

庄凯没有搭话，他厚实的背影看上去像一堵墙。

"哎呀，这边……不大对劲，你刚才是不是没有左拐？"

"哪个……刚才？"

"就是前面的……哎呀，搞错了搞错了。"祝嵩楠急躁起来，"这肯定走错了，我不记得有这条路的。"

"大概是在第五次擒孟获的时候经过的那个路口吧。那回可真是憋屈，孟获还没起兵呢，就被自己人绑了。我听到这儿也觉得委屈，所以错过一个路口，情有可原啦。当然，更委屈的应该是那个绑了人的手下，都把孟获绑给诸葛亮了，谁会想到人家又给送回来了，这以后的日子可怎么混呀……"

奚以沫还在喋喋不休地说着。要是在平时，这两人估计早就吵起来了，好在现在他俩一个正忙着找路，没空搭理人；另一个晕车，也少了七成气力，总算是没有吵起来。

在祝嵩楠的指挥下，庄凯慢吞吞地倒车。这位身高一米八的壮汉是出了名的慢性子，就连说话都像冒着烟的拖拉机，只会一个字一个字重重地吐出来。他和我一样，是外地人，平时活动的时候很少说话。但他身强力壮，任劳任怨，又是我们中仅有的三个有驾照的人之一。今天早上，祝嵩楠先亲自开车送社长和学姐他们去了七星馆，又把车开回来接我们。考虑到他实在是太累了，庄凯便主动请缨，负责开第二趟。也就是说，他还是颇有人情味的。虽然现在迷了路，但又不是故意的，谁也不好责怪他。

不过，也得亏祝嵩楠还有力气指挥。我只坐了一个多小时的车,已经开始感到舟车劳顿了,而他一个人开了两个多小时的车,现在又说了一路的故事——可以想象,载着学姐她们上山的时候,他的嘴巴也是闲不下来的。而且,根据我平日里对他的印象,他也是有点儿路痴的,要记住这些山路,想必费了不少功夫。做到这份上,居然还是不觉得累,不愧是我们任劳任怨的"精神社长"。相比之下,那个真正当社长的钟智宸,真是个甩手掌柜……

哎呀,不好。不知道将来这篇博客会不会被社长看到。我还是少说两句吧!

总之,上山的路估计还要走好久。一想到晚上还有不少事,我就觉得有休息一下的必要了。幸好我不像奚以沫,不论是车、船还是飞机,我从来都是"如履平地",完全不会觉得头晕。于是,我把脖子往窗户上一靠——如果坐在我边上的朱小珠不是女孩子,我就往她肩膀上靠了——就这样半强迫自己进入了梦乡。

"余馥生,该起床了。"

不知过了多久,朱小珠身上淡淡的香水味飘进我的鼻子里。我一个激灵,赶紧睁开双眼。

"我们到啦。"

车子正停在一片泥土地上——居然不是铺好的石砖,这让我有点意外,我本以为七星馆是个更豪华的地方。这时除了我以外的五个人都已经下车了。

"不好意思!"

我大声道歉,然后赶紧下了车。

眼前是一片宽广的私有土地,若干个圆柱形的房子交错矗立。它们清一色都是相同的造型:纯黑,三层楼,一层和二层是较小一圈的圆柱形，三层则稍微比另外两层大一圈，并且连接着一根数米高的烟囱。烟囱呈台柱的形状，越往上越细，顶端还有一小段红色的挡风板，看上去就像燃烧的火苗。这个形状，像极了古代的……

"像极了古代的油灯！"

朱小珠抢在我前面发出了感叹。

"正是。这就是仿造诸葛亮点'七星灯'的传说，建成的'七星馆'。"

祝嵩楠得意扬扬地向我们介绍。

这时，离我们最近的一个"油灯"上打开了一扇门，看上去就像油灯的添油口被人拨开了，一个身影走了出来。

"我还以为出了什么事呢。怎么这么久？"

身为我们中唯一一位已经步入社会的成年人，周倩学姐率先上前表达关切。

"不小心迷路啦。庄凯拐错了一个弯。"

祝嵩楠毫不犹豫地转嫁责任。大哥赶紧解围道："也怪我们大家不小心，山上的路看起来都差不多嘛！"

"哎呀，真是辛苦你们了。赶紧先进来歇着吧。"

两拨人中最成熟的两个人彼此客套着，仿佛这里不是祝嵩楠家的馆，他们两个才是负责招待的主人。不过，祝嵩楠倒也一副无所谓的样子。他真是个彻头彻尾的小孩子，只管做自己想做的事情，别的什么都不承担。这种性格有时候烦人，有时候倒也很可爱。

我们排成一排走进"油灯"。路上，祝嵩楠又开始滔滔不绝地介绍着：

"七星馆和七星灯都是取自北斗七星，所以我们家的七星馆也用这七颗星星的名字来给它们命名,分成天枢、天璇、天玑、天权、玉衡、开阳、摇光七座馆。其中,那四个'天'字开头的叫'魁',剩下三个叫'杓'。所以七星馆也分成两个部分,左边这四座馆之间彼此用木质长廊连接,右边三个也一样,中间就只有石头路了。而整座馆的出入口,只在靠近中间的'天权馆'和'玉衡馆',也就是石头路两侧的馆各有一个,其他五座馆是没有自己的馆门的。当然,如果有紧急情况,可以直接从一楼翻窗出来。"

"为什么这么舍不得造门呢?"

"不知道,应该是风水上的考虑吧。"出乎意料地,祝嵩楠第一次爽快地承认了自己不知道的事情,"毕竟这不是我家造的,只是二手的嘛。"

据说七星馆是某位大富豪生前所造的,在富豪去世之后,他的家人辗转将馆出售给了祝家。不管是大富豪还是祝家,都不知道脑子里在想什么。可能有钱人就是这样的吧。

天权馆的一层空荡荡的,除了正中间的旋转楼梯,什么东西都没有。木头长廊倒是修建得很古朴。穿过长廊,进入天玑馆,就看见社长钟智宸双手抱胸,像个老大爷似的立在那里。两位女生一左一右站在他身后。

"嚯,终于到啦。"他重复了一遍和学姐一样的台词,"出什么事了?"

我们把迷路的说法又重复了一遍,社长倒没什么表示,只是轻轻点了点头,似乎在说"这种小事我不计较"。

"你们参观完啦?"

"嗯,真不赖。这里的前任主人真的是诸葛亮迷啊。"

祝嵩楠满意地"哼"了一声,好像夸的是他一样。

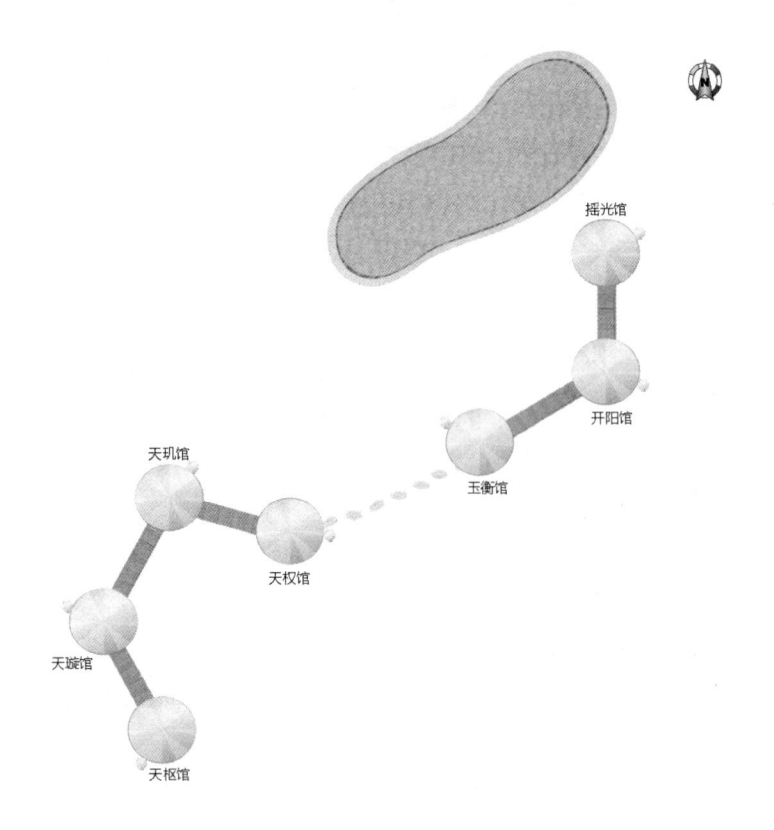

图一 七星馆平面图

"虽然我也只来过两三次,但已经对馆里的东西了如指掌咯。那么就先从二楼的展览厅开始——"

"稍等一下吧,嵩楠。他们才刚到吧?至少先让大家放一下换洗衣物吧。"

"噢噢,说得是,说得是。还是大哥想得周到。"

能让祝嵩楠态度如此恭敬的,在这世上也只有大哥了。其实大哥自己也是坐第二班车刚到的,但他却脱口而出"他们",似乎是只想着我们其他人的方便了。就因为这样,我们才这么尊重他。

我们顺次走到了第三座馆——天璇馆。这里和前两座馆不一样,一楼呈圆形散开布置了许多客房。祝嵩楠顺带为我们介绍了七座馆各自的用途:在左边的四座馆中,天枢馆是存放杂物的仓库,天璇馆是客房和仆人房,天玑馆和天权馆是放置私人藏品和会客的地方;右边的三座馆则偏向馆主个人的生活起居,玉衡馆是厨房和餐厅,开阳馆是主人居住的地方,摇光馆则是主人办公的地方。除此之外,所有馆的三层都有某个专门的用途,不能随意进入。

"……话虽如此,现在这里没有主人,我爸也很少来这里,所以大家可以随便选住的地方。开阳馆也不止一个房间,要住哪里都可以。"

"我就选了住开阳馆,毕竟我可是社长。"

在这应该客套的时候,社长不知好歹地插嘴。真不知道这家伙是怎么当上社长的,靠他爸爸吗?

最后的结果是,社长、周倩学姐和祝嵩楠三个人住开阳馆,其他七个人住天璇馆。我们约定,各自挑选房间,放好行李,就重新在大厅集合。

我只带了一个背包，很快就收拾好了。回到大厅的时候，只看见先到的秦言婷和林梦夕等在那里。这两人是坐第一班车来的，自然不需要再去放行李。不过，怎么社长和学姐也跑回房间了啊，虽然早就听说这两人关系亲密……

跟两位女孩子在一起，多少让人有些不自在。虽然大家都是同一所大学、同一个社团的伙伴，但是平时每周最多见一次面，谈不上多熟。而且，林梦夕和钟智宸社长他们是一个小团队的——和大二才入社的我们几个不同，林梦夕早在周倩学姐毕业前就认识她了，据说那时候就经常参与社团活动。在我们之中，她的能力也是最强的。她精通韵律，每次活动都能带来好几首古体诗作品。只是，社团活动毕竟不是专业考核，大家聚在一起，目的无非还是在学业之余放松玩乐。在这方面，沉默寡言的林梦夕就很难吃得开。至于秦言婷，她是和我同时入社的，但总是有点让人难以接近的气质。

"余馥生同学，你是叫这个名字吧？"

带着一股凛然之气的声音突然响起。我回过神来，发现秦言婷不知道什么时候走到了我跟前。

"是，是的！那个，你是，秦言婷同学，没错吧？"

"是我。"她朝我微微颔首，"每周社团活动的时候坐在角落的那个。很高兴有人记得我。"

"啊哈哈。我倒是也很高兴有人认识我啦。"

"谁会不认识你呢？每次活动都参加的人可不多。而且，你上个月填的那首《浣溪沙》，我可是印象深刻。"

我感觉自己的脸"唰"地红了。

"那都是打油诗一样的东西，还是忘掉的好啦……"

"'李广射石今有愧，正龙拍虎古无征'……我对'正龙拍虎'

这个词特别感兴趣。"

"哎呀,真的还是忘掉好啦,你怎么还背下来了啊!我要羞死啦。"

不久前有个叫周正龙的人在新闻上说,自己拍到了已经灭绝的华南虎的照片,这件事在舆论界引起了轩然大波,但最终证实那似乎只是这个人为了骗取国家奖金而炮制的假照片。不过,"正龙拍虎"可不是我的原创,是网友们创造的新成语,用来讽刺那些招摇撞骗的行为。秦言婷看上去像是个大小姐,看来还不习惯网络这种新鲜事物。

"听你的口气,你觉得李广射石的典故,也是造假的了?"

"那当然了。箭怎么可能射入石头里呢?不过,李广的事情并不是他为了利益而编造的,所以我认为他若是生在今天,面对被神化的自己,也会有些不好意思。"

"原来是这样。我觉得这个想法很有意思,特别是'正龙拍虎'这个成语。都说语言是在不断进步的,而这个词又颇有些新意,或许几百年以后,也会变成汉语成语中的一分子呢。"

"我可不这么认为。现在这个时代变化得比古时候要快多了,一件事情还没被人们记住,新的事情可能就冒出来了。如今要演变为成语流传下去,可比古时候要难得多了。"

这是我随口说的,其实我并不是这么想的,现在有博客这种便利的东西,要将事物流传下去不是应该更简单吗?不过,我必须得找个台阶下。我可不想因为网上看来的成语,而被她捧成大文豪。

"你果然很有想法。不过,我相信有些东西还是能够被流传下去的。等你参观完七星馆,应该就能明白了吧?诸葛亮这个人留下了许多传奇,每一个都要比'李广射石'离奇得多。我们百姓永远不会忘记他的故事的,而且会一直将之流传下去。"

她说完,自顾自地退到边上去了。

最后一个回来的是祝嵩楠本人,在他的带领下,我们终于开始参观传说中的七星馆了。不过,实际上可以参观的只有天玑馆和天权馆两间而已。

展品自然全都是有关诸葛亮的——正如之前所说的,七星馆的前任馆主是个不折不扣的诸葛亮迷。我们海谷诗社不仅仅是大学的诗歌社团,里面的大多数成员也都很喜欢古典小说,《三国演义》更是其中的热门。而祝嵩楠本人则是"三国迷"中的"三国迷",用流行的话来说,我私下称他为"最牛三国迷"。当他得知社长计划在连休期间组织社团出游之后,便全力鼓动大家来他家的七星馆做客。

天玑馆二楼的两间副展厅,其中一间直线陈列着代表诸葛亮生平各种事迹的古典挂画。根据祝嵩楠的说法,似乎是请人专门画的。第一幅图画的是一个儒生模样的人骑着马,在石头阵中进退两难,阵阵仙气则从远方飘向天空,诸葛亮那羽扇纶巾的形象隐隐现于其中。画上还题有一首诗:

"功盖分三国,名成八阵图。江流石不转,遗恨失吞吴。"

这自然是天下闻名的八卦阵了,而诗则是杜甫的《八阵图》。之后的几幅画,有画诸葛亮火攻蛮兵的,有画诸葛亮焚香操琴的,有画士兵戴着鬼面具操控木马的,有画诸葛亮点灯作法的,最后还有一张图,画着三位将军抱头逃亡,诸葛亮则端坐于车上。这几幅画分别表现得应该是七擒孟获、空城计、木牛流马、五丈原,以及遗计退司马懿的典故。

"羽扇纶巾拥碧幢,亲提士马出南方。瘴烟罩地经泸水,火

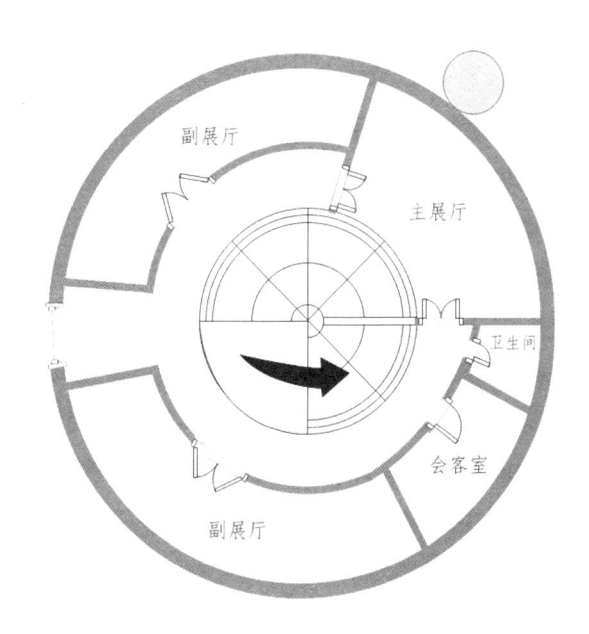

图二 天玑馆、天权馆的二层展厅，以天玑馆为例

日飞天守战场。三顾深恩酬汉主,七擒妙策制蛮王。至今溪洞传威德,为选高原立庙堂。"

"瑶琴三尺胜雄师,诸葛西城退敌时。十五万人回马处,土人指点到今疑。"

"六出祁山用计谋,军粮递运到西州。剑关险峻驱流马,斜谷崎岖驾木牛。心地玲珑人莫测,性天广大鬼难筹。谁那继此神仙术?古往今来赞武侯。"

"拨乱扶危主,殷勤受托孤。英才过管乐,妙策胜孙吴。凛凛出师表,堂堂八阵图。如公全盛德,应叹古今无。"

"长星半夜落天枢,奔走还疑亮未殂。关外至今人冷笑,头颅犹问有和无。"

全部都是出自罗贯中的《三国演义》里的诗句。

另一间副展厅里陈列了许多风水用品,道袍、法剑、面具、八卦镜等一应俱全,据说摆放位置也有讲究。不过,我们一行人中没有人对风水特别感兴趣。

至于主展厅,则是被布置成了军帐的样子,两边两排柱子,左边挂"蜀"字旗,右边挂"汉"字旗,侧面的兵器架上备满斧钺钩叉。正中央的主座上,放着一把羽扇,桌上则摆着一架古琴,左摆香炉,右设一只木筒,里面插着几块军令牌,恩威并济。由于道具做得都很还原,看上去真像是回到了古代一样。主副展厅都没有窗户,应该是为了保护藏品。

天权馆也是相似的布置,副展厅里放了些书画作品,主展厅则换成了朝堂的造型,相比之下倒是空荡了许多,除了代替兵器架的仪仗架以外,就只剩一张上朝用的桌子。值得注意的是,朝堂的角落里摆着一只空鸟笼和一段沉重的锁链,各自积满灰尘,似乎别有深意。

"'可怜后主还祠堂，日暮聊为梁甫吟'，馆主既然是诸葛亮迷，想来对刘禅也有些意见吧。"奚以沫冷笑着说——他似乎只有在这种场合才爱说话。在《三国演义》里，刘备的儿子刘禅被描绘成无能的皇帝，把父辈们打下的江山拱手让人，枉费了丞相诸葛亮鞠躬尽瘁的一片苦心。

"也不能这么说，蜀汉的领土少，兵力弱，本来就难以讨伐中原的曹魏势力，而且后主对诸葛亮也算是言听计从了，和他互不对付的，主要是诸葛亮的接班人姜维……"

祝嵩楠的辩护有气无力，似乎只是为了不让奚以沫得意才刻意还嘴的。的确，尽管对于诸葛亮和刘禅的关系，后人讨论出了很多种观点，但这里的鸟笼和锁链，确实足以说明前任馆主自身对刘禅的态度是否定的。在这点上，不论他如何解释，也难以赢得辩论。

走出天权馆，又可以呼吸新鲜空气了。这时我才发现，七座馆后面还修了一片浅浅的池塘，如果在夏天，这里一定很适合乘凉观星吧。走过石板路，就到了兼任餐厅和厨房的玉衡馆。想必建造者的意图就是这样的：客人在客房放好行李，参观两座展厅，最后进入餐厅用餐，整个路线恰好是一条直线，十分合理。

可惜的是，祝家没有在七星馆安排仆人，所以今天的晚饭只能我们自己做了。祝嵩楠像变魔术似的，从二楼的厨房里变出一排烧烤架来。

"晚上吃烤肉吧！"

上山前，他神神秘秘地告诉我们"晚饭早有准备"，没想到是这个意思。不过，大家都对这个提议感到满意。我们在池塘边架起烧烤架，社长和庄凯则从面包车上搬下一大堆食材和啤酒。原来这两人也早就是同谋了……不对，大概这件事是社长提议的，庄凯只是临时被叫来干苦力的。

烤肉架不允许所有人一齐下手，所以我们自动分成了"烤肉组"和"吃肉组"。周倩学姐和朱小珠首先主动请缨——她们两个似乎都有烧烤的爱好。大哥则自然而然地提出帮忙，还用眼神示意我这边。我也觉得如果让两位女生负责烤肉有些过意不去，至少男女比例也要是二对二才合适；然而偷瞄了一圈，祝嵩楠自称还有节目要准备，不知道跑哪去了，社长和奚以沫都是没办法拜托的家伙，庄凯则只顾坐着发呆，看来只能我自己上啦！

我们手忙脚乱，终于把第一串鸡翅烤焦的时候，祝嵩楠回来了。奇怪的是，他的脸黑乎乎的，不知道沾了什么东西，把大家都吓了一跳。

"搞什么鬼呀？你的'余兴节目'就是扮黑脸张飞吗？"

大哥叫了起来，社长则是幸灾乐祸地哼起了去年的流行歌："您是西山挖过煤，还是东山见过鬼……"

大家都哄笑起来。祝嵩楠却没有像平时一样急于挽回自己的颜面，而是笑嘻嘻地回答："我就是去挖煤了，你们很快就能看到成果啦。"

不出几分钟，七星馆的上空忽然亮了起来。众人抬头看去，只见七座馆顶上的烟囱，此时都发出了耀眼的红光，还有滚滚黑烟直冲上天。

"着火了！"

朱小珠叫起来，马上被祝嵩楠敲了一下。

"别咒我家啊，什么乌鸦嘴！看清楚了，那是七星灯哦。"

确实是七星灯。七座建成油灯外形的馆，此时烟囱同时发亮，就像七盏油灯各自被点燃了灯芯一样。

"难道每座馆的三层都是这个用途吗？"

图三 油灯概念图

大哥第一个反应过来，祝嵩楠满意地点了点头。

"正是如此，三层可是这里的'吸烟室'，大哥下回也能去享受享受——开个玩笑。总之，所有馆的三层都是一样的构造，包括一间燃料室、两间灯室和一间通风室，烟囱都接在通风室上。当然了，建筑物的隔热性能很好，绝不会酿成火灾。至于烟囱发出的光亮，其实是 LED 灯的效果。"

"什么嘛。还以为真的着火了。"

"都特意点火了，为什么发光的部分还要用 LED 灯？不嫌麻烦吗？"

"人家自有人家的考量。"祝嵩楠终于重新回击了，"点火是为了满足七星灯的要求，烟囱上的灯是没有开关的，只有烟雾探测器检测到起火了才会自己亮起来，持续九个小时。至于为什么不直接在烟囱里点火，那当然是因为太危险了，必须在安全的环境内燃烧才行。"

"可以理解。我听说这次奥运会的圣火也是这样的设计，在内部准备小的火苗，防止上面的火被吹灭。"

"完全不一样吧。圣火的外部可是真的火在烧，这个是 LED 灯呀。"

社长似乎终于找到一个炫耀学识的机会，结果被奚以沫毫不留情地拆穿了。如果以为奚以沫总是和祝嵩楠拌嘴，是因为两人关系不好，那可就大错特错了。他对任何人其实都是那种轻蔑的态度。

"可是我看三楼没有窗户呀，没有氧气要怎么燃烧？"

"烟囱就是通风管道，那上面有抽风机的。大概是这样吧，我听我爸说的。"

面对大哥，祝嵩楠突然就没了底气。

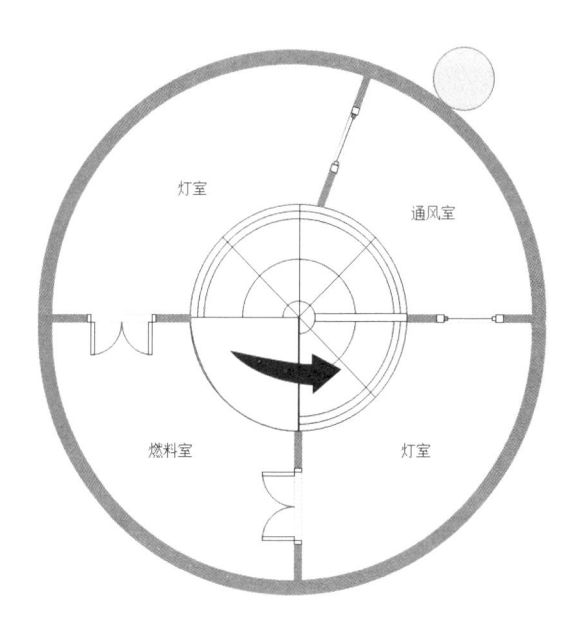

图四 燃灯层的构造，以天玑馆为例

"所以你刚才真的是挖煤去啦？"

"是的，燃料都是用煤……都是前任馆主用剩的，我爸其实看不上这些把戏。但我想，难得大家一聚，就弄出来看看。"

"不错不错，嵩楠有心了。"

周倩学姐带头鼓掌。祝嵩楠似乎觉得自己的努力总算得到了认可，出了口气，开心地抢走了我手里刚烤好的玉米棒。

"咳咳。大家听我说。"

手举啤酒的社长突然端起了架子，那副样子真有点他爸爸的派头。

"那个，今天，我们海谷诗社的朋友们，相聚在这里，首先，我们要感谢嵩楠同志的，盛情款待！"

他刻意进行频繁的断句，还用力说出最后四个字。跟他最为熟悉的周倩学姐立刻鼓起掌来，我们也只好配合。

"其次，要感谢，一路上帮忙组织活动的周倩同志，以及，任劳任怨的庄凯同志！最后，要感谢参与活动的，每一位社员！本来，这次活动，是预计在'五一劳动节'的小长假期间，进行的。但是，很不幸，我病倒了。俗话说，'身体是劳动的本钱'，因为我个人的问题，拖累了大家开展'劳动'，这个错误，我已经进行了深刻的反省和深刻的检讨，非常抱歉！"

他说得冠冕堂皇，但我却很清楚，那次生病完全是因为他和其他系的女孩子出去喝酒，宿醉之后导致的。

"因为这个小小的意外，我们把活动推迟了一周，选择在这个周五，来到这里。还好，大家周五都没有课，周倩学姐也刚好今天能请假，这是巧合，但往大了说，也可以认为是命运的安排。满打满算，我们现在，还是有一个三连休的小长假嘛！哈哈！"

让周倩学姐请假怎么也能叫"命运"呢？人家这么做也是有牺牲的啊。而且，据我所知，庄凯可是推掉了每周五的打工来参加聚会的。社长的这番发言真是让人听了很不舒服，但谁也不会在这个时候打断他。没有必要为了一点意气，去弄出一些难以收场的事情——大多数受害者都会有这样的思维，结果继续成为受害者。个人来说，我并不喜欢这种想法，但我也不是多么勇敢的人，愿意替别人出头。所以，我只好把心里的不满写到博客里……

不知不觉，社长已经把话题推进到感谢自己的父亲租车给我们了。他真是三句话离不开爸爸。毕竟，像他这样的官僚子弟，现如今所拥有的绝大部分资本都是父辈给予的。离开了父辈，他大概就没有能做成的事情了吧。只是，他出的那点赞助，跟祝嵩楠比起来简直是九牛一毛，居然还要特意提起。如果不是他搬出这辆破面包车，祝嵩楠大概会准备更好的车辆吧？结果因为没办法拒绝社长的"好意"，大家只能挤破面包车了。

祝嵩楠和社长，其实都是"家境好到我们难以想象"的人，只是两人对其他人的态度截然不同，一个是真的大方而不计较，另一个则希望你对他所有的小恩小惠感恩戴德。这大概就是这俩人在我心中的地位截然不同的原因吧。

最后，社长让我们干杯致意。接下来就变成一瓶一瓶地劝人喝啤酒的环节了。我不擅长应对这种场合，尽可能躲得远远的。其他人倒都是一副很上道的样子，很快就喝成一片了。

"诸葛亮确实是大英雄；但是《三国演义》里，最突出的个体，应该是关羽。"

醉意上来之后，社长又开始说些自己的理解了。几分钟以前，因为他的一句"来了这里，就要多讨论三国"，大家的话题就这么被限定了。

"斩华雄,斩颜良文丑,过五关斩六将,再到后面的……唔,单刀赴会,全都是一枝独秀的场合。相比之下,其他角色很少有这种机会。而且,诸葛亮从不失手,即使失手,也是手下坏了事,比如失街亭,或者老天不给面子,比如上方谷;但关羽不一样,他在华容道放了曹操,也被传为美谈,也就是说,作者对关羽的包容度更高。在关羽死后,作者一连写了好几首诗称颂他呢。梦夕,是怎么说的来着?"

"'气挟风雷无匹敌,志垂日月有光芒。至今庙貌盈天下,古木寒鸦几夕阳'……"

林梦夕听话地小声应答。她刚刚被社长半强迫地灌了不少啤酒,此时脸蛋已经红扑扑的了。看周倩学姐的反应,这似乎是常有的事情。不过,她连这种《三国演义》边角里的诗句都能背下来,真是了不起。越是觉得她了不起,我就越觉得她不该被这样欺负……

"你说得完全不对啊,社长大人。"奚以沫毫不留情地开口反击,"首先,要说诗,诸葛亮死后,罗贯中可是给他安排了满满一页的赞诗,比关羽要多得多了。再说,根据《三国演义》的原文,诸葛亮早就夜观星象,算到曹操在赤壁之战里死不了了,所以他才把关羽派去伏击,因为他知道不管派谁去,曹操都能跑掉,不如让肯定会主动放人的关羽去,送他一个大人情。就是说,这一段也还是在夸诸葛亮的。"

"我倒觉得放走曹操也不是大错。"周倩学姐也接口,"不能以今人的价值观评判古人,或许以成败论的角度来看,放走曹操是大罪一桩,但对于以'忠义'为第一的古人来说,这其实是一种道德水平很高的体现。"

"哼，道德水平啊，尽是些愚弄大众的说法。"

社长似乎对学姐没有站在自己这边感到非常意外，脸色也阴沉下来，竟说出了平时肯定不会说的话。

"因为'侠之大者，为国为民'嘛。大家想想，关羽过五关斩六将的时候，罗贯中是怎么称赞他的？'忠义慨然冲宇宙，英雄从此震江山'。他和刘备、张飞重逢的时候，又是怎么说的？'今日君臣重聚义，正如龙虎会风云'。甚至直到他去世以后，也是说他'无忘赤帝''不愧青天'。毛宗岗说关羽'义绝'，就是重'义'到了极点的意思，但是那种'义'跟我们今天说的仗义又是不大一样的，它永远是和'忠'绑定的，'忠义'才是一个完整的词。侠客讲义气，最终的目的也是为国为民，'义'只是实现的一种手段，而且是一种更容易被普世所接受认可的手段。关羽投降曹操，其实是欲扬先抑，之后用千里走单骑回归刘备阵营，来进一步突出他的'忠义'。曹操给他的待遇不可谓不好，如果他就这样投降了曹操，在'义'上也并非说不通，但于'忠'就有违背。所以他最后还是必须回归刘备阵营，这就说明'忠义'是高于'义'的。不过，到了华容道的时候，'忠'和'义'终于产生了冲突，因为放走曹操确实会有很多危害。所以才要加上'占星'的元素，说明曹操不死是命中注定，才能让关羽的'义释'显得更正当一些。"

说完这一长串，祝嵩楠喝下一口酒，又滔滔不绝起来。

"不过，要我说，《三国演义》里确实有一个完全脱离集体主义的个人英雄主义者，那就是曹操。他早年暗杀董卓失败后，逃到父亲的朋友家，只因为怀疑人家要杀自己，就把对方全家屠尽。结果发现是误会，对方只是想杀猪。可是误会解开之后，他没有一点儿后悔，立刻把剩下的老人也杀了，以绝后患，还说了那句经典名言'宁教我负天下人,休教天下人负我'。这可是赤裸裸的自我中心式的发言啊。不过,他给自己的自我中心主义披上了集体主义的外衣,让人以为他是个以大局为重的人。攻打袁术的时候,军中没有粮草了,士兵们有怨言,他就找来管粮食的小吏,说要'借你头一用',把人杀了,解释成此人贪污军粮,现在已经正法,于是士兵就没有怨言了。拥护这种行为的人,会强调情况的极端性,坚持'只有这样才能稳定军心',好像杀了小吏,就没有任何损失了一样。但事实上,在那种情况下,不管采取哪一种行动,都一定会有人受到损失。曹操采取的策略,是对他个人来说损失最小的一种,仅此而已。被杀掉的小吏也好,饿着肚子的士兵也好,本质上都是集体在买单。所以,那些强调大局的人,很多时候都是在用集体主义绑架个体的家伙罢了,当需要其他人牺牲时,他们会说是为了大局,轮到自己的时候却又动别的脑筋……"

"话也不能这么说吧。"社长的声音里已经有几分醉意,"古时候的人哪里能分得那么清楚呢?古时候是君主制,中央集权制,对吧!所以天下都是皇帝的所有物咯。皇帝治理有方,那只不过说明爱惜他自己的财产;皇帝昏庸无道,就会被人推翻,失去自己的财产。你说的个人损失、集体损失,是建立在所有人都平等的情况下,但当年怎么会有这种概念呢?为了整个势力卖命,和为了军阀首领本人卖命,根本就没有本质上的区别。即使是诸葛亮,他始终打着的也是'复兴汉室'的旗号,并非'拯救天下苍生'吧。所以他连年发动战争,也只是为了夺取权柄而已,哪有那么'为国为民'。"

祝嵩楠摇头:"为了实现自己的政治抱负,而去对抗暴政的一方,并不是什么坏事。如果诸葛亮能够成功,对百姓难道就没有半点实惠吗?当年曹操南下进攻荆州,刘备仓皇出逃,竟然有整整十万民众愿意跟着刘备,拖家带口地一起逃跑,史称'刘备携民渡江',不只是《三国演义》,连《三国志》也记载了此事。这还不足以说明,曹魏集团统治下的百姓,日子过得不如蜀汉吗?根据史书,在曹魏统治下的百姓,承担的赋税是汉代的四倍!不仅如此,曹操还制定了'军屯制'的法令,将百姓收编为平时种地、战时充军的奴隶,称为'士',不仅一生为奴,而且子孙后代也不能获得自由身,逃亡者甚至会被灭族。《晋书》里讲了个例子,说有个叫赵至的人,是'士'的儿子,他不甘心像父亲一样当奴隶,于是装疯卖傻,用火烧自己的身体,如此做了一年,直到官吏以为他真的疯了,才出逃到外地,用假身份'漂白'成自由人。可是,当他历经千辛万苦,当上大官返乡,想要好好孝敬父母的时候,才发现母亲早已病逝,他过度悲伤,竟吐血而亡。如此残酷的统治,为什么不可以推翻呢!"

说到这,似乎是觉得话题有些太严肃了,祝嵩楠停了一会儿,忽然低头一笑:"不过,说到统治的正统性,我倒是想到一个有趣的观点。这是我前段时间从朋友那里听到的假说,说出来给大家当笑话听听,就当成是痴人说梦吧!他说,诸葛亮试图统一天下是应该的,因为诸葛亮就是汉朝的皇帝!"

"啊?为什么?"

"他给出的理由非常玄乎。首先,史书记载,诸葛亮出生于公元一八一年,死于公元二三四年;而汉献帝也生于公元一八一年,死于公元二三四年。"

"这算什么,我俩要是同生同死,我就是你了?"

"还不止如此。他还说,十六岁以前,诸葛亮是个默默无闻的人,在史书上一点表现也没有;而某天他突然声名鹊起,自号

'卧龙'。汉献帝刘协儿时聪慧过人，董卓见到他，立刻认他为天子之才，把他摆上了皇帝的位置。年轻时的汉献帝也非常强悍，甚至曾在曹操上朝时当面指责他独揽大权的行为，吓得曹操'汗流浃背，自后不敢复朝请'。但成年之后，他突然就变得软弱无为，毕生受到曹操摆布。两人的转变都发生在同一时期，而那个时期刚好发生了'衣带诏'事件，汉献帝与几位忠臣图谋刺杀曹操，结果失败，曹操杀了一批大臣。如果汉献帝的计划并非刺杀曹操，而是制造混乱、自己趁乱出逃呢？他利用这个时机逃到南阳，留下一个替身充当傀儡，而在这次事件中，和汉献帝亲近的大臣又都被曹操杀掉了，除了曹操，其他人很难分辨留下来的这个是不是真的汉献帝。至于曹操，他当然不能主动说出'皇帝跑了'这种话，只能将错就错，维护自己'挟天子以令诸侯'的名分。当时，诸葛亮突然自号'卧龙'，龙在古代就是皇帝的象征呀！"

"太扯了，那庞统自号'凤雏'，难道他想当皇后？"

奚以沫两次出言讥讽，但祝嵩楠不慌不忙地回击："'凤雏'是可行的，因为古人本来就有以男女之爱来比喻君臣关系的习惯，屈原的作品里就经常有这种写法。而且，如果诸葛亮是汉献帝的话，还能解释很多事件……"

祝嵩楠滔滔不绝地举了许多例子，虽然听上去都有些附会，但确实都落在了他想论证的点上。

"你的意思是，诸葛亮和汉献帝其实是换了身份，真正的诸葛亮此时变成了汉献帝？"

"是的，因为不管怎么说，凭空造一个身份出来还是很困难。如果汉献帝变成了诸葛亮，那原来的诸葛亮就得有个去处。他们两个很可能在长相上有相似之处，所以才能完成替换。自此，平庸的诸葛亮就成了龙椅上任人摆布的傀儡，而聪慧的汉献帝得以用新的身份完成夺回江山的伟业。"

"那样的话，真正的诸葛亮不会太可怜了吗？被迫接受不属于自己的傀儡命运……"

"没有办法呀，用刚才讨论曹操时采用的说法，这就是为了集体利益，而不得不被牺牲掉的个人吧？不，应该是为了皇帝一个人而牺牲的个人。不是有句话叫'君要臣死，臣不得不死'吗……"

他说到一半，突然传来了"哐"的一声响。我们不约而同地看向发出声音的位置。竟然是一直很安静的林梦夕。

"那也是那个人自愿的……"

她直勾勾地盯着祝嵩楠，脸上挂着不知道是惊恐还是愤怒的表情。她平时几乎从不表露自己的情感，以至于此时此刻，我们还不是很能准确地把握到她的情绪。不过，我还没喝醉，因此能清楚地注意到，她搭在膝盖上的双手正轻微地颤抖。

"喂，梦夕，你喝多了。"

社长快速出声打断她。仔细一看，他表情严肃，似乎酒一下子醒了不少。

林梦夕轻轻地"嗯"了一声，又把身子缩回座位上。气氛一下子被弄得有些尴尬，好像不是在讲三国的话题了。好在大哥立刻发挥了气氛调节的作用："我这块香菇烤黑了啊！谁要吃烤焦的？"

"谁要吃烤焦的！"

祝嵩楠跟着重复了一遍，但意思截然不同。如此一来，倒也有几分喜剧效果，不愧是和大哥最有默契的人。

那之后，大家聊起了其他话题。社长提议众人效仿古人，行

"飞花令",结果自己连第一轮都没接完,反倒变成他展示自己酒量大的表演了。周倩学姐则作了一首现代诗——在我们之中,只有她和庄凯是"现代诗派"的,可惜庄凯入社时她已经毕业了。她开玩笑说,这下子"现代诗派"的成员就保持了"动态平衡"。

"海谷诗社至少还是得有一个人是我们这边的,不然怎么对得起它的名字呢!"

她开了个这样的玩笑,我才知道,原来"海谷"是徐志摩早年用过的笔名。身为海边长大的人,第一次见到这个社团名的时候,我还觉得十分亲切,却从没想到它是这么来的。

晚宴持续到晚上十点多,大家才逐渐散了。不胜酒力或睡意缠身的人,一个个自行回了房。我算是比较坚挺的一派,一直坚持到后半场,也就是只剩五个人的时候,才推说困了,逃离了酒桌。

回到房间,我立刻拿出藏在书包里的笔记本电脑。这可是我的宝贝。绕着墙壁找了一圈,没找到宽带接口——本来也没指望这种地方会有。只能先把博客写好,然后设置成待发送状态了。

做完这一切,我躺回床上,盯着黑漆漆连成一片的天花板出神。老实说,在这以前,我从未和朋友一起出来旅行,新鲜感此时还未完全退去。现实中的七星馆和想象有点出入,应该说是正经呢,还是传统呢?总之,虽然是有钱人造的奇妙建筑,却令人没有疏离感。或许此时,我已经被七星馆里静如止水的气氛同化了吧。

不知道是不是刚才点火烧过的缘故,房间里暖洋洋的。思考没有持续很久,我很快进入了梦乡。

三 斫木

"你看懂了吗？"

这是白越隙离开房间后说的第一句话。

不出所料，谬尔德摆出一副讳莫如深的模样。

"'看懂'是什么意思呢？在这个世界上，每天都会有人对着蒙德里安的画作说'我看懂了'——但是他们'看懂'的东西真的一样吗？"

"你就是这点让人讨厌，不管讨论什么话题都不肯好好说话。那我换个问法，你看完这份手记以后，觉得最后在写下手记的'阿海'身上发生了什么？"

"他不是写得很清楚了吗？他失去了身体，只好等哥哥来救自己。"

谬尔德耸了耸肩，好像在说一件非常理所当然的事情。

"怎么可能啊。人失去了身体哪里还能活着？"

"头部且不说，躯干应该还能活个十几秒吧。如果你说的'活'指的是生命机能没有停止的意思的话。这么一说，倒是挺有意思的，到底是身体失去了头，还是头失去了身体呢？"

"我不想跟你讨论这些形而上学的问题，但至少我可以指出一个基本的矛盾：如果没有身体，他要怎么写下这本手记里的文字呢？"

"用嘴叼着笔也能写字哦，前年还出过一则新闻，河南有个小伙子……"

"那血手印要怎么解释呢？"

白越隙抬高了声调。他心里很清楚，谬尔德在心里早就有自己的结论了，只是故意说一些无关的话题来挑衅和玩弄自己。这种时候生气就输了，但要是不生气，又很难让对话继续下去。他好像被猫逗弄的老鼠一样，每次都先让对方瞎扯的欲望稍微得到满足，然后再转为强硬的态度。有时候他也会这样安慰自己：要理解成是我在投喂这家伙也说得通。

"就算你的诡辩在逻辑上能够成立，但手印还是没办法解释的吧？"

"并不是完全无法解释，我可以说成是另一个无关的小孩留下的手印，比如说那个叫'家豪'的小朋友。不过，看样子你是不会信服这种解答的呀。"

谬尔德果然让步了。

"那好，我承认，这份手记是有些不寻常。"

"你能解释这些不寻常吗？事先说好，我可不认为那是小孩子的单纯幻想，或者成年人的胡编乱造，毕竟'本子上有血'可是你自己下的结论。"

"我当然不会求助于那种无聊的解释。这个小孩子手掌大小的血印已经清楚地说明了，这本手记背后有一些没写出来的故事，所以它才显得不寻常。"

"那它为什么不寻常呢？"

"我为什么要跟你解释？说起来，你还没具体告诉我，这份手记到底是怎么来的吧。如果是在求我帮忙的话，就得拿出诚意来哦。"

"谁求你帮忙了？本来不就是你自己偷看了我的包裹吗！"

话是这么说，但这份手记里的内容确实超出了白越隙的想象。他本以为张志杰烦恼的只是手记的来源不明，没想到内容也有这么大的问题。对方告诉他，本子里的内容没准能当成写作的素材，当时他不以为意，现在倒开始认真考虑这件事了。

连休已经结束，新冠疫情却还没过去，就连在住处和学校之间往返也需要每天提交一次申请，生活单调而机械。这本奇怪的手记，对他来说也是个"值得打发时间"的对象。身为预备考研的学生，说"打发时间"似乎有点过分，但白越隙就是那种很容易心猿意马的人。对他来说，撇下备考，去调查这些与自己的前途无关的神秘事件，虽然不可饶恕，却有一种带着悖德感的吸引力。

如果把手记的内容写成小说，没准还真能赚点稿费。更重要的是，能够为白越隙补充一些成就感和安心感，让他明确现在选择的道路是"正确"的。只是，那必须建立在读懂手记含义的前提下。

虽然谬尔德是敌人，但如果能利用敌人为自己带来收益，也不是坏事。

"不过我也算是个不择手段的人。如果你已经知道这本手记里写的事情到底有什么含义，那就算要我求你，我也希望你能告诉我。"

"真没有毅力呀，这就折服了。"

谬尔德不自在地摸着脖颈，似乎没想到白越隙会如此爽快。

"但遗憾的是，关于手记的由来，我也只有一点很有限的线索。"

接着，白越隙把自己和张志杰重逢的经过说了出来。

"如何？名侦探谬尔德大人已经懂了吗？"

"抱歉，我和那些专职搞选举或者演讲的家伙不一样，要我承担失手的风险去轻易对一件事断言自己'懂了'是很难的。我应该一直都在提醒你，对任何未知事件的解释，都需要建立在充足的证据之上。而要想获得充足的证据，就必须有明确的目的性。你想求我帮你解释某些问题对吧，那你就应该拿出求神拜佛的诚意，好好把自己的疑问列出来。这可是国庆大酬宾呀！平时我的收费可不低，但这回让你拖拖地就行了。"

"原来还是有报酬的啊！"

"'不白干'是我数以千计的原则之一，很遗憾你又穷得叮当响，榨不出什么油水。而且，如果让你洗碗，只怕不出半个月我就会被毒死，所以只好选拖地了。"

"啧。"

那一瞬间，白越隙真的产生了在碗筷里下毒的冲动。这一年多以来，他不知克制住这种冲动多少次了。他时常觉得，自己那强大的自制力，是谬尔德的救命恩人。

"那我就列给你看。"

他拿出纸笔，稍加思索，写下一系列文字：

1. 积木搭建的花园为什么会成真？
2. "黑洞"卡牌为什么会反复出现？
3. 最后出现的房间、"宇航员"和一对男女，代表着什么？
4. "阿海"最后怎么样了？
5. 手记最后的血手印意味着什么？

"如何，这就是现阶段我想知道的全部了。"

"得拖五个月的地板呢。你可真勤快呀，就不能简化一点吗？问题一、问题二和问题三不是可以合并成'他遇到了什么'这一个问题吗？"

"不，我认为这三个问题有必要区分开。"

"喔。为什么呢？"

"因为，自从'阿海'偷走积木出逃以后，以他第一次失去意识为分界线，前后发生的事情是在不同的时间段。前半段建造花园的经历和后半段遇见'宇航员'的经历，中间有时间间隔。假如说这两段遭遇中，有一段遭遇是'阿海'看到的幻觉，那么另一段就应该是真实的，因为很难认为一个人会持续不断地沉浸在幻想中。"

"你似乎已经认定其中一段遭遇是幻觉了，为什么呢？"

"是我个人不靠谱的猜测，也是任何一本推理小说都不屑于采用的解答，但我觉得这还挺明显的吧。我认为'阿海'用积木建造花园的第一段遭遇是他的幻觉，因为他吃了致幻的蘑菇。"

谬尔德扬了扬下巴，示意白越隙往下说。

"被他描述成'怪异的红色块状物体'的，应该是山里很常见的致幻类毒蘑菇。从整本手记看来，'阿海'居住的地方应该是发展相对比较好的乡村，没有到赤贫的地步，但也不算富裕。而'阿海'本人喜欢看宇宙画报，并不经常上山玩耍，那么他误食毒蘑菇也是有可能的。"

"是不是有些牵强呢？既然他喜欢看宇宙类的画报，也有可能看植物百科类的画报，你如何断定他不认识毒蘑菇呢？"

"有一点间接的证据。他描述科学老师的时候，提到对方玩的游戏是'红色的小人在水管之间跳跃，采集金币和各种颜色的花朵,把敌人踩成肉饼'。从本子的陈旧程度来看,这本手记是十多年前写的,当年可没有那么多电脑游戏,而老师玩的怎么听都是《超级马里奥》。但《超级马里奥》里并没有各种颜色的花朵,只有各种颜色的蘑菇。所以我猜测,'阿海'一直把蘑菇当成花的一种。"

"蘑菇和花不是差很多吗?"

"对于思维已经定型的成年人来说,两者自然相差很多,但在孩子眼里可能是有共性的。它们都是一根长柄拖着一片展开的部分。瑞士心理学家皮亚杰认为,人们认知某个事物,必须遵循一套基本的模式,人们会根据旧的知识所形成的模板,来快速对新接收的知识进行编码、归类和解读。换言之,我们判断某样东西是不是'花',也不过是依靠预先植入在我们脑海里的'花'的基本模型。而对于还在学习阶段的小孩子来说,这种模型可能每天都在被颠覆和重写呢。"

"你懂得还真多。"

"考试资料里的内容罢了。除此之外,我还有一些旁证。他描述自己用导弹——我猜那可能代表的是火箭的燃料室,被他误认为是导弹——的积木零件做成白花时,用词是'下面尖,中间是圆柱形,最上面则呈放射状打开',这怎么看都更像是蘑菇。后面用探照灯做成的'红花',也和蘑菇很相似。"

"所以你认为那些突然开出的花,就是突然长出的蘑菇?"

"蘑菇的生长速度本来就很快,虽说还没到肉眼可以察觉的地步,但是,在他坐下来玩积木的时候还没从草丛里长出来,之后却长到了可以被注意到的程度,这还是有可能的。毕竟他没有说明自己花了多少时间玩积木,而傍晚的山上光线又不充足。"

"真是巧合主义。"

"俗话说'无巧不成书',这种内容异常的手记,肯定是伴随着巧合诞生的,否则不就每天都能遇到这种怪事了吗?既然'阿海'不能正确认识蘑菇,那么他之后吃的那块'塑料苹果',当然也有可能是毒蘑菇了。之所以没有把它也认成花,可能是因为那是一株冠部尚未完全张开的蘑菇,我推测是毒蝇伞,这种蘑菇在冠部完全展开以前,看上去就是个红色的球。吃了毒蘑菇之后,他产生了幻觉,就看见朋友的人头和扩大的黑洞了。"

"杜甫有句诗说'卧龙跃马终黄土',不知其中典故的人,可能会把整句话的主语当成'卧龙先生'诸葛亮一个人,认为这句诗是说他跃上了一匹马;然而,'跃马'并非动宾结构的短语,而是指代另一个叫公孙述的人。很多时候人们只是因为不具备某个知识,就会把事物朝着与真相完全相反的方向去理解。哼哼,不错,这确实是个可能的解答,我暂且认可你了。"

"别说得那么了不起的样子,谁需要你的认可啊。"

经由这番话,白越隙彻底确信,自己提出的解答,谬尔德早就考虑过了。

"既然这样,你的'问题一'就可以解释了吧,为什么还要特意写出来呢?难不成你很喜欢给我家拖地?我是无所谓啦。"

"才不是。问题在于,毒蘑菇不能解释所有的问题。如果手记里的内容无误的话,在他吃毒蘑菇之前,就已经出现了很多奇怪的现象,比如那条黄色的小溪,还有突然长出来的馒头,我还没办法解释这些现象。而且,如果他是吃了毒蘑菇产生了幻觉的话,等醒来的时候,幻觉就应该没有了。但那个时候,他的口袋里却装着在幻觉里看见的'黑洞'卡牌,这是我怎么也解释不清楚的一点。产生幻觉的时候,有一部分东西可能是现实世界的夸张化反映,也就是说,他之所以会幻想自己被黑洞吞噬,就是因为他当时真的看见了'黑洞'卡牌。但是，为什么'黑洞'卡牌会出现在荒郊野岭？这个问题是我怎么也想不明白的。"

"所以你才列了五个问题呀。值得赞赏。"

谬尔德轻飘飘地拍了拍手。

"既然你都说到这份上了，那我也给点提示吧。想知道推理小说的谜底，最快的办法，就是去问作者。"

"这也算提示？"

"提示可不是参考答案，即使是名满天下的'隆中对'，也不过是给出三分天下的总方针，而没有把每一座城池该如何攻占都安排好；把大象关进冰箱里，也只需要三个步骤而已。我本以为你能理解我的意思，但倘若你没有听懂，那我就只好说得具体一点了，谁让我是当选过'感动中国'人物的大善人呢！"

"少贫嘴了。你是不是想让我去调查'阿海'的身份？"

"正是如此，你如果能查清，写下手记的'阿海'和你的那位老同学究竟是什么关系，就能解释明白这五个问题。"

"又是要我去跑腿的意思吧？"

"请为此感到荣幸。人们往往只会记住伟大的建筑师，却忽略筹备木材的斫木人。我交给你的任务，就是把名为'线索'的木头一块一块地砍下来。这可不是一般人能干的活，因为一般人都会计较这项工作有没有回报，而不像你这样任劳任怨。"

"说白了还是觉得我好使唤。"

白越隙一面装出不情愿的样子，一面却在心里想：等到事情真的解决了，获得小说素材的可是我。你以为自己是了不起的侦探，其实还不是替我砍柴做饭。

他就这样带着阿Q精神踏上了劳碌之旅。

"我一直在等你联系我呢。"

张志杰一接起电话,就劈头盖脸地说道。

"是啊,你肯定也已经想好怎么向我解释那个手印了吧?"

白越隙幽幽地说道。没有面对真人的压力,他就有了底气。

"这个……我也不是故意瞒着你,就是怕你觉得不吉利……"

"我要是会害怕不吉利的事情,就去写超能力战斗小说了。"

"哈哈,也是。那,你想知道什么?我猜肯定是手记的作者吧。不瞒你说,我这两天一直在调查这件事,总算是有点眉目了。"

"那可太好了,我还在考虑该怎么麻烦你呢!"

"应该的,毕竟是我引来的事情。不过,你听了之后,可能会觉得晦气……"

"怎么又来了,不都说了我不怕这些了嘛。"

白越隙露出不耐烦的表情。因为对方在电话另一头,看不见他的脸,所以他故意把表情做得很夸张。

"那我可就说了。这本手记的所有者,应该已经去世了。"

"我知道,你说过了。"

"不,我指的不是我外婆,是我舅舅。"张志杰压低声音,"我妈说,这本手记是在我舅舅的卧室里发现的,而且还是藏在床板下面。"

"你舅舅……他……和你外婆住在一起吗?"

"以前不是的。怎么说呢,这事还有点不好解释,而且有些是我出生以前的事情了,都是我从家人那里打听来的。我舅舅跟我外公,二十多年前似乎大吵过一架,那之后他就离家出走了,一晃二十多年不见人影。直到我读初中的时候,大概二〇一四年吧,他才突然回过一趟家,当时全家上下轰动,不过因为我从小就没见过他,所以也没什么感触,就当是别人的事情。"

白越隙回想了一下,二〇一四年,也就是自己读高一的时候,确实没听张志杰说起过什么。

"他在外婆家住了半年左右,就住那间屋子。半年多以后,他又跑掉了,听说又是不辞而别,不过给外婆留了一大笔钱,也不知道是哪里得到的。那之后他就音讯全无。二〇一五年的时候,突然从浙江那边传来消息,说他跳楼自杀了,我们家又是鸡飞狗跳的,最后还是我妈去处理的后事。"

"跳楼自杀?怎么回事呢?"

"详细的情况我也搞不懂。听我妈说,他好像在外头是个建筑师,有天突然就在刚建成的毛坯房里跳楼了,没有留下遗书,也找不出轻生的动机。但是,警察调查了那天的情况,认为现场是无人可进入的密室,就草草结案了。"

"居然还用'密室'这种词。仅仅这样就能结案吗?没有动机怎么会自杀呢?"

"这么多年了,我们家真的和舅舅接触不多,该有的亲情也淡了,很难说清楚他是不是真有什么轻生的动机……"

意识到张志杰有些为难,白越隙赶紧道歉。他并不是刻意要责怪张志杰,何况他也没有这么做的立场;只是,他想起了过去朋友在卷入案件时被冤枉的经历,不由得心生急躁。那件事使得他对官方的调查产生了不信任的心理。

"所以,那本手记也是你那位舅舅写的吗?"

"不清楚,事到如今也没有办法确认了。外婆生前从来没提起过手记的事情,我想她应该也不知道手记的存在。而找到手记的那间卧房,就是二十多年前我舅舅自己的房间。我到现在还有印象,小时候有一次,我因为好奇,想要溜进家里一直上锁的那个房间里一探究竟,结果被外公抓住,他大发脾气。别看外公和舅舅表面上闹翻了,心里还是希望他有一天能回来的。可惜他没能等到那天,在我小时候就去世了。那之后,外婆也遵照外公的遗愿,一直锁着那间卧房。舅舅回来之后,那间卧房自然就还给了他。从他第二次离家,到老屋拆除,这期间也没有人住进去过。所以,只能认为手记就是舅舅回家的时候带来的。"

换言之,张志杰的舅舅在二〇一四年把这份手记带进了老屋,而且还是藏在床板底下。这举动的背后有什么含义呢?

"志杰,你舅舅叫什么名字?"

"许远文。"

没有"海"字。不过,也不能因此就断定手记的作者不是他。小孩子或许不容易模仿成年人的口吻和字迹,但反过来却不难,更何况那篇手记的文风本来就偏成熟。不过,这样没办法解释那个手印的事情。

"我记得你妈妈好像是叫许爱武吧?你舅舅是她的哥哥还是弟弟呢?"

"我妈今年本命年,四十八岁,我舅舅大她四五岁吧。你记得真清楚呀,连我妈叫什么都记得。是当年被你看到考卷上的家长签字了吧!"

"不是。你忘了吗,我初中那会儿是数学课代表,有全班的联系簿。"

"是,是有这么回事。但你记得还真清楚!果然你就是有,那什么,有文化。"

白越隙不置可否地哼了两声。他之所以会记得,只是因为小时候看到女性叫作"爱武"这样的名字,觉得很奇特罢了。

"你记得你舅舅出事的地方是哪儿吗?"

"好像是沿海的一座城市，我回头确认一下，然后告诉你。你打算查这件事吗？"

"差不多。你反对吗？"

"不不，我哪里会反对大作家写书呀。本来就是我主动给你提供的信息，而且要是你真以此为原型写出什么大作，我开心还来不及呢。不过，记得别把我的名字写出去呀。"

"那当然不会。嗯……谢谢你，志杰。"

就这样，两人结束了通话。当天晚上，张志杰又发来短信，确认了城市的名称。白越隙将地名和"建筑师""坠楼""许某"等关键词进行组合，用搜索引擎寻找着案件的相关消息，再筛选出时间恰好在二〇一五年的报道。试了几次，总算找到一条接近的：

"五月二十日下午二时许，一名中年男子于××街道来福KTV对面的施工区坠楼身亡，引来群众围观。当晚，警方通报了相关案情：死者系该项目施工负责人许某文（男，四十四岁，福建人），于'紫山国际'待交接的楼盘内坠亡，初步排除他杀。目前，该案件尚在进一步调查中……"

年龄、籍贯和身份都基本吻合，看来这个死者就是许远文没错了。报道写得非常简略，不要说案件的全貌了，哪怕是一点边角也难以窥探到。不过，至少它提供了案件发生的具体地址。白越隙知道，自己摸到树根了。接下来要做的，就是顺藤摸瓜，沿着树根找到长满线索的"大树"，再干净利落地将其果实斩获。

他不打算马上把这些发现告诉谬尔德。一方面是因为，眼下这些线索都只是些皮毛，就算老老实实地告诉对方，恐怕也只会被要求"接着找去"；另一方面则是，他还有些私心，如果能够有哪怕一次抢在谬尔德之前接近谜团的中心……那么,虽然不是称心如意的复仇,但也能让他扬眉吐气一阵子。

他变得跃跃欲试起来。

四 火花

醒来之后,我下意识地寻找墙上的挂钟,却只看见一片空白。这时,我才想起自己现在不在宿舍,而是身处深山的七星馆内。拿过放在床头柜上的手表一看,九点出头,和我平时自然醒的时间差不多。

前一天晚上成功避开了酒局,所以现在脑袋还算轻盈。我伸了个懒腰,从床上爬了起来。那帮家伙一个个喝得东倒西歪,想必现在都还没睡醒吧。

我本是这么以为的,没想到洗漱完,走到约定好一起吃早饭的地点——玉衡馆时,竟发现那里已经坐了四五个人。

"馥生,你醒了。"

大哥两手撑在昨晚没用过的餐桌上,神色凝重地看着我。社长和周倩学姐坐在他的左手边。这个情形首先就很不对劲——平时应该是社长占据主导地位的,但此时他竟然低着头,什么声音也没发出来;而习惯照顾人的周倩学姐,此时也失去了表情管理能力,顶着一张失魂落魄的脸,呆滞地看着正前方。

"怎么了?"

一定是出事了。问出这句话以前,我就有这种意识。说来也真的很奇怪,虽然"第六感"这种东西从科学角度尚未得到证实,但此时的我心中早已警钟大作,我几乎可以确信,发生了某些不可挽回的重大事件。

我的目光扫向餐厅的角落。朱小珠抱着脑袋蹲在墙角，好像正在打哆嗦，而其他人居然都没有上前照料她的意思。也就是说，问题没出在她身上。而秦言婷则是默然无语地站立在门边，似乎对其他人充满戒心。

如果我没记错的话，昨晚喝酒喝到最后的是社长、周倩学姐、祝嵩楠和林梦夕。前三个人似乎是真的乐在其中，只有林梦夕像是想走而脱不了身的样子。那么，她被灌醉到现在还没睡醒，也是很有可能的。然而大哥的下一句话立刻把我的猜测击得粉碎：

"梦夕死了。"

"嗯？"我愣了一下，"是酒精中毒吗？"

"不是。怎么说呢……可能是被人敲了头吧。"

"可能？敲了头？"

"嗯。我们发现她被人摆成奇怪的样子……"

听到大哥的描述，周倩学姐突然小声啜泣起来。

"那个，咱们出去说吧。"

大哥咳嗽了一声，从座位上站起，顺便拍了拍社长的肩膀，应该是示意他安慰一下周倩学姐。但社长还是呆若木鸡，一动也没动。

我跟着大哥走出玉衡馆。他头也不回地越过天权馆的大门，朝天枢馆的方向直线走去。我紧跟在他身后。说来也奇怪，直到这个时候，我才真正理解刚才说了什么——

林梦夕死了。而且，似乎不是自然死亡。

我们的同伴，在同一个社团里的朋友，昨晚还一起喝酒聊天的朋友，现在死了。

一股酸楚突然涌上我的鼻腔。怎么回事？说到底，我和林梦夕也只是有几面之缘而已，并不算多么熟悉。但听闻她的死讯，我竟然会如此震惊。

"就在这里。"

他在天枢馆的门后停住了。一幅奇妙的画面呈现在我们两个面前：林梦夕闭着眼睛躺在地上，四肢朝四个方向舒展开来，看上去像一个汉字"介"。她脸上的表情很平静，没有任何波澜，衣着也相当整洁，一如她生前给我的印象。在她的身旁，摆放着许多长度将近两米、宽度十几厘米的木板条，排列成了一个圆形，将她围在正当中。

"是谁……干的？"

我挤了挤喉咙，最后只能发出这句疑问。

"不知道。早上学姐和以沫两个人发现的，当时就是这个样子了。"

"学姐和奚以沫？"

明明朋友的尸体近在眼前，我却问出了一些无关的问题。那大概是自我保护的手段。虽然林梦夕的尸体状况不算惨烈，但我还是迫切地想要将注意力从那上面移开。

"是的。学姐是为了做早饭而早起的，以沫的话，听说本来就习惯早起。"大哥一定也和我一样，很想转移话题，所以立刻接过了话，"他们两个发现尸体以后闹了一番，把社长和我叫起来了。当时八点多吧。之后其他人陆陆续续也起来了，你应该是最后一个。"

没想到我才是起得最晚的那个。真是太尴尬了。

"报警了吗？"

"没有信号。毕竟是山里，听说基站还没建好。"

图五 第一具尸体

"那就开车下山吧。其他人呢?"

"庄凯和以沫出去找人了,嵩楠……不见了。"

"不见了?"

我机械式地重复着。

"对。学姐最早去找的就是社长和嵩楠,但嵩楠却不在房间里。而且,我们开来的那辆面包车也不见了。现在庄凯和以沫正在这附近寻找车子的踪迹……"

实在是太不可思议了。林梦夕死了,七星馆的少主祝嵩楠则和车子一起失踪。单看这个情况,即使我对祝嵩楠本人没有什么意见,此时也很难不去产生些糟糕的联想:该不会是祝嵩楠杀害了林梦夕……

"我知道你现在可能有各种猜测。"大哥迅速识破了我的想法,他举起一只手,竖在我们之间。"但还是请先别急。我可以向你担保,嵩楠也是我们的一员,他不会做出伤天害理的事情的。"

"我不是那个意思。"

"嗯。我明白。"

说完,我们不约而同地迈起步子,快步回到玉衡馆。谁也不愿意和尸体一直待在一起。

馆里的气氛和刚才差不多,唯一不同的就是,周倩学姐被我刚才那番不知好歹的发问所调动起的情绪,现在似乎已经重新安定下来,她正反过来拍社长的背。虽然是这种时候,我还是不得不暗想,社长也太没出息了。

"我们回来了。"

十几分钟后,奚以沫领着庄凯推门而入。两人看上去灰头土脸的,而且身后没有跟着任何人。

"找不到吗?"

"不,找到了。"

"找到了?"

大哥一拍桌子:"在哪儿?找到什么了,嵩楠,还是车子?"

"严格来说,都找到了。"

"那为什么没一起回……"

大哥突然住口了。奚以沫好像没有察觉到他的情绪,依然自顾自地说了下去:"因为坏掉了。嗯,人和车子,都坏掉了……"

其他人都没能马上消化掉他这句风凉话的含义。但是,明白内情的庄凯摁住了他的肩膀。他用力地将自己连成一片的一字眉拧成一团,嘴巴里挤出沉重的声音:"注意分寸。"

随后,他看向大哥说:"男生,跟我来。女生,先留着。"

大哥沉重地点了点头。谁也没见过庄凯如此明显地表露出怒气,看来此事非同小可。

"社长,你也留下吧,留个男生以防万一。馥生,你还能行吗?我和庄凯去也可以……"

"我没问题。"

我决定逞一下强。虽然知道肯定又有不好的事情发生了,但我不想被人看成是和社长同一个级别的男人。

我们朝着和刚才完全相反的方向,离开了七星馆区域,走进坑坑洼洼的土路。过了几百米的距离,突然出现一处陡峭的断崖。负责带路的庄凯和奚以沫在崖边站定,示意我们朝下看。我伸出头一看,突然觉得胃里翻江倒海,险些直接趴倒在断崖边。

崖下是一辆被烧得几乎只剩骨架的面包车,从大小上来看,一定就是我们乘坐的那辆了。它不仅经过了焚烧,而且车头严重变形,似乎是一头栽在了岩石上。最可怕的是,在驾驶座的位置上，明显能看到有个像是某种生物的残骸的物体……

"在下山路的反方向，一开始我们没往这里找，所以花了不少时间。车子已经完全冷下来了，应该是昨天晚上烧的。不幸中的万幸是，下面基本都是岩石，没有酿成山火，否则我们就真的危险了……虽然现在也有点危险。还有，我们两个下去确认过了，怎么说呢，虽然专业知识不大够，但从形状上来看，那应该是人类没错。"

"形状？你观察了？"

大哥瞪大眼睛，死死盯着奚以沫，后者却仍是一副无所谓的表情："是的，我凑得很近，尽力观察过了。"

他说完，一直在克制的庄凯也忍不住了，转身扶着树喘起粗气来。大哥扭过头，低声说了句"实在辛苦你了"，便不再说什么。

"怎……怎么样？出什么事了？"

回到餐厅时，社长正像一根桩子似的站在那里，一副努力支撑大局的模样。虽然他一直是个有些讨人厌的家伙，但这时也显露出了几分担当。

"车子烧掉了，里面还有具烧焦的尸体——"

"不都说了让你注意分寸吗！"

我忍不住吼了一声。吼完，我自己也吃了一惊。若是在平时，我是绝不会去顶撞其他人的，哪怕是素来言语刻薄的奚以沫，我也不愿意冒犯。但今天是怎么了？突如其来的异常事件，让我变得不正常了吗？

"怎么会……嵩楠也……"

"还不确定那是不是祝嵩楠，我只说那是一具焦尸而已。"

看来我的警告完全没有起到作用，奚以沫依然我行我素。但经过他这么一提醒，我顺势扫视了一下餐厅，除了林梦夕和祝嵩楠，其他八人都在。虽然我没有亲自辨认那具尸体，但根据排除法，那应该只能是祝嵩楠才对。奚以沫不至于搞不清楚这一点，干吗还要故意说些刺激我们的话？

"你，你别说些不明不白的话，除了祝嵩楠，还会是谁？"

社长也质问起来，但他那胸口夸张起伏的样子，像极了一只正在虚张声势的河豚。

"唔，我说的话有那么难理解吗？因为从外观上难以下结论，所以我不能确定死在车里的是不是祝嵩楠，仅此而已。你们难道就那么希望这里的主人横死荒山吗？"

"当然不是那样！但是，那还会是谁？你数一数，一二三四五六七八，人都在餐厅里了，就只有祝嵩楠和林梦夕不在，难道你想说那具尸体是一个不相干的人吗？这里除了我们，还有谁？"

"这话可不能说死。"奚以沫眨眨眼，"我们不过是坐了一个多小时的车子，就到这里了，昨天的这个时候，你还在温暖的家里吃着早饭吧？那么你能保证，从昨晚到现在，不可能有一个不认识的人溜进这里，然后偷走我们的车，一头撞死在悬崖下？"

他的话不无道理，但用词实在是太刻意了，简直像是故意在挑拨我们的神经一样。被他这么一说，蹲在墙角的朱小珠突然跳起来，原本清秀的脸上挂满眼泪和鼻涕："不要再说了！我们快点下山吧！"

"说实话，我也很想这么做啊。但正如我刚才所说的，车子已经被烧毁了嘛。"

"报警，叫警察，报警……"

"那也做不到。齐安民，你刚才试过了吧？"

"试过了。"大哥看着奚以沫,一脸的恼火,"打不通。"

"那我们怎么办?"

社长张大了嘴,似乎是刚刚才意识到这个严重的问题。他身旁的周倩学姐已经起身去安抚朱小珠了。朱小珠在短暂的情绪爆发后,立刻就重新变得软弱了,此刻正趴在学姐的肩膀上,断断续续地抽泣着。

"不知道。我们大概算是被困住了吧。遗憾的是我和祝嵩楠一样是个路痴,不知道下山该怎么走。就算知道,步行也比开车要慢多了,而且这一路上还得穿过好几片林子,遇上野兽也有可能吧?"

大家都看向庄凯。除去祝嵩楠,他应该是唯一认得路的人了。

"庄凯,你行吗?"

大哥拍了拍庄凯垂在身体侧面的手臂。庄凯沉吟了一会儿,缓缓摇头:"我不确定。太远了,我来的时候就迷路过一次,我担心又搞错方向。而且,确实有野兽……"

"是吧?所以我说,还是顺其自然嘛。"奚以沫悠闲地找了把椅子坐下,"我们原本的安排是周日回去,最迟到周一,就该有人意识到不对劲了,到时候自然会有人上山接我们的。两天以后,只需要待到两天以后,就没问题了,'宁停三分,不争一秒',我可不想为了争取那么点时间而大费周章。"

"说得轻巧……"

我正想反驳他,社长却先我一步服软了:"是,是啊。你说得对,是这个道理。意识到出事以后,我爸爸马上就会派人来救我的。你们安心吧!我爸爸,我爸爸办事非常快的,非常快!他会把这件事的优先级排得很高的……"

被他这么一说,其他人也都沉默了。难道就要我们面对两具尸体住上两天？我感到难以理解，但又想不出合适的话来反驳这两人。本以为刚刚显露出领导担当的社长，可以和大家统一战线，去对抗奚以沫的危言耸听，没想到他竟然是第一个放弃思考、投靠他那边的。我顿时体会到了蜀汉亡国之际，大将军姜维面对刘禅的无奈：臣等正欲死战，陛下何故先降？

这时，一直没有加入讨论的秦言婷朝这边走了过来。她快步走到奚以沫正对面的位置，伸手拉开一把椅子，坐下，整套动作一气呵成，毫不拖泥带水。

"奚以沫同学，我也赞同你的说法，等待救援，对于我们这些普通大学生来说，的确是眼下最合理的行动。也就是说，我们八个人，接下来要在这座馆里留守两天。你认为要达成这个目标，最重要的是什么呢？"

"食物的话，我早上已经检查过了，厨房里有不少罐头，还都是进口货，我想大户人家也是会准备应急口粮的吧。"

"不是食物，"秦言婷拨开搭在肩膀上的侧马尾，用食指点着自己的太阳穴，"是清醒的头脑和彼此之间的信赖。为了应对突发恶性事件，我们每个人都应该保持冷静，团结协作，树立一个共同的目标。然而，这是很困难的，因为大家都是第一次经历这种事情。所以，我们必须得注意彼此的言辞和行为，避免刺激同伴，进而导致团体内部出现裂痕。你非常聪明，一定能理解我要说什么吧？"

"完全理解，我们的骑士小姐。你希望我尽量不要把残酷的真相就么直接呈现给温室里的花朵们，让他们保持那为数不多的理智。我承认，你说得有道理，我可以努力克制，毕竟我也想安安稳稳地度过这段日子呢。"

"你这浑蛋……"

我捏紧了拳头。他的每一句话都是在挑衅别人,我无法理解为什么世界上会有这么自以为是的人。然而,秦言婷飞快地朝我瞥了一眼,示意我不要冲动。很奇怪,明明在这之前我们几乎没有交流,此刻我却能立即心领神会。

"你能理解就最好不过了。那么,让我们和平共处吧。"她从奚以沫的手中夺回话语权,又适时地把它交还给社长,"接下来,钟智宸社长,我们该如何处理剩下的事情呢?"

"剩下的事情?"社长傻傻地反问。

秦言婷叹了口气,站起来,走到远离周倩学姐和朱小珠的位置,低声对我们说:"有关梦夕同学的问题……总不能一直让她躺在那里吧。"

"啊,啊啊!对,对,是的。那个,我们先把她搬回自己的房间里吧。庄凯,齐安民,余馥生,你们谁愿意帮忙?至少要三个人,啊,当然包括我,不过如果你们三个都愿意的话,你们三个搬也可以……"

"我可以。"

我快速地回答,庄凯也点了点头。于是,大哥做了总结:"没事,就我们三个去吧。"我们其实都看出来了,社长害怕看到尸体。

"那,那就拜托你们了哦!我就和秦言婷在……哎,你也去?"

"我也去。"

秦言婷丢下这话,比我们还先一步走出了大门。三个男人赶紧小跑跟上。只见她径直走到林梦夕陈尸的位置,从口袋里掏出一台小小的数码相机,"咔嚓""咔嚓"地拍了起来。

"你在做什么?"

"拍照。这是我刚刚从学姐那里借来的相机。有人去世，就得交给警察处理。等到他们开展调查的时候，现场的情况一定很重要，但又不能把梦夕同学就这样丢着不管。在'破坏现场'和'亵渎尸体'之间，我们不得不选择一种罪过，既然大家选择了前一项，我想这些照片应该多少能起到一点弥补作用。"

"你……你想得很周到。辛苦你了。"

"你们几个才是，辛苦你们出力气了。待会儿处理好之后，有人愿意陪我去看一下被烧毁的车子吗？我想给那边也拍几张。"

"没问题吗？这个，那边的状况……挺严重的……"

"没事。既然事情已经发生，我们就不能只想着逃避。"

"那就由我带你过去吧。你稍等，我们先搬人。庄凯，你拿这边，馥生，你过来这里。"

我在大哥的指挥下托起林梦夕单薄的左肩。她的身体瘦弱而轻盈，仿佛稍微用力就会受伤。为什么这样的女孩要遭受这种命运？

"说起来，你们知道她的死因吗？"

安置好尸体后，我忍不住发问。

"我和奚以沫简单检查了一下，应该是脑袋后面被砸了，有凹陷的痕迹。"

"被砸了？会不会是不小心摔倒……"

这话说完，另外两人都用有些无奈的表情看着我。想来也是。如果是意外摔倒，又该如何解释那个仿佛被人刻意摆成的姿势，以及那些木板呢？

"这么说来，那些木板是哪里来的？"

"嗯，应该是昨天下午开始在那里的……你应该还记得吧，天枢馆是仓库，放一些杂物，本来那些木板就是放在里面的。但是昨天下午，嵩楠带着社长他们第一次来的时候，好像发现仓库里有点受潮，还进了些老鼠，会啃木头的那种。他担心东西放坏，就拜托社长帮忙，趁天黑之前把木头堆在外面晒太阳。社长懒得把木板搬那么远，就直接打开窗户，一根一根丢出来了，然后和周倩学姐一起把木板排成一排，刚好是在西面，晒了一下午。这是昨晚吃饭的时候嵩楠和我说的。"

"当时木头是排成一排的？"

"对，因为要晒太阳嘛。肯定不是现在这个样子。对了，学姐好像摆完之后还拍了照片，也许待会儿可以看看。"

"也就是说，是有人故意把尸体和木板摆成这个样子。这也许有什么含义呢……"

大哥愣了一下，立刻挤出一个勉强的笑容："别胡思乱想了，能有什么含义呢。往好了考虑，没准梦夕只是出了意外，然后我们中有人把木板……"

他停住了，似乎实在想不出一个合理的解释来安慰我。不，更多是想安慰自己吧。今天早上的大哥，看上去真的比平时老成了很多。那一定是因为他正在硬撑，强迫自己去抚慰大家的情绪。

但是，即使再怎么掩饰，大家心里其实也都心知肚明。林梦夕死了，不论她的死是他杀还是其他原因，她的尸体都被人用怪异的方式处理了，这一点绝不会错。藏在这种怪异方式背后的，是赤裸裸的恶意，而我们每个人都能感受到这份恶意。面包车和第二具尸体的出现，则为恶意的弹药库点上了起爆的火花。

任谁都会觉得，七星馆里很可能混入了杀人凶手，只是谁也不愿意第一个把这种猜想挑明。

到了午饭时间，没有人组织用餐，我只好自行去厨房翻找。

长方形的铁盒与圆柱形的玻璃罐，密密麻麻堆满了架子，看来确实如奘以沫所说，暂时不必担忧食物问题。其中，有一些食物已经被其他人拿走了，架子上留下一个大大的空，露出金属质感的墙壁。我挑了几盒丹麦生产的午餐肉罐头，又拿了一只内部漂浮着黄桃的玻璃罐子，把它们一股脑塞进带来的双肩包里。算不上是有营养的午餐，但应该足够吃饱。

离开的时候，恰好碰见周倩学姐和朱小珠两个人结伴来取食物。朱小珠看到有人出来，"噫"地叫了一声，宛如惊弓之鸟。

"不好意思！"

虽然没做错什么，我还是立刻道歉。学姐一面安抚着朱小珠，一面又反过来向我道歉。

"抱歉啊，这孩子吓坏了。我们只是来吃东西的。"

"没关系，我也是一样。喏。"我拉开双肩包的拉链，展示给她们，"我准备拿回房间吃，万一有吃剩的就先放着。"

"这主意不错，你真细心。不过，这里没有冰箱，可别放坏了。"

"不会的，别看我这样，胃口也不小哦。"

我试着开了个玩笑，然而朱小珠还是像看见陌生人的小狗一样，用警惕的眼神看着我。学姐见状苦笑道："小珠有点太疑神疑鬼了，她一直说杀人狂什么的，担心有人在食物里面做手脚……"

"下毒吗？"话刚说出口我就后悔了——主动说出这种危险的词语，没准会进一步降低朱小珠对我的信任度。虽然和她不熟，但我也不想被人误会。好在她似乎没有更激烈的反应，我便继续说下去："不会的吧。就算真有那种可能……大家各自吃罐头，也没办法下毒啦。"

"有可能的。还是有可能的。日本在昭和年代,就曾经发生过'毒可乐杀人事件'和'格力高投毒事件',那些罪犯就是用注射器把氰化物注入零食里,从外包装上完全看不出……而且,直接在罐头侧面抹毒,也能让人中毒……噫!不要!我不要吃那种东西!我不要嘴里含着苦杏仁味死掉!我最讨厌杏仁露了!"

朱小珠低着头,念咒般快速说出这些话,最后还来了一次小爆发。该怎么说呢,虽然她现在是情绪最不稳定的一个,但好像平时还挺喜欢看犯罪类电影的?这反应,到底该说她是叶公好龙呢,还是说,她表现出的恐慌,其实是为了"扮演"推理电影里的受害者,然后入戏太深呢……

"你说得不错,日本确实发生过这类事件。而且,咱们国家这些年来也有几件著名的投毒案,最严重的南京汤山投毒案足足造成了四十二人死亡,十分惨烈。"

不用回头,我就知道是谁来了。除了奚以沫,没有人会在这种场合下若无其事地顺势讨论毒杀话题。

"二十世纪九十年代,北京大学和清华大学都发生过投毒案,清华大学的'朱令案'到现在已经过去十多年了,还是悬案一桩。可见,那些脑袋聪明的家伙,耍起阴招来就是危险呀。去年在北京好像还有一起高校投毒案,用的就是你说的注射器。不过,他们都没有选择氰化物,而是不约而同地使用了铊盐。你们明白为什么吗?"

朱小珠竟然理他了:"为什么?"

"当然是因为对他们来说,铊盐比氰化物更容易取得。在推理小说刚刚兴起的时候,也就是一个多世纪以前,氰化物还被人们当成杀虫剂使用,非常容易获得,所以得到了以阿加莎为代表的作家们的青睐。而在日本频繁发生投毒案的二十世纪七十年代，氰化物则是电镀工厂常用的化工原料——似乎现在也还是这样？总之，对那些凶手而言，只有氰化物触手可及，他们才会去使用。但高校的学生可就没有接触工业废料的机会了，对他们来说，用来做实验的铊盐要更容易得到。"

"那是对理工科的学生而言吧。我们这里，大部分人是文科生吧？"

学姐这么一说，我突然明白了。她是想借由毒药来源的话题，让朱小珠打消"食物有毒"的顾虑。可是，这个话题似乎是奚以沫引起的，难道他早就打算好了，在用这种方式安抚朱小珠吗？我不由得死死盯着他的脸，但他还是那副玩世不恭的表情，什么也看不出来。

"没错，我不否认，除非早有预谋，否则对于这里的任何人来说，取得毒药都是十分困难的。当然，这只是针对凶手在我们之中的情况。"

"就算凶手不在我们之中，他要取得毒物也不容易。如果真的有人想把我们都杀了，那只要夜里放把火就够了，用不着下毒。"

"'也不容易'这种说法可不严密，谁又能说得准呢？我听网上说，现在就连给小婴儿吃的奶粉里，都有可能含有化工原料。保不准，我们每个人都已吃进了毒药，再过一百年就会毒发身亡呢。"奚以沫大摇大摆地走向柜子，抽出一盒午餐肉，"不过，至少现在这些罐头应该是安全的。我脑海里有一个假设，能够证明这一点。"

"什么假设？"

"我来这里，是为了告诉你们一件事。你们是最后三个，其他人都已经听过了。"

"那怎么不早说!"

如果不是学姐拉住我,我的拳头没准已经挥到他的脸上了。

"是什么事呢?告诉我们吧。"

"不见了。"

"什么不见了?"

"挂画。昨天在天玑馆二楼的展厅里,不是摆了六幅挂画吗?八阵图、七擒孟获、空城计、木牛流马,还有两张五丈原的挂画。我刚才逛到那里,发现墙上已经空空如也了。"

"全都不见了吗?"

"倒也不是'全都不见',还剩下两幅。不过,它们也不在原来的位置上。"

奚以沫用桌角撬开罐头,毫不在意地伸出两根手指,挖出一块午餐肉,丢进嘴里大口嚼着。直到这块肉吃得差不多了,他才继续开口:"'八阵图'的挂画被挂在林梦夕的房间门把手上,'七擒孟获'的挂画被丢在了断崖下面。"

"'八阵图'和'七擒孟获'……"

"没错。之前不是搞不清楚那些摆成一圈的木板代表了什么吗?现在很清楚了,那是诸葛亮的八阵图。《三国演义》里写,夷陵之战的时候,诸葛亮用石头摆成八卦阵,有变幻莫测的神奇能力,堪抵十万雄兵,敌人一旦进入就难以离开,东吴大将陆逊被困在其中,险些丢掉性命。而平定蛮王孟获的最后一场战役里,孟获派出三万藤甲精兵,用油浸泡过的藤甲刀枪不入,却被诸葛亮用火烧了个精光,三万人被烧得不成人形,场面惨烈到诸葛亮自己都看不下去,才有后来用馒头在泸水祭奠死人魂魄的事情。是不是刚好和这里发生的两件事情对应上了?"

"但……谁会做这种事情!"

"今早一片混乱,他们四个去搬尸体以后,人就都散了,谁都可以找时机溜进去偷挂画,再去现场布置好的。"

"你是说偷挂画的人在我们之中吗?"

"还不愿意承认吗?这里有个杀人凶手,把林梦夕和祝嵩楠杀了,分别比拟成'八阵图'和'七擒孟获'的情况,再配上挂画。当然,我确实不能百分之百断定这个人在我们之中,但就算他是外人,也一定潜伏在七星馆,而且还没离开。更糟的是,他手里还有四幅挂画哦。"

"怎么会!我,我们还有八个人,难道他还要杀四个人吗?百分之五十的概率,百分之五十的概率……我不想死啊!"

好不容易安定下来的朱小珠又号啕大哭起来。学姐一面拉住她,一面追问奚以沫:"那,你说食物里没毒,又是什么意思?难道你知道凶手是谁?"

"怎么可能,我又不是神仙。我只是没办法从剩下的'空城计''木牛流马''七星灯'和'退司马懿'里,想象出符合毒杀的场景罢了。如果要毒杀的话,用'七擒孟获'不是最合适的吗?毕竟当时蜀军在南蛮可是遭遇了'哑泉、柔泉、黑泉、灭泉'四大毒泉,吃了不少苦头呀。"

放在平时,他说的完全不是什么可信的理由,但此时我们都沉浸在挂画失窃的打击中,一时不知道如何反驳。我也隐隐觉得,如果真的有人恶劣到将杀人行为和挂画相比拟的话,那这个人或许真的不会用下毒这种粗暴的手段杀人……

"反正饭还是要吃的,吃了不一定死,不吃一定会饿死……你们如果还不放心,就趁现在多囤一些罐头到自己的房间里去吧。"

奚以沫盘腿坐下,开始专心享用他的午餐。从结果上来说,他确实减轻了我们对毒药的顾虑，但并不是用好言相劝的方式，而是仿佛我们趴在独木桥上瞻前顾后的时候，从后面放了一把火。

吃过午饭，我下楼来到餐厅，发现社长、大哥和秦言婷聚在那里，似乎正在商议什么事情。

"大家怎么了？"

"啊，馥生，吃过了？我们在讨论挂画的事情，你听说了吧？"

大哥拉开身边的一把椅子，我一边入座，一边点头。

"奚以沫告诉我了。"

"那个浑蛋，真是啰哩吧唆的，明明我才是社长，他却不先来告诉我，还说什么'因为你住得太偏僻了'……"

"没关系啦，我和学姐她们才是最后知道的。"

"那当然！难道还非得最后一个告诉我，才甘心吗？"

"别计较这些事情了，钟智宸社长。现在应该是你像个男人一样做决定的时候。我们回到刚才的话题吧——要不要搜查房间？"

"搜查房间？"

"没错，我们正在商量要不要搜查每个人的房间，看能不能把挂画找出来。"

"你也怀疑拿走挂画的人在我们之中吗？"

我其实并不感到十分意外。从主动提议拍照的那一刻起，我就意识到，秦言婷是个兼具怀疑精神和行动力的人，她会主动考虑任何可能性，并设法求证。

"往坏了说，是的；但往好了说，这也许能洗清我们所有人的嫌疑。不觉得很合理吗？"

"齐安民，你怎么看？"

"我不知道。嗯，我的意思是，我同意搜查房间，但是我怀疑这么做并没什么用。"

"为什么？"

"如果我是凶手，拿走挂画以后，我应该也能预料到大家想要搜查房间。所以，我不会直接把挂画放在房间里，而是会藏在其他的地方，或者至少做一些伪装。也就是说，我们不大有希望依靠简单的搜查来抓住凶手。但是，这就像是美国和苏联之间的军备竞赛一样，比起结果，更重要的是'我做了某事'的过程……即使搜查房间获得收获的可能性很小，但也有直接靠这种办法找出凶手的可能性存在，虽然我不愿意相信我们之中有人杀了人。拿三国的典故来做比喻的话，这就像是蜀国大将魏延向诸葛亮进献的、偷袭魏国首都长安的计策'子午谷奇谋'，尽管成功率非常低，可一旦得手，就能获得丰厚的回报。"

"这样啊，你是这样想的啊。这个，我也赞同的，我也不相信我们当中有人杀了人。可是，搜查房间就意味着要怀疑每一个人吧，你们说，这样合适吗？朱小珠那副样子，你们也都看到了；学姐呢，其实也是在强撑着。这种情况下去搜她们的房间，她们会怎么想？秦言婷，我们之间最重要的是信赖，这话是你说的吧？"

"我是说过这话，但信赖不是无条件的。自证清白之后，可以加深我们对彼此的信赖。"

"你这就是犯了理想主义的毛病。无端遭受怀疑，还让她们怎么信任你？这次通过把自己的房间亮出来，洗清了怀疑，那下次要是被人蒙上不容易洗清的怀疑，该怎么办呢？人总会担心这些事情，人嘛。"

"钟智宸社长，你也是人，你不要把大家都想得低你一等。"

"哎，我不是这个意思，但办事也要看实际情况，对不对？"社长似乎已经习惯了现在的气氛，又拿出自己最熟练的官腔了，"而且，往好了想，挂画的事情，也许就是恶作剧，不代表之后还会死人。这种恶作剧嘛，很恶劣，当然很恶劣——但也罪不至死，对不对？咱们得辩证地看待。就算在谁的房间里搜出了挂画，难道就能直接施以私刑吗？这样不好，我们没有证据，不能说明人家真的杀了人。"

"你为什么断定挂画失窃是恶作剧？"

"这个，也是我刚刚碰巧想到的。祝嵩楠坐的车子，是坠崖之后烧起来的，对不对？那么有没有这种可能：祝嵩楠昨晚杀害了林梦夕，害怕之下开车逃逸，结果慌不择路，摔下了山崖？"

我的心里"咯噔"一下。这种猜测在我心里不是没有产生过，但没想到会率先从社长嘴里说出来。

"你不能因为祝嵩楠同学不在这里，就如此——"

秦言婷说到一半停住了，似乎也想不出该如何反对社长的观点。就连一直非常拥护祝嵩楠的大哥，这时也只是低着头，没有出言反驳。看来大家都和我一样，早就猜测过这种情况。

"对吧？你们不能否认这种可能吧？我听奚以沫说了，祝嵩楠他也有点路痴呢，他只会按照既定的路线开车，昨天来这里的路上，庄凯拐错了一个弯，他就找不着路了。这说明了什么呢？说明他对这里的地形也很不熟悉。那么，他杀了人，心里一慌，就有可能开错方向，把车子开下断崖，对不对？"

"但怎么会那么巧呢？车子是坠毁在下山路的反方向的，也就是摇光馆北面的位置，而我们下山的路是在西南面，他这完全是南辕北辙不是吗?"我提出了自己的疑问,"如果一个人迷了路,肯定会找地图来看,下山找不到方向,他也应该先设法明确方向,比如拿指南针看一下之类的,怎么会随便朝一个方向就闷头开呢?"

"余馥生,你这个问题问得好。对,我就是因为注意到了这一点,才确信祝嵩楠是自己搞错了开车的方向。来来来,我画给你看。"他用手指在桌面上比画着,"摇光馆、开阳馆、玉衡馆,这三座馆是连成这么一条折线,对不对?然后,这是天枢馆、天璇馆和天玑馆……"

"啊!"

我盯着他那肥短的手指,突然明白了。

"明白了吗?看吧,很好懂吧?"

社长得意扬扬地指点着。

"北边的三座馆和南边的三座在形状上其实是非常相似的。而下山路是在西南面,从那里下山的话,左手边看到的景象,和在开阳馆右侧看到的景象几乎是一样的,甚至连烟囱的位置都差不多!我不知道这种巧合是无意形成的,还是建筑师有意为之,毕竟很多爱风水的老头都讲究中心对称嘛。总之,如果要下山,那么朝北走和朝南走,其实是差不多的。

"而且啊,我还有一项证据。北斗七星这个东西,我们的祖先一直很重视,它最重要的功能嘛,就是为人们指明北极星的位置,从而判别方向。在天文学上,将天璇星和天枢星连起来,延长线就会指向北方。而在七星馆里,存在一个矛盾,代表这两颗星星的天璇馆和天枢馆,它们的连线确实指向下山的方向,但却不是北方,而是东南方向;而另一头,开阳馆和摇光馆的方向,倒刚好指向北方。所以,如果祝嵩楠是路痴,对下山的路只有一

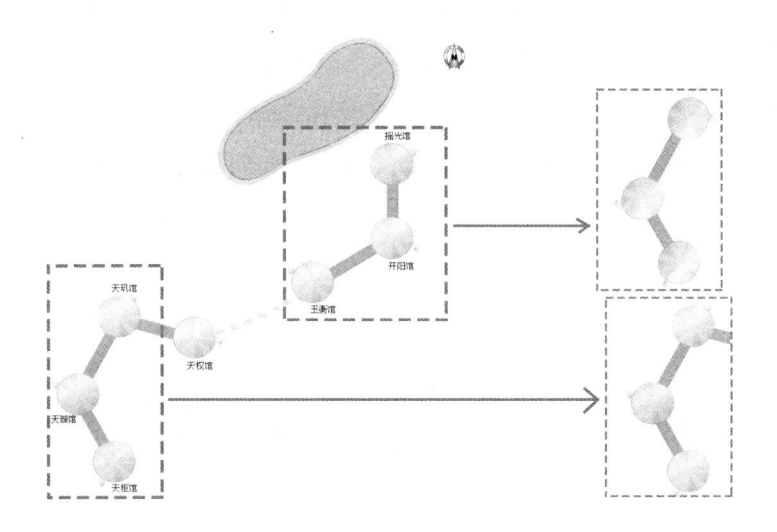

图六 馆之间的关联

个模糊的印象,记得是和北极星相同的方位的话,那他就很可能在使用了指南针之后,把延长线指向北方的两座馆当成路标,朝那个方向走了……"

"但为什么会这样?前任馆主不是一个非常看重风水的人吗?为什么他不让天璇馆和天枢馆像真正的北斗七星一样指着北方?"

"我猜还是因为风水。根据民间传统,睡觉是不能头朝北睡的,因为只有墓穴里的死人才会头朝北。七星馆的整体形状就是北斗七星,而天璇馆和天枢馆所指的方向,就相当于七星馆的'头'。作为用来居住的宅邸,'头'朝北,对前任馆主而言是忌讳吧。"

"很有趣的观点,可惜不对。"

眼看连我也快要被说服了,神出鬼没的奚以沫突然冒了出来。他一边旁若无人地用小指的指甲抠着牙齿,一边从楼梯上款款走来。

"不对?你,你说什么不对,你说哪里不对?"

社长看起来气急败坏,几秒前的他就像一个充满了气的大皮球,此刻却被奚以沫用剔过牙齿的牙签顺手扎破了。

"你忽略了一个重要的前提,那就是人类并不会只依靠东南西北来辨别方位。在北侧的路和西南侧的路之间,存在着一个最本质的区别,而只要祝嵩楠是正常人,都会用那个区别来判别道路——就是那片池塘。"

原来如此!确实,如果走北面的路,一定会注意到那里有个池塘,而下山的那条路是见不到池塘的。这样一来,他就会意识到自己走错路了。

"这……这也不好说!也许他杀完人,匆忙之下没注意到左侧的池塘呢?而且晚上天那么黑,看不见池塘也有可能!"

"那是不可能的,因为根据七星馆的设计,昨晚点起每座馆三层的灯室以后,烟囱上的LED灯要亮上九个小时,光线足以让他注意到池塘。而且,还有一件事你大概不知道吧——祝嵩楠曾经亲口说过,他在下山的时候会把'有没有池塘'当成判别方向的依据。这是昨天我们坐第二班车上山迷路,他和庄凯下车查看道路的时候,回头告诉我们的。"

竟然还有这种事。大概是在我在车上睡着的时候提到的吧。

"祝嵩楠不可能会在逃亡的时候自己开车撞下悬崖,因为他一定会下意识地看一眼池塘在不在。要么,他是被人杀害后伪装成那个样子的;要么,那具尸体就不是他。"

奚以沫淡淡地做出总结。我居然有些佩服这个讨人厌的家伙了。他能够立刻指出池塘的问题,可见早在社长之前,他就先一步发现了七星馆形状上的对称之处,然后又自己在心里推翻了衍生的推理。

反观社长,完全变成了斗败的公鸡,紧紧咬着嘴唇坐在那里,一句话也说不出来。

"真是漂亮的推理,奚以沫同学。那么,你支持搜查房间吗?"

秦言婷立刻将话题拉回来。这时我才意识到,刚才社长提出这段推理,就是为了把话题从搜查房间上引开。为什么他要这么做,难道最不愿意被搜查房间的,其实是他自己?

"不支持。"

奚以沫毫不犹豫地回答。

"为什么?"

"因为我不想被人搜房间。就这么简单。"

"这可算不上理由。"

"算不上吗？我觉得很充分了。要不要做一件事情，看的并不是它是否正确，而是它是否能满足自己的需要。我并不需要搜查别人的房间，也没有暴露自己房间的癖好。"

"找出凶手难道不是我们所有人共同的需要吗？"

"'所有人'？至少不包括我。"

"你不要骗人了，你明明连祝嵩楠是不是意外身亡的问题都考虑过了，其实你也在思考谁是凶手吧？"

"那只是我为了打发时间做的事，或者说是一种游戏。而且，如果你非得定义一个'所有人共同的需求'的话，那也不是'找出凶手'，而是'存活下来'才对。如果你们真觉得还会有恶性事件发生的话，难道不是应该对其他人更加戒备吗？自己的房间可是唯一安全的地方，死守那里、不让其他人进入，才是上策。"

"啧。"

秦言婷放弃了对抗。

最终，大家还是没有搜查房间。我不确定自己该不该听信奚以沫的说法，但他确实让我的内心产生了动摇——我相信其他人也是一样的。这么一来，搜查房间就无法进行了，因为这件事关系到每一个人，必须要得到足够坚定的支持，否则就不可能顺利开展。

大家依然是各自行动，我回到房间里，继续写博客。这一天发生了太多事，看着昨晚大家一起玩闹的记录，我不由得心生悲戚。

如果可以连上网络就好了。和警察取得联系，我们就能立刻离开这里。以前的人没有网络，是怎么应对这种情况的呢？在海上的话，可能会使用漂流瓶，陆地上则是派出信鸽——可我们没有信鸽。我们总是依赖现代文明的成果，当它们失灵的时候，就会不知所措。

不过，就算我现在能把这篇博文发上网，又能怎么样呢？看到这篇博文的人，是会立即赶来帮助我们，还是会把这当成一个故事，随意品读呢？就像"正龙拍虎"一样，日渐发达的信息系统，使得每个人都获得了发布信息的权利，那么虚假的杂音自然会越来越多。经由这种真真假假的洗礼，以后的人们只会被训练得越来越冷血吧。他们会变得难以信任别人，认为别人遇到的好事是吹牛，别人遇到的坏事是欺诈；而自己需要帮助的时候，又开始极力呐喊，努力强调自己的客观性和真实性。所以大家才会拒绝别人搜查自己的房间，因为他们都相信自己不会被杀，而其他人则可能在侵入这片领地时不怀好意。前段时间，有个叫彭宇的人，在马路上扶起了摔倒的老太太，却因此被诬告成撞倒老太太的人，必须支付巨额医药费。在这样的宣传之下，人们只会越来越自私，而不去考虑自己以外的人是死是活。

我就这样整理着这些胡思乱想，熬过了这个难熬的周六。

晚饭依然是各自取罐头。考虑到之后还得撑一天，我决定在还有选择权的时候，尽可能充分地休息。但这时又发生了一件怪事。我房间的窗户正对着树林，就在我把手伸向窗帘的时候，突然看见一道淡紫色的光从那里隐隐亮起。我眨了一下眼睛，那道光就像薄雾般悄无声息地散去了。这是一种有些奇妙的感觉——尽管我没能看到它消失的瞬间，但还是能隐约感觉到它在空气中弥散的波动。

有那么一会儿，我以为那是自己的幻觉。我是个很健忘的人，在我的印象里，自己基本上每个礼拜都会做几次梦，可是每次在睡醒之后的几分钟内，梦里的事情就会像掉入水中的盐巴块一样，飞快地溶解消散掉，一点儿痕迹也找不到。但是，唯独对梦的印象我不会忘掉，那是个畅快的好梦、恐怖的噩梦，还是具有启示的预知梦，这些想法，我能记得个大概。我不知道有没有人拥有和我同样的毛病，但总之，拜此所赐，每次忘记梦的内容，我都会很懊恼——如果完全不知道忘了什么倒还好，偏偏知道那是个好梦。

可是这次我没有忘。只在一瞬间目击到的光线，竟然一直在脑海里保持着固定的形态，没有马上消失。直觉告诉我，外面可能真的有什么东西。

反正还没换上睡衣，出去看一趟也不费事吧。我离开房间，经过天玑馆和天权馆，绕了一大圈，才赶到窗口对着的位置。地面上能明显地看出一条黄土和绿草的分界线，应该是兴建七星馆的时候，工人把这一片的树都给砍掉，又仔细地割了草的缘故。换作是我，应该会顺便铺上石砖的，不知为何前任馆主没有这么做。

以这条线为边界，另一头有一大片树林，叫不出名字的乔木一棵棵立着，彼此之间略微保持一些距离，树冠却挤成一片，遮蔽了月光，稍微深一点的地方就黑得看不见任何东西了。随着微风吹过，隐隐能听见啮齿类动物发出的窸窣声。虽然气氛有些阴森，但也没什么称得上异常的状况。在我的知识储备里，山里应该没什么能发出紫色光线的事物。也许真的是我看错了吧。

这么想着往回走的时候，我注意到池塘边竟然站着一个人。我放轻脚步，一点点挪了过去。一位长发及肩的女子正背对着我，身穿的大红色长摆袍子一直垂到脚踝上方；白色的月光从侧面照下来，能看见她身边轻轻散落的尘埃。

她转身看向我。

"我还以为是谁呢,原来是余馥生同学。脚步声根本藏不住嘛。"

"啊。是……是你啊。"

原来是秦言婷。她放下了一直扎着的辫子,我差点儿没有认出来。

"你在这里做什么?也是看到紫光才出来的吗?"

"不,我只是在观察这片池塘。之前我很好奇,如果七星馆平时没有人管理,为什么池塘不会干涸?现在我确定了,这片池塘其实连着地下水,真是巧妙的设计。我不知道什么紫光。那是什么?"

"是……没什么。大概是我看错了。"

"你看起来不太自信啊。明明白天你是最有精神的那个。"

"我又没做什么。都是社长他们在指挥……"

"我说的不是指挥。我觉得,你是这里最感性的一个,因为你在积极地表达自己的反对意见。当其他人说了让你不满的话时,你总能第一个直观地表达自己的不满。"

"这是在调侃我吧。"

"并不是,我是以正面的心态看待你的做法的。说实话,直到今天我才意识到,过去我有多么低估人们心底的理性。从钟智宸到奚以沫,他们一个个都在逃避我们面对的事情,明明朝夕相处的朋友死了,却一点儿也没有探查原因的欲望。他们想的全都是'今后怎么办',却很少考虑'搞清楚已经发生的事情'。我认为那就是理性爆发的表现,在应该产生感性的时候,用理性去扼杀掉它。但你不一样。当我心里对奚以沫的讥讽感到不满的时候,我的第一反应是思考如何去反对他的观点,但在思考的过程中，我的自信心就会一点点遭到消磨，最后可能就没有发声的勇气了。但你就像冲锋队的旗手，能够先声夺人，让我能够把想法转化成一个具体的方向：对方那漠视他人感受的说法，是错的。"

"这倒和我的感觉不一样，我还以为你是更理性的一派……"

我从来不觉得自己有什么了不起的，只不过是比别人更冲动罢了。她如此褒奖我，实在让我不好意思。

"那只是表面上的装饰，用似是而非的道理来把自己伪装得更加理性、更加能被其他人接受，但本质上依然是为了满足自身感性的需求。"她微微低下头，"是的，我也是在找借口，但现在我可以明说了。我主张调查，是因为'我想知道真相'，这种念头比告慰被杀害的朋友的念头还要强烈。"

"这算不上借口吧，想知道真相也是人之常情。而且，你并没有漠视生命吧，最先提出安置林梦夕尸体的人不也是你吗？"

"但'想知道真相'的说法不具备实用性。如果把这种冠冕堂皇的理由摆出来，一定不会被其他人采纳的。所以我才羡慕你这种思考方式啊。"

秦言婷叹了口气。我感觉当我提到林梦夕的事情时，她稍微别过了一下脑袋，似乎对我提起这件事觉得有点不知所措。这下我更确信她并非放任自己欲望的人，对死亡也有基本的敬畏——这可比把死人说成"游戏"的奚以沫要了不起多了。

"但是我也必须给你一些忠告。直肠子是好人的特征，但好人往往不长命。你应该更加戒备一点。"

说完，秦言婷突然把藏在身侧的右手举了起来。一道寒光从她的指尖划出。

"欸？你，你这是……"

我被她毫无征兆掏出匕首的动作吓了一大跳。

"请不要担心,我不是要袭击你。我并不比外表强悍多少,如果我真的想攻击你的话,除非突然袭击,否则大概是没有胜算的。"她晃了一下匕首,立刻又收了起来,"我只是想提醒你,最好准备一些防身的手段。刚才不是说我正在观察池塘吗?因为我意识到,地下水可能是个获取饮用水的良好途径,毕竟七星馆里没有储备纯净水。"

"这……这和防身有什么关系?而且,没有纯净水,可以烧啊,我们这两天不都是自己烧水喝的吗?"

"是啊,'我们'都是这样的,因为对我们来说,使用热水壶是很平常的事情,不需要躲藏。但是,如果除了'我们'之外,还有其他人呢?"

"你的意思是……"

"罐头少了。今天中午,我感觉厨房里的罐头消耗得似乎有点快,就特意留意了一下。除去中午就开始在房间里囤罐头的朱小珠,剩下七个人,晚饭前从厨房里拿出来的罐头,加起来有十二个。但是,等到睡前我再去看的时候,厨房里的罐头又少了三个。你明白我的意思吧?有人偷吃了罐头,不过他没办法当着我们的面煮开水,所以我才到池塘这里来观察。"

秦言婷下了结论:

"七星馆里,现在可能有第九个人。"

五 梁木

"还能上八个人！还能上八个人！"

公交车司机扯着嗓子喊起来。刚刚从火车站出来的白越隙，慌忙三步并作两步跑向公交车。

"戴上口罩！"

司机是个看上去二十多岁的小伙子，剃着寸头，身材健硕，从肩膀到腰形成一个倒着的梯形。他见到白越隙没有戴口罩，立即不客气地出声数落。白越隙只得一面道歉，一面摸出刚刚摘下的口罩，小心地戴回脸上，这才被允许上车。

在投币箱和刷卡机边上，贴着这班公交车接受的支付方式，其中，大大的"支付宝"图标赫然在列。白越隙熟练地解锁智能手机，打开"支付宝"App，将自己专属的付款码调出来，朝着公交车上的设备一晃。手机发出轻微的震动，昭示着付款完成。

但是，司机还是不让他就座。

"健康码出示一下。"

"哪个健康码？"

"浙江省的。你去支付宝里找，小程序嘛。"

白越隙一面狠狠地重新打开刚刚关闭的"支付宝"，一面在心里松了口气——还好不用下载一个新的手机应用，不然自己的手机存储空间就要告急了。不久前，他刚刚在市里防控疫情的要求下,装了本省开发的政务App——输入身份证号码等一系列信息后,那上面就会生成一个属于他的"健康码"。绿色状态的"健康码"被人们称为"绿码",是此人没有新冠病毒携带嫌疑的证明,出入各种公共场所时都必须出示,对白越隙来说主要是用来进图书馆。

然而,一个省的"绿码"只能管一个省,去了别的省份,又得申请那个省的"绿码"。他不由得心生厌烦:反正要做的事情都差不多,又是网络平台管理,为什么不能全国统一呢?他不知道的是,在各省的"绿码"之上,确实还有一个全国通用的"绿码"——只不过,在各地实际执行政策的过程中,标准总是变幻莫测的,有的地方工作人员认这个"码",有的认那个"码"。现在的社会运行,已经离不开这无数的"码"了。

用"支付宝"内置的搜索功能找了好久,才找到指定的小程序。白越隙花了好长时间把姓名、身份证号码等数据输入手机,然而紧接着,系统又要求他填写在浙江期间暂住的地址。旅馆是朋友帮忙预订的,他自己根本不知道地址在哪,只得将"支付宝"切到后台运行,打开"微信"咨询朋友。没想到,问到地址,重新点开"支付宝",页面竟然刷新了,之前填的信息全都化为乌有。

他又急又气,又偷偷看了司机一眼。对方早就没在看他这边了,只是自顾自专心开他的车——早在几分钟前,他就把车子发动了。既然都已经在乘车了,还有什么确认"绿码"的必要吗?白越隙很想这么说,但他也明白,司机这么做其实是给乘客行了个方便。既然如此,自己就更应该尽快搞定手机里的小程序,不给其他人的工作和生活添麻烦。

他强忍着晕眩,努力完成了认证。屏幕上显示出代表健康的绿色，他开心地出示给司机看。专注于驾驶的司机连头都没有扭一下，就"嗯"了一声，表示他已经过了这关。

这下可算安心了。他放心地往车子的后半部分挪。车上挤满了灰头土脸、拎着大包小包的乘客，都是刚刚从动车站出来的。白越隙虽然只带了一个扁扁的双肩包，但在这满是障碍物的公交车上，还是很难找到容身之处。挤了好一会儿，他才成功抓住了黄色的扶手。

五个多小时的动车旅途，对于很少出远门的他来说已经是一种折磨了；而素来晕车的毛病，在方才操作了半天手机之后，来得更加汹涌。他向朋友报了平安，然后收好手机，依靠抓在扶手上的左手支撑身体。想到车内实在拥挤，他又把左边裤子口袋里的身份证挪到了右侧，和手机放在一起，然后维持右手插口袋的姿势，以防遭窃。做完这一切，终于可以闭目养神了。

一小时后，公交车在白越隙的目的地停下了。他跳下车，花了好几分钟调整呼吸，晕眩感才逐渐消退。此时已经下午两点钟了，他在路边找了家小吃店解决午饭。那家店的牛肉粉丝有很重的膻味，前几口很美味，吃到最后就变成了折磨，结果剩下了小半碗没吃。

这趟浙江之行，对他来说有两个目的。出发之前，他用搜索引擎检索出事的"紫山国际"，发现最后能查到的记录就是于二〇一五年五月发生的许远文坠楼事件了。由此可见，出了人命以后，"紫山国际"项目多半被搁置了。往前检索，可以得知，"紫山国际"隶属于一家名叫"南阳房产"的房地产公司，是后者计划建造的中档小区。若是放在十年前，这种名字里带"国际"的楼盘，会给人一种非常高端的感觉；但自从给楼盘和小区起"洋名字"的风气兴起以来,现在这类叫法早已是遍地走,光是一座二线城市里,可能就有三个"西雅图"、两个"圣地亚哥"。

不出意外的话,许远文离家这些年,应该就是在南阳房产任职。白越隙的调查方向也就从这两方面入手:一是调查南阳房产,二是调查"紫山国际"的坠楼案。

南阳房产是浙江省本地的企业,他已经委托了身在当地的那位朋友帮忙;而坠楼案,考虑到涉及人命的事情毕竟不是一般人愿意掺和的,就只能自己想办法了。

在地图软件上,查不到"紫山国际"的位置,这进一步证实了白越隙的猜想,"紫山国际"最终没有落成。但是在许远文坠楼的报道里,记者非常贴心地注明了街道地址,以及案发地点对面的"来福KTV"这个地名。如今,这家KTV还在营业,没准会有五年前就在那里工作的员工,也就是目击者存在。

他打开GPS定位,地图软件为他规划好了步行路线,只需十五分钟就能走到,边上还贴心地备注着"将会燃烧82卡路里"。对此他置之一笑——天天燃烧卡路里,自己的脸还是照样圆润。

出乎意料的是,时隔五年,来福KTV的对面还在施工。纸板做成的围墙将工地和马路隔开,能看见挖掘机黄色的机械臂悬在半空中。围墙上画着身穿旗袍的卡通人物形象,还有告诫行人遵守交通规则的宣传标语:"等一等就安全了,让一让就过去了,忍一忍就和谐了。"围墙里,时不时可以听见"丁零哐啷"的敲击声,不知道在做什么。

按照五年前的新闻,"紫山国际"应该已经把毛坯房都建好了。但这片工地上,此时根本不存在比围墙更高的建筑物。也就是说,当年的毛坯房不仅仅是被闲置了,甚至已经被推倒了。这多少让白越隙有些沮丧。虽然他并不能断定许远文的案件背后有没有阴谋,但既然听说警察是因为"现场是密室"而排除他杀嫌疑的,身为半个推理小说家,总会萌生一探究竟的念头。可是,如今现场已经尘归尘、土归土,这个愿望也无法实现了。

他只得按计划,先去来福KTV。这家KTV的门面不小,正门口像宫殿一样立着两根柱子,金黄色的油漆现在已经掉色成了暗黄色,看上去更加土气。柱子上方,则是用大红色和浅绿色的霓虹灯管,扭成"来福KTV"几个大字,还有一支大大的麦克风。也许是为了省电,白天没有点亮灯管,整个招牌因此显得十分黯淡。

他戴上口罩,走进KTV。偌大的一楼只有一位工作人员坐在柜台后,看上去非常冷清。在柜台对面,摆着两只配色鲜艳的抓娃娃机,里面摆满了吐出舌头、长相惊悚的玩具狗。

"开一间小包。"

他一边说,一边看了眼放在柜台上的套餐表。工作日,下午六点以前,小包间,三小时六十元。有点贵——他皱起眉头。

"健康码。"

前台的态度实在说不上好。白越隙愈发不快了,但为了调查,这些不快还是必须压下。

他打开"支付宝",再度调出"绿码"。前台飞快地扫了一眼,然后指了指摆在边上的消毒液:"请您消毒一下双手再进去,另外要记得戴好口罩。"

白越隙挤了点消毒液,手上传来类似于碰到酒精时的奇妙感觉:刚碰到的瞬间有轻微的灼烧感,随后立马因为蒸发作用而变得凉爽起来。他像洗手一样,把消毒液均匀地抹在手心和手背,并用力摩擦着。在这期间,前台始终在电脑键盘上噼里啪啦地敲个不停。

"我扫您。"

末了,她举起扫码枪,在白越隙的"支付宝"付款码上晃了一下,发出"嘀"的一声。六十块钱没了。

"您上二楼,A05号房。电梯在那里。"

直到这时,前台才用有些好奇的目光打量了白越隙一眼。工作日下午独自一人来KTV开包厢的奇怪男人——对方可能正在这样想吧。

包厢还算宽敞,虽然套餐表上写着"1-4人",但实际上如果愿意挤一挤的话,六个人应该也坐得下。不过,那就像一家三口去家庭餐厅买双人套餐一样,在白越隙看来是非常丢人的行为。尚未点歌的屏幕上,正放着那首全国通用的公益歌曲:"拒绝黄,拒绝赌,拒绝黄赌毒……"

白越隙摁响了服务按钮。不一会儿,门开了,一个穿着白色工作服的男人探进头来。他也戴着口罩,下巴很短,看上去仿佛和脖子连成了一片,头发梳成四六分,偏棕的发色不知是刻意染过,还是天生如此。

"您好,请问有什么需要吗?"

如果说前台冷若冰霜,那这位就是热情似火——白越隙对他的印象立刻好了起来。

他脱口而出:"能不能陪陪我?"

"嗯?"男人瞪圆了眼睛,"不好意思,先生,我们这边……嗯……晚上才有,晚上六点以后,她们才来上班,而且现在是顶风作案,回来的人也不多……"

"我不要公主,你就可以了。"

"嗯——"

他把音调拖得很长。

"不好意思,先生,这,我,我不做这个的。"

他边说边用手拨弄了一下头发,似乎正在评估自己的长相。

"你放心吧,我不是那个意思。"

白越隙从背包侧面的口袋里摸出一张名片来。从小到大,除了自己,他没见过第二个使用名片的人。这可能是因为他尚未大学毕业,接触不到那么正式而商业化的社交场合。不过,自从开始在谬尔德手下做事,他就专门设计和打印了一沓名片,为的就是在这种场合下可以节约时间。

"你瞧,我是做这个的。"

男人战战兢兢地接过名片。

"您是……作家?"

"勉强算是。"

多数情况下,白越隙不会主动宣称自己是"作家",这个词让他觉得沉甸甸的。但眼下为了引起对方的兴趣,不能太谦虚。

"我正在以全国各地未解的悬案为题材撰写小说,因此四处走访积累素材。请问,你在这里工作多长时间了?"

"我……我是新来的。"

"这样啊。"

令人失望。这人看上去至少也快三十岁了,居然不是老员工。

"没关系,那你是本地人吗?"

"我是。"

"你听说过'紫山国际'吗,大概二〇一五年的时候,在这家KTV对面的楼盘?"

"我明白了。"男人突然沉下脸,"您是想问五年前的坠楼案吧?"

"欸?嗯,确实是,确实是没错。你怎么记得这么清楚?"

男人不回话,只是默默走进包厢里。

"您刚才说希望我能陪陪您,是吧?没问题,我可以。"

他顺手将门关上,然后认真地整理起自己的衣领。

"嗯?"

白越隙感觉气氛有些不对。单从字面意思上来看,对方好像是接受了采访。但他已经失去了刚打开门时那副毕恭毕敬的态度,充满气势地挺起胸膛,像变了个人似的。

"我坐这里可以吧?"

"啊……可以的,不过不用很长时间,或者如果你还有工作的话,下班之后我再来找你也行……"

"不用了,您看这里不是很闲嘛,工作日加上疫情,根本没有生意。"

男人反客为主地凑到白越隙身边,有那么一瞬间,白越隙还以为他是想伸手抓自己的衣领。难道刚才说的话惹怒这个男人了?他慌张地想要闪躲,却发现男人的手径直朝着墙上点歌用的触摸屏伸去。他熟练地点击了几下,混杂着虫鸣和吉他声的前奏随之响起。

他拿起桌上的麦克风,轻轻吹了一口气。包厢里顿时回响着拍打西瓜似的声音。

"对这个世界如果你有太多的抱怨……跌倒了就不敢继续往前走……"

男人旁若无人地唱了起来。白越隙傻乎乎地看着他。这算什么意思?该给他鼓掌吗,还是应该切掉音乐,让他好好说话?

犹豫之际,男人已经把第一段副歌唱完了。接着,他把麦克风递给白越隙。见白越隙不接,他皱起眉头:"不会唱吗?"

"大致听过几次……"

"真稀奇。很少见到不会唱这个的人。"

他撤下麦克风,任由伴奏自己放下去。

"上个礼拜,大概凌晨的时候吧,有一伙小年轻发酒疯,乱摁服务铃,刚好是我去应的门。他们就把我拖进去,要我唱他们点的歌。我根本不会唱,他们就闹起来,把我的制服都给扯破了。老板不报销,我就穿着自己的衬衫来上班。现在的小孩子,听的都是些什么乱七八糟的,歌手的名字都要六个字那么长。而且,要嗓子没嗓子,要曲子也没曲子。还是周杰伦的歌经典,您说是吧?"

白越隙不明白男人想说什么。在他念小学的时候,周杰伦横空出世,还没越过舆论的风口浪尖,他时不时能听到身边人看不起这位日后流行天王的发言——"吐字不清""不算音乐"……而等到争议过去之后,白越隙上了初中,那时身边人听得最多的已经不再是周杰伦。他从未赶上过这个人的时代,因此也就很难理解男人的抱怨。而那些听着新一代口水歌的年轻小伙,或许多年后也会像这个男人一样感叹:"还是我们那一代经典。"

他觉得如果把这些念头如实说出来,一定会招人反感。可男人却先他一步说了出来:"我看您的表情就明白了,您和我也不是一个时代的人吧。没办法,我这个人,就是总赶不上合适的时代。我大学是土木工程专业毕业的。您不是想问'紫山国际'的事情吗?当年,我就在那片工地上。"

"你是当事人?"

这可真是捡到宝了,白越隙的声调飘扬起来。

"报警的就是我。"

男人再次将手伸向触摸屏,又点了几首歌,顺便将播放模式从"伴奏"切换到"原唱"。悠扬的歌声缓缓从两人之间飘过。

"在媒体眼里,这算不上什么大案子,所以甚至没有记者采访过我。警察把我拉到公安局里,问了一堆问题,然后就放我回来了。但这事害我丢掉了工作。作家先生,我可什么都没做!出事那天,我只不过是像刚才一样,戴着耳机在听周杰伦的歌而已。今天是老天赶巧,让我俩凑到一对,您竟然会把家属都不追究的案子称作'悬案',难道是有什么根据吗?还是说,您只是单纯想借题发挥,从这件事里挖一些能用的素材出来?要是这样,那您可就找对人了,我可以告诉您一些比跳楼还要残酷得多的事情,因为那一行根本就不是人干的!"

他带着怨气说完这一段,伸手拉下白色的口罩,露出胡子拉碴的脸庞。

"我当年读书也不算太差,念了个'211'的土木,大概十年前毕的业。在学校,啥都教,施工、制图,然后就是各种力学,理论力学、结构力学、材料力学……反正现在我都忘光了,忘得一干二净。根本都用不上,毕业以后上了工地,和我一起的,有大学学管理的,有学航空的,甚至有学美术的!不管学啥,全都从头开始学,念的那点书全都用不上,大家一起搬砖打灰。一个月几千块吧。往前二三十年,做这行的也是一个月几千块,但那是二三十年前的几千块呢!那时候咱们正在发展期,需求量大,我们那行就是爷爷,给的钱多,还有分红,还容易升职……我就是听我爸妈这么说,信了,才一头扎进去学这个专业的。可是出来之后呢?以为进了大企业,结果每天灰头土脸的,从早上六点干到凌晨下班,有家都回不去。换来了什么?还不是被许远文那种人踩在头上……"

"你说的许远文,就是后来坠楼去世的那位建筑师许远文吗?"

"建筑师?啊,您听谁说的?"男人歪起嘴角,"什么叫建筑师?那是考资格证的时候用的说法。姓许的他就是个干施工的。简单说,就是看图纸啦,分配任务啦,监督调度啦,向上面汇报啦……这些个事情。他是空降到我这组来的,据说是前任总裁的女婿。"

"总裁的女婿!"

白越隙倒抽一口气。这是一条崭新的线索。离家出走的那些年里,许远文娶了某处的总裁千金,然后当上了施工项目的负责人吗?

"你说的总裁,指的是南阳房产吗?"

"嗯。不然还有哪个?不过前任总裁在我入职以前就死了,据说他老婆也死了。说到底,'紫山国际'并不是什么大项目,丢给他做也没多少油水。不过,瘦死的骆驼比马大嘛,他辞职好几年,回来之后也照样能直接当我们的老大。"

"油水指的是……"

"那可多了。监督调度,能没几斤油水嘛。"

"许远文是贪污犯?"

"没到那个程度。不过,有时候自然而然地就得做点什么。地球上不是有个叫'水循环'的东西吗?海里的水分蒸发到天上,变成云,再下场雨回到地上。设计、施工、质检……这些地方,往往也得有点循环,整个机体才能运作得更快。您明白是什么意思吧?"

"嗯……但这也太,那个,不好了吧?万一出了事故……"

见白越隙有些不愿接受,那人又立刻补充道:"不是您想的那种事,您是不是想到'豆腐渣工程'那儿去了?不是那个,我们不至于盖会倒的房子。我刚开始干的时候,有个老师傅和我说过,九十年代的时候,偷一根钢筋就能判死刑哩!现在虽然量刑轻了,但真要是被逮到了,也是要往死里罚的。再说现在这年头,生产力上去了,要赚钱,办法有的是,用不着非得偷偷摸摸用点劣质材料,您说是不是?我指的捞油水,那也都是从一些无伤大雅的地方捞,比如说,改个合同啦,换个施工队啦……"

男人嘴上在替别人说话,语气却是非常轻蔑,似乎是在反讽。此时,KTV的大屏幕刚好播放到《龙战骑士》,他顺势跟着"锈迹斑斑的眼泪"这句哼了起来。

"我可没有专门挑死人说坏话,许远文还是比较守规矩的,只是干该干的事。说实话,比起其他施工,他算是不错的了,对底下的人也都挺好,有时候还会请大家吃夜宵。但我就是看不惯他,因为他的身份,凭什么他靠着前任总裁女婿的身份和当年留下的人脉,就能说回来就回来,还能当个小头目呢?实话说,我就是不喜欢这一点。您可能觉得我眼红别人,但我确实眼红呀!我好歹也是个'211'出来的呀,您知道我干的是什么活吗?以前的房子盖不好,一是没钱,二是没时间。现在钱不缺了,是因为富裕了;时间也不缺了,却是因为这帮人变得会使唤人了,能叫我一天二十个小时钉死在工地上……"

他重重地敲了一下桌子。

"本来,就算不出这件事,我也差不多准备提上桶跑路,辞职不干了。但是偏偏许远文在那个时候被人咒死了。"

"咒死?他不是坠楼死的吗?"

"一个人好端端的为什么坠楼?对了,您就是为这个来的吧。那我跟您说说。"

男人凑近白越隙,想了想,伸手把口罩戴正了。

"警察说他是自杀,因为当时没人能接近他在的四楼。这是事实,我可以做证,因为那天我就坐在三楼到四楼的楼梯口。当时午间休息,难得能喘口气,我在楼梯上坐着,用随身听听歌。许远文从我边上走过去,上了四楼,他懂得享受,在那儿支了把带靠背的椅子,每天中午来不及走的时候,就去那儿打盹。除了我俩,那天还有两个工人,一个在一楼,一个在三楼,反正都没上去。午休时间快结束的时候,突然听见'哐'的一声,好响,连我戴着耳机都听见了。但是工地上嘛,有点响声很正常,我本来没去留意,是一楼那小子大喊大叫起来,我下去一看,才发现许远文掉下来了,整个人趴在地上,当时看上去就不行了。我叫了救护车,报了警,和警察一说,他们就都认定是自杀。因为当时那个情况,不可能是他杀嘛。"

"原来如此。不过,为什么警察排除了意外的可能性呢?他也许是失足坠落的。"

"不可能,因为他掉下来的那个房间,窗台还挺高的,一般来说没那么容易掉下去。而且,警察发现他用来休息的椅子翻倒在门边,还有一段大跨步的脚印通向窗台。他们推测,这人是从椅子上站起来之后,直直地朝窗台走过去,然后跳下去的。意外当然不会这么有目的性,对吧?不过,没有动机的人当然不会好端端去自杀,所以警察说得也不对。许远文他就是被咒死的,那房子里有鬼,给他下了咒,逼他跳楼。'紫山国际'本来就是个有问题的地方,所以开发计划才会停滞。"

"你这么说,是否有什么根据……"

"我当然有!"

男人突然烦躁起来。这是他第一次表现出着急的情绪。

"就在坠楼那件事的一个礼拜以前,工地上刚刚出了一件怪事。那天下午，差不多也是午休快结束的时候，和坠楼的时间差不多！有个十多岁的小孩，大概是附近居民的孩子吧，不知道怎么搞的，溜进工地里来了。真的是熊孩子！可是，居然没有一个人看得见那个孩子进来的样子。您说奇怪不奇怪？"

"唔，我没有听懂你的意思，你是说你看不见小孩子……"

"不是我看不见。当时我不在，我出去偷懒了，回来之后才听说的。同样是在许远文坠楼的那栋楼，他和另一个工人，俩人在楼里，也是一个在楼上、一个在楼下。不知道什么时候，那个小孩子跑了进来，但许远文和那个工人都完全没有发现。直到我回来，上楼准备开工的时候，才发现楼上藏了个孩子。这得多危险！差点就酿成大祸了。我立刻把孩子赶出去，顺便质问那两个人为什么让小孩溜进来，结果两个人都说，根本没看见小孩子进来。"

"也许是他们两个恰好都看漏了。"

"我也是这么想的，但那孩子又坚持说，自己是当着这俩人的面，大摇大摆地进来的，甚至还朝许远文挥手，他也视而不见。您不觉得这很奇怪吗？孩子在进来的时候隐形了！"

白越隙沉默了。他想起小时候在某本盗版书上看过的故事：明朝泰景年间，有个人手持红棍，嘴里念念有词，闯入了守卫森严的皇宫，众侍卫没有一个人看见他是怎么进来的。那本盗版书上还记载了许多奇妙的事情，诸如长翅膀的人、眼里会放激光的人、后脑勺上长着眼睛的人……小时候，他对书里的记载深信不疑，直到长大后才发现许多事情其实都是难以考证的。

然而这个男人方才讲述的故事，却和那本书上记载的"隐形人"事件无比相似，让他产生了浓重的既视感。

"所以我觉得许远文是被咒死的。"男人继续说下去，"如果他和小孩都没有说谎的话,那只能解释成,小孩子看到的不是许远文本人,而是扮成他的鬼。那一周之后,许远文就莫名其妙死了,这不巧嘛!而且,许远文死的时候四十四岁,他死的地点又是四楼,满地都是'死'字呀!所以我把这件事发到了网上,结果好多人留言说不买'紫山国际'了。公司知道了这事,花钱把帖子删干净了,之后又查到我,把我开除了。哼,本来我就不想待了!再说,我说错了什么吗?明明都不明不白死了一个人,还想粉饰太平,说什么'没有鬼',我看公司的心里面才是有鬼的……"

男人说得激动,白越隙心里却在想别的事。公司真的只是因为造谣而开除这个男人的吗?从刚才的说法来看,这男人不仅对死去的许远文心存怨恨,而且案发当天也在场。更重要的是,通往许远文坠楼地点的楼梯,恰恰是这个人看守的。如果往他杀的方向考虑,他明明是最大的嫌疑人才对。那之后,他还散播鬼神之论,更是可疑。公司内部或许已经对他有所猜疑,才紧急将他开除,撇清干系。

但警察又为什么没有对他产生怀疑呢?不,警察一定产生了怀疑,但后来可能通过什么方式洗清了这些怀疑。男人知道白越隙是来调查旧案的,甚至可能会把听到的事情写成文章,那么他自然不愿意说出自己曾经遭受警方调查的过去。

可是,如果警察已经排除了他的嫌疑,那么许远文又是怎么死的呢?

谜团不但没有解开,还多了一个。白越隙决定从他嘴里挖出一些可以自己深入调查的线索:"你刚才说,出事那天,除了你和许远文,还有两个工人在场。你还记得这些人叫什么吗?"

"工人的名字?"男人迟疑了一下,"我当然记得,毕竟那之后一起被叫去公安局好几次。发现尸体的那个叫张云,另一个就是之前撞见隐形小孩的,叫黄阳山。"

"黄阳山……"

黄阳山!

白越隙一个激灵,险些从沙发上跳起来。

黄阳山这个名字实在太耳熟了。他立刻回忆起,在许远文留下的那篇手记的结尾,提到了作者"阿海"的全名——黄阳海。而根据手记,作者还有一个哥哥。黄阳山,黄阳海。黄阳海,黄阳山。错不了,这两个人一定是兄弟。"阿海"是真实存在的,"阿海"的哥哥也是真实存在的,手记里的事情都是有原型的——通过黄阳山这个人,这一切都得到确证了!

他努力按捺住激动的心情。黄阳山和许远文身亡事件有关,许远文和黄阳海留下的手记有关。此时此刻,所有的谜团终于连成一条线了。

"你有这几个人的联系方式吗?"

他不动声色地问。

男人摆摆手:"没有,没有,都是干一次活的关系而已,而且那俩人好像都是临时工。"

看样子还得自己去调查了。不过,至少有了明确的方向。

"那么,可以顺便请教一下你的名字吗?"

"我也要?"男人警觉起来,连称呼都不知不觉变得不客气了,"你要写文章吗?我先问一句,你要写文章吗?"

"还没说定,你放心,如果你不愿意的话,我可以不写你的真名。"

"既然不写我的真名,你还要我的真名做什么?"

男人的话叫人难以反驳。

"而且，你也别揪着许远文的事情不放了。说到底，他家里人都不追查的事情，有什么好说的呀。你听我的，你如果写我的事情，那可要好得多了。我辞职之后，就去考公务员，一连考了两年，没考上。二〇一八年的时候，我开始找自己感兴趣的事情做，先在真人密室逃脱店做了一年多，老板跑了。后来又去电影院，到了今年年初，你也知道了，为了防疫，全国的电影院都关了，快八月份才开。这个事情当然我也理解的，可不上班就没工资，在家里又没饭吃了，全靠上'支付宝'借钱……撑到六月，撑不住了，只好来KTV打工。其实我不想来这里的呀，一到这儿，我就想起五年前的晦气事来。可是当年在街对面打灰，来来去去，和KTV老板混熟了，他跟我说他也难，也是刚重新开业，好几个员工是老乡，过年回湖北，困一块回不来了。他拜托我来帮忙，我才来的，他也开不出多少工资，但总比没有强。我本来想去送外卖的，都说外卖赚得多。结果，在KTV里，还得被发酒疯的高中生修理。但是我不后悔离开工地，继续在那里，也只能继续过一天睡五个小时的日子。现在这年头，人家对挖掘机的关注度，比开挖掘机的人还要高。我做什么都赶不上时候，干哪一行，都偏巧是那一行最倒霉的时候。就算过几年，这行的情况好转了，那和我又有什么关系呢？远水救不了近火。这不值得写吗？嗯？这不值得写吗？你如果想写这个，我就都告诉你，都细细告诉你，但是我不告诉你我的真名叫什么……"

　　说到激动处，男人又举起话筒，唱起属于他那个年代的流行歌曲。

　　"那个人完全是胡扯。"
　　陈诚毫不客气地下了结论。他左手撑着腮帮子，右手的几根手指在玻璃转盘下熟练地拨动着,很快就把刚端上桌的醉蟹转到了白越隙面前。

"喏,尝尝。咱们这里的特色菜!"

"怎么吃呢?"

白越隙望着青色的蟹壳,有些无从下手。螃蟹他吃过很多,但生的螃蟹被端上餐桌,对他来说是第一次。白色半透明的蟹肉从被切成两半的蟹壳之间流出,看上去既不像固体也不像液体。

"就跟你吃螃蟹一样直接吃呗。壳,不能吞,别的,能吞。就按这一套吃。不着急,这个本来就是凉的。"

他缓缓动了筷子。

"怎么样?"

"真……有特色。"

"直说,别客气。"陈诚说完小声加了句,"我也不爱吃。"

"那你还点?"

"这不特色菜嘛。特色哪能不试试呢?什么东西加上特色,就都没办法拒绝了。所以,到底好不好吃?"

"全是白酒味,感觉不如直接喝白酒。而且,我不爱喝白酒。"

"可惜了。"陈诚叹了口气,"这叫了两大只呢。"

"我们俩不必客气,你尽量打包,支持'光盘行动'嘛!"

"行,打包回去给你爷爷吃。"

陈诚趁机占了白越隙一个便宜。在大学同窗的那段时间里,这俩人总是互相称对方为"儿子"。如今,比他大两级的陈诚先一步到了社会上,经受人世间的毒打,可这个习惯依然没有改掉,这让白越隙觉得很亲切。

两人是在大学的文学社团里认识的。陈诚是浙江人,本科学的经济学，考研失败以后，回家在父母的介绍下，找了份事业单位的工作。这次决定来浙江调查后，白越隙立刻联系了他。他爽快地答应帮忙，也快速帮白越隙订好了旅馆。白越隙是翘课出来调查的，这天还是周五，工作日，陈诚白天需要上班；下班之后，他立刻现身，把白越隙拉进一家酒楼。

"真了不起啊，当年被社长指责看书太乱的人，现在成了大作家。我该敬你一杯！"

"不必不必，我真算不上作家，全靠朋友帮忙。"

"是你现在那个舍友吗？他到底是干什么的？"

"大概就是类似于侦探的职业吧。"

白越隙也说不清谬尔德是在干什么，他甚至连谬尔德的年龄都搞不清楚。谬尔德长着一张娃娃脸，身高目测不足一米六，出门的时候还总喜欢披上宽大而显眼的披风，特别显矮。第一次见面的时候，他甚至以为对方是初中生。不过很快他就明白，谬尔德实在比初中生狡诈多了。

他自称侦探，但中国大陆根本没有"侦探"这个合法职业。他在内部把自己的公寓改造成"事务所"，外表上则不做任何修改，美其名曰"伪装"。他也不在网络上发布广告，因为那样可能会被人举报。即使如此，他仍然能接到非正式的委托，这让白越隙百思不得其解。

在一起案件中相逢后，白越隙主动投奔谬尔德，希望能够成为他的助手。这当然是谎言，他是带着恶意接近谬尔德的。后者意外爽快地接纳了他，条件是他必须搬过来住，并且每个月分摊一笔数额不大的房租。考虑到事务所离学校不远，白越隙便答应了。

其实谬尔德根本不需要助手，他人脉广，连警察中都有不少熟人，这一点白越隙已经见识过多次。而且，他不忙，委托的数量很少，以至于他的收入来源至今成谜。有时候，白越隙甚至怀疑，公寓其实是谬尔德的，自己的房租才是他真正的收入来源。

"哼哼，真好啊。听着就很有意思。"陈诚夹起一块炒鸡蛋，"所以，你最后问到KTV那个人的名字没？"

"没有。要知道也不难，但我觉得可能没必要知道。"

"没必要知道。"陈诚点头重复了一遍，"这种人太多了。遇上了倒霉事情，就觉得一切问题都是社会的。做任何事情都是需要投入成本的，大学选专业就是每个人都必须投入的机会成本。他在土木专业投入了成本，之后想改行的时候，当然会吃亏，因为成本没有收回来。这种时候，如果不想陷入死循环，最好的做法就是忽视已经损失的沉没成本，继续投入新的成本，去学习新的东西。但他没有学习，只是由着性子四处打工，所以才会过着有一顿没一顿的日子。"

"真会说啊，不愧是经济系的学生。"

"别忘了我的经济学知识也是沉没成本。我学的东西也一丁点儿都没用上，这是亲身体会。不过，我是逃回来，靠父母投入新的成本的，所以我也有自知之明，不认为自己的行为值得标榜。确实不是每个人都有试错的机会。"

"那你还说那个人。"

"我说的是他的态度。光是抱怨是没有用的，再说疫情是天灾，是谁也没办法的事，该扛过去的，总得扛过去。你也别觉得我就置身事外了，我好歹也是个公务员，今年可有的忙呢。首先，野生动物得管吧？就像二〇〇三年'非典'那时候一样，卖去吃的、训来演的，都得管，这就是我们林业局的工作。其次，村镇区域的返乡排查，那也是我们一家一家、一个脚印一个脚印访问回来的。你坐公交车的时候填的那个'绿码'，那也是建立在我们排查的基础上呢。你没乱填吧？"

"哪儿敢。都按你说的填了。"

"这就好。我们事业单位，对这个可严了。回头要是你被确诊了，我不知道得被怎么罚呢。"

"辛苦了。"

"没办法的事。天灾，该扛的，总得扛过去。"

陈诚的爱好就是反反复复重复自己中意的话。

"不说这些了，来，吃鱼，吃鱼。"

"刚吃过了，你算是教会我'你吃过的盐，比我吃过的饭还多'这句谚语，到底是怎么来的了。这简直像是倒了半瓶盐做出来的。咱们说正事吧。"

"我们的口味都这样，我还嫌你们那吃东西没味道呢。"陈诚叨叨着，把手伸向挂在椅子上的挎包，"都给你查得差不多了，还用单位的打印机打印好了，你就安心吧。"

"你可帮大忙了！"

白越隙兴奋地接过资料。上面简单介绍了南阳房产的公司全称、法人代表、注册时间、总部地址等信息。公司不算规模巨大，但也称得上省内豪强、地方一霸，足以养出一两位千万富翁来。"公司历史"一栏里，赫然写着前任总裁、创始人的名字：赵书同。

"这个赵书同的资料，有没有更详细的？"

"往下翻。"

翻了几页，一张老人的证件照出现在眼前。赵书同穿着西装，头发基本都已经白了，但眼神依然锐利，棱角分明的脸，表明这人是个狠角色。他又快速扫了眼此人的经历：一九四一年生，八十年代来浙江发展，二〇〇二年隐退，二〇〇四年病逝，享年六十三岁——关于他与公司的发展历史，资料中写得非常粗略，看不出什么有用的信息。

"有办法查一下更详细的资料吗？"

"我回头再试试。怎么，你想查这个人？我听我妈提过几次，好像是什么本地名人，但咱们年轻人嘛，一般都不熟悉这种地头蛇。"

"我不确定，但应该有点关系。"

说完，白越隙用自己的智能手机检索起"赵书同""南阳房产""浙江"等词。没想到网上能查到的东西还不少，立刻就查出了几条本地媒体报道的社会新闻："赵书同次女赵乔成婚""赵书同长子病逝""赵书同去世"……

他点开第一条链接，许远文的名字赫然出现。但仔细一看，他的身份又不是新郎，而是新娘的姐夫。二〇〇一年，赵书同的次女赵乔成婚，许远文以她姐夫的身份出席，记者还备注，他与赵书同长女赵果结婚的时间是六年前，也就是一九九五年。不管怎么说，许远文果然是赵书同的女婿，而且并非花瓶，不仅在南阳房产内任职，也频繁出席赵家的重要活动，想必当年还是深得赵书同器重的。可惜的是，报道没有附带照片，至今还是无法得知许远文到底长什么样子。

他又点开第二条链接，这次是在二〇〇三年四月，"非典"疫情肆虐期间，赵书同的长子赵思远在广东感染"非典"去世了。

看到这条新闻，白越隙的心里"咯噔"一下。十七年前的那场疫情，对他来说已经是幼年时期模糊的记忆，几乎没有任何感觉。但是，那毕竟是自己亲身经历过的事情，有时还是会有些

"熬过来了"的自豪感。新冠肺炎疫情期间，当他在网络上看到新一代高中生哀叹自己"生于非典，高考于肺炎"时，还觉得有些恼火：你们只不过是恰好在二〇〇三年出生而已，这也配自称苦难吗？

然而，当与"非典"相关的死亡事件直接呈现在他面前的时候，他才意识到，自己那种"熬过来了"的自豪感，与高中生们的调侃并没有本质上的区别。他们都不过是把一场深重的灾难和无数人的付出，用一句轻描淡写的"扛过去"来概括，只为换取一点淡淡的优越感。

但灾难总归是灾难。就算扛过去了，它也是灾难。

他继续阅读新闻。和上一篇生动的报道不同，这次的新闻非常简短，体现出人们对待红白事时态度的差异。当然，也可能是因为葬礼在疫情期间举行，本身就办得很简单。

对于赵书同，记者用"悲痛欲绝"来形容他。赵思远时年二十五岁，是赵书同唯一的儿子，当时还在读研究生；他的两个姐姐赵果和赵乔，那年分别是三十岁和二十八岁，也都出席了葬礼。报道附带了一张赵思远的黑白照，是个戴黑框眼镜的瘦弱男子，小眼睛，腮帮子有些瘪，表情柔和。

最后一条新闻发生在第二年，也就是二〇〇四年。这年秋天，赵书同也病逝了。那时"非典"疫情已经过去，前来吊唁的人非常多，除了赵书同的遗像，还放了许多现场照片。据说葬礼由赵果主持，许远文也到场，但还是没有附带这两人的照片，摄像头对准的都是些西装革履、满脸皱纹的大人物。

到这里，赵书同的线索大概就断了——然而，白越隙突然捕捉到角落里一句不起眼的话。

"赵书同名下的大多数房产，都划归许远文夫妇所有，包括传说中他于一年前修建的神秘宅邸'七星馆'。对此，许远文表示，会尽快考虑将该处房产拆除。'荣归故里，住进那样的房子，是赵先生生前的愿望，它现在已经完成了自己的使命，我们认为，是时候让尘归尘、土归土了。'他这样告诉记者。"

"喂，"他抬起头，"你听说过'七星馆'吗？"

"那是啥，三星手机？"

"吃你的鱼吧。"

白越隙立刻搜索起"七星馆"来。奇怪的是，相关网页少之甚少，几乎找不到直接关联的报道。除了赵书同去世的消息以外，只有一条新闻还算相关——"赵果去世"。

"八月十七日，本地知名企业家赵书同的长女赵果，因乳腺癌医治无效去世，享年三十四岁。二〇〇四年年底，赵果确诊为乳腺癌，自那时起，她就坚持不懈地与病魔抗争。赵果夫妻没有子女，由于投资失败，自二〇〇四年起，他们名下的财产已经大幅度缩水。为了支付高昂的医药费，赵果女士的丈夫许远文变卖了数套继承自赵书同的房产，其中包括曾经计划拆除的'七星馆'。赵书同生前十分喜欢三国文化，据传说，'七星馆'是他为了纪念历史名人诸葛亮，交由许远文建造的。"

报道时间是二〇〇七年。关于七星馆和许远文，此后就没有更详细的报道了，不过可以大致推测出来：失去妻子后，他独自在浙江生活，工作不详，很可能依然是留在南阳房产。二〇一四年，不知道出于什么原因，他突然回到福建，和昔日的家人重聚；但不到半年就返回浙江，依靠过去留下的人脉，谋到了施工负责人的工作。

可这又和黄阳海兄弟有什么关系呢？根据KTV那人的说法，黄阳山是临时工，他和许远文的交集，应该集中在二〇一五年。那为什么二〇一四年回到福建的许远文,会带着黄阳海的手记?这一切又和现在出现在眼前的七星馆,彼此之间存在什么联系呢?

等一下……七星馆,诸葛亮?

白越隙猛然回忆起了什么。

"'卧龙跃马终黄土'……"

"'隆中对'……"

他猛地一拍大腿,把陈诚吓了一跳。

"咋了?"

"你吃你的,我出去一会儿,打个电话。"

"行。你别跑了啊!说好了这顿我请你的,你不跑也是我付钱。"

"OK。"

他没有过多理会陈诚的玩笑,而是拼命思考着该说的话。发消息吗?不,等不及了。这股怒火必须立刻发泄出去。他从手机通讯录里找出了谬尔德的电话。

对方好像早就料到他会打电话似的,一下子就接通了。

"您好,这里是晚上八点钟以后需要增收加班费的谬尔德哦。请问这位小白有什么事情呢?"

"是个人私事,所以不用交加班费。"

"真难得呀,把公私分得那么清楚。"

"你早就知道了?"

"知道什么?"

"别装傻。你那天不是拼命在暗示吗?亏我还没有察觉到不对劲。虽然你爱引经据典,即使是中学水平的常识也喜欢一遍遍拿出来炫耀……但连着提到两次诸葛亮,也太刻意了。"

"嚯嚯，这不是很常见的桥段吗？在一大堆废话里面混入真正有用的线索，可见我是充满本格精神而又慈祥温柔的好侦探哦。"

"那算什么提示，完全没有用好吗？唯一的用处不是在我意识到这件事和诸葛亮有关之后，体现出你是个早就预知到这一步的诸葛亮而已吗？真是个事后诸葛亮！"

"一，二，三，你说了三次'诸葛亮'，能抵九个臭皮匠了。小白什么时候变得这么喜欢诸葛亮了？调查入迷了吗？这可真是……"

"还不是被你气的！我问你，你什么时候知道赵书同这号人的？你明明只看了黄阳海的手记而已，怎么能查到这一步？"

"这还不简单。你那个叫张志杰的同学，虽然名字是挺大众的，但连住址都写在快递包装上了，很难让人查不出他的身份呀。再顺着亲戚关系，知道他有个叫许远文的舅舅，是他家那帮老实得要死的亲戚之中，唯一一个有可能跟那本手记有关系的人；哦，还有个带着可疑气息的亲戚，叫赵书同的三国狂热爱好者……不知道辈分该怎么称呼，是他舅舅的老丈人？总之都是不费吹灰之力就能查到的事情哦。"

"不费吹灰之力，怎么可能？靠一个住址查到这么多，你动用了不少人际关系吧？"

"人际关系就是用来消耗和丢弃的，不然攒着又有什么用呢，开名片博览会吗？而且，帮助谬尔德是永远不会吃亏的，因为你总有求他帮忙的时候。"

"真不知道你的自信是不是用唾液腺分泌的。那如果我告诉你，我已经知道许远文之死和那本手记之间的关联了呢？"

"那可真是了不起。我也只是了解到许远文死得不明不白而已。"

"当年警方可是很快就结案了,所以你也查不到可疑的地方吧?很可惜,我可是得到了第一手资料。"

"不错不错,我就说嘛,人总有看漏的时候,所以人类不可信赖,不像小白你如此胆大心细,还有很棒的运气。"

"我也是人类!而且,我说过要把情报和你共享吗?"

"请不要在这种时候意气用事,毕竟我们彼此都是背负着罪孽的神之子民,应该放下对彼此的成见才是。你并没有因为我的隐瞒而白跑一趟,而是确实查到了值得深入调查的情报,而我也安排了线索,能够让我们在合适的时机合流,如此还能说是我在害你吗?"

"说得真了不起啊,但跑腿的都是我吧。你除了我已经知道的事情,还能提供什么新的信息吗?"

"传说众神之王奥丁献出了自己的右眼,才得到饮用智慧之泉的权力。目前,我不能提供更多的信息,但我能提供我的智慧,这可是比金羊毛还要贵重的无价之宝。"

"这两边都不是一个神话体系里的吧。"

白越隙开始思考接下来的打算。不论如何,这件事得查下去,不然就前功尽弃了。初到浙江时拟定的两条线:南阳房产和许远文坠楼案,现在分别得到了拓展。其中,南阳房产这条线只涉及赵家人和许远文之间的渊源,似乎和手记没有直接关联;而许远文坠楼案,则因为出现了黄阳山这号人物,而直接跟手记绑定在了一起。但在全国范围内寻找一个最后一次出现在五年前、只知道名字的临时工,无异于大海捞针。能做到这种事的,恐怕只有为了控制疫情而监控全国流动人口动向的"健康码"平台了……

"谬尔德，我不认为你的所谓智慧能够派上用场，因为我现在正在调查的东西，需要的并不是某个人的灵光一闪，而是海量脚踏实地的数据。你能集中起这么大的能量吗？"

"当然不能。可是，智慧的解决方式并不是与难题硬碰硬，而是去开辟一条捷径。让我猜猜，你是不是在许远文死亡的现场发现了某个在手记里出现过的人物，准备凭着那个名字去满世界找人了？"

"如果我说不是呢？"

"那就是了。我很清楚你会在什么情况下做出这种回答。"谬尔德的声音微微远离了话筒几秒，似乎正在伸懒腰，"我用我的智慧给你一个忠告吧。别盯着那头查了。你现在真正必须关注的是赵书同这个人和他的'七星馆'，那里才是这篇手记最早流传出来的地方，许远文不过是个搬运工。另外，你在许远文的死亡现场发现的那个人，我猜猜，是不是姓黄？他的行踪我也已经很清楚了。"

"谬尔德，你让我吃惊很多次了，但这一次你一定是在虚张声势。就在几秒钟以前，你还连我找到了什么人都不确定。你猜测我找到的人姓黄，但手记里出现过的两个和'阿海'关系最亲近的人，一个叫黄家豪，另一个是'阿海'黄阳海的哥哥，当然也姓黄。你不具体说出我找到的人究竟是他们中的哪一个，就是因为你不知道我找到的到底是谁。但你却说你搞清楚了这个人的行踪，这怎么可能呢？"

谬尔德轻笑起来："你说得对，也不对。我确实不知道你找到了哪一个，但我也确实知道你找到的那个人的行踪。我国古代充满智慧的劳动人民，使用一种名叫'榫卯'的结构来搭建房屋，它神奇的地方就在于，不需要任何额外的器具，就能使梁木之间契合得严丝合缝。尽管这门手艺现在已经不如往日，但我那优秀的推理，却能重现相似的效果，即使不直接与真相接触，也能做到天衣无缝。遗憾的是，小白，现在你不愿意放下自己眼中的偏执，就像《马太福音》所说，你只能挑我的刺，却看不见自己眼前的梁木。我可以非常肯定地告诉你，不管你找到的是黄家豪，还是黄阳海的哥哥，他都一定是导致许远文非正常死亡的人，他在目睹了手记结尾的一幕后，不远万里寻找拿走手记的许远文，并最终将其杀害。所以，重点并不在于他是谁，而是手记的结尾究竟讲了什么。而这个答案，十有八九在赵书同身上。"

"为……为什么？赵书同是大企业家，黄阳海当年还只是个小孩子，这两个人根本没有任何交集！"

白越隙的声音迟疑了。谬尔德接二连三的语言攻势，让他一时无法招架。混乱之中，他的脑海里只剩下一个念头：为什么？为什么他会得出这些结论？为什么他会领先那么多？这到底是为什么？

"他们没有直接的交集，但一定有间接的交集。否则，这件事就没有许远文参与的空间。而最合适的舞台就是七星馆，因为那正是赵书同授意许远文建造的。而且，馆和人不一样，人会跑，馆不会。你就放弃吧，小白，再听我一次好了。七星馆里，一定有你想要的东西。"

六 绣花

七星馆里到底有什么？

整个晚上，我都被这个问题所困扰。秦言婷根据食物数量的变化，认定除了我们以外还有第九个人。可是，这未免太天方夜谭。一个大活人，生活总会留下各种痕迹，哪怕不烧水，撞见人的机会也多得是，怎么可能瞒过我们所有人？

但食物确实变少了。那就只能认为，确实有什么人瞒着我们在这里生活。而且，这个人有能力在避开所有人视线的情况下，从厨房偷取食物。他对七星馆的构造非常熟悉，甚至可能掌握了某些秘密通道，所以才能来去自如……

满足一切条件的人，就只有祝嵩楠。

我想起那具烧焦的尸体。就连近身观察过尸体的奚以沫，也没办法确认其身份，我们又怎么能断言……

但真会有那种天方夜谭吗？祝嵩楠没有死，那具尸体是其他人，他本人还躲在七星馆的秘密房间里？他为什么要这么做？我们之间明明没有什么深仇大恨，如果我没记错的话，祝嵩楠和我是同一时间加入海谷诗社的。除了社长、周倩学姐和林梦夕，其他人应该都是在去年纳新活动上才彼此认识的。如果祝嵩楠有什么一定要杀害林梦夕的理由的话……

一个阴暗的念头突然从我脑海里冒出。如果那样的话，他接下来会不会对社长和周倩学姐出手?

这样的话,我就是安全的了——我自己也被这个冷漠的想法吓了一跳。

一整晚都没睡好。周日早上,我八点就醒过来了,只觉得脖子异常酸痛,肩膀也硬成了一块,就像被绑在铁柱子上拷问过一样。客房的床还是很高级的,就是那只肥厚的枕头,把我的脑袋垫得太高了。不过,第一天晚上我还没有察觉到这个问题,只是眼睛一闭就睡过去了,不想今天却如此痛苦。注意力集中在精神上的压力时,肉体就会因为被忽视而提出抗议,真是腹背受敌。

走进餐厅,这回大家基本都在,恐怕昨晚没人睡得香吧。我下意识地点了一下人数:秦言婷、庄凯、大哥、周倩学姐、朱小珠、奚以沫……

"社长呢?"

难道昨晚的猜测应验了?我心里一揪。

大家都沉默不语。

"怎么了大家?难道社长他……"

"老子活得好好的。"

阴沉的声音从身后传来。我猛一转身,发现社长正垂着两条胳膊站在门口。

"抱……抱歉。我太紧张了。"

仔细一想确实是说了很失礼的话,我赶紧道歉。社长看也没看我一眼,自顾自上楼去了。

"啊,食物的话我们拿了一些下来……"

大哥举起一盒罐头。餐桌正中央堆着一些肉罐头和水果罐头,大概是他顺手拿下来的。不愧是会照顾人的大哥。

"我自己拿。"

可惜对方不领情。为了缓解尴尬的气氛，我代替社长接过了水果罐头。昨天吃了太多午餐肉，现在特别想要补充一点糖分。

想不出什么合适的话题。没办法在不触及敏感话题的情况下讨论现状，而如果聊一些和现状无关的事，又有点轻浮的感觉。其他人一定也都是这么想的，所以都只是安静地吃着东西。唯独奚以沫这个家伙表情如常，竟然还在小声哼着《北京欢迎你》的曲调。

啊，这么说来，不久前才和母亲通过电话，说是奥运圣火下周就到我们家那边了。如果不是出了这种事的话，现在我们已经在准备下山了吧。可是如今，我只能被困在这种危机四伏的荒郊野岭……

感伤了几秒钟后，我又开始怨恨起奚以沫来。不管是有意还是无意，这个人真的很擅长用自己的一举一动，来动摇其他人的情绪。他到底是单纯地乐在其中，还是想通过这种方式制造一些变故和转机？

水果罐头的主要成分是水，三口两口就吃完了。我正准备离开的时候，秦言婷偷偷拉住了我。

"午饭前能一个人来这里一趟吗？大约一小时后吧，我在这里等你。"

她低声说完，先我一步离开了餐厅。

我环视四周。周倩学姐和朱小珠小口小口地吃着午餐肉，动作慢得像慢镜头电影。大哥把右手的食指和中指放在嘴唇边上敲打着。庄凯早就吃完了，但他依然坐在原地一动不动，眼睛盯着桌面，不知道在想什么。刚刚回到餐厅的社长，一边开罐头，一边在嘴里念念有词："等我爸爸派人来，就把这些罐头都砸了……"

秦言婷约我一小时后碰面，应该是想等这帮人都走掉吧。也就是说，她有必须和我单独说的事情。会是什么呢？正常考虑的话，肯定和昨晚提到的"第九个人"有关。

我带着忐忑的心情回到自己的房间。博客写完了，在房间里无事可做。书包里有一本读了一半的小说，叫《少年股神》，但此时我也根本静不下心来读书。听说周倩学姐带桌游来了，但这种气氛下也不好找人家玩，更何况我还和秦言婷有约，必须做到随时可以脱身。最后，我索性打开电脑，玩起了系统自带的扫雷游戏。每隔几分钟，我就会把视线移到右下角的系统时间上，到头来被"炸死"了好几次。

一个小时终于过去了。我蹑手蹑脚地离开房间。大家都不在走廊上，真是走运。

秦言婷依然坐在餐厅里，和早饭时相同的位置。她的辫子好好地扎着。

"辛苦了。谢谢你能来。"

不知道有什么辛苦的，也不知道我做了什么值得被道谢的事情，但我还是接受了。

"有什么事呢？"

"关于昨晚说的事情，我希望和你商量一下。"

果然如此。

"你还没有告诉大家吧？是希望我一起保密吗？"

"并不是。不如说，我正是因为无法决定该不该保密，才找你出来的。"她用指尖轻轻点着自己的发梢，"目前我还没有把罐头变少的事情告诉其他人。原本也不该告诉你的，只是昨晚不知怎么地……顺口就告诉你了。大概我还不够成熟吧，没办法按捺住发现新事物的激动之情。"

"我不值得信任吗？"

"并不是那个意思。我倒觉得你是这里最值得信任的，因为你是个直来直去的人。不管是以前写的诗词，还是昨天有话直说的表现，都让我觉得你是个纯粹的人，你不会隐瞒自己对坏事的厌恶，或是对权威的质疑，这和其他人是不一样的。正因如此，我才会轻易地告诉你那件事。"

"谢谢。不过，为什么你现在又开始考虑隐瞒这件事了呢？"

"我一开始就没有打算公开。一来这毕竟只是个猜测，冷静下来想想，我或许也会数错，或者我们中有什么人偷吃罐头，也不是不可能。二来如果大家都认为馆里有'第九个人'，事情会变成什么样？这个人为什么能在馆里来去自如，而不被我们发现？"

"大家会觉得馆里有密道。"

我坦诚地说出自己考虑过的答案，秦言婷满意地点了点头。

"是的，大家会这么想，然后自然就会陷入恐慌。顺利的话，明天我们就能得到救援，在这种时候维持秩序，不是比陷入恐慌更好吗？这个念头在阻止我将自己的推测说出来。"

"但是，如果有人因此被杀呢？陷入恐慌，反过来说，也是自保的手段。黑死病最早在欧洲传播开来的时候，医生和官员们也是以'不能让民众陷入恐慌'为由而封锁消息的，或许对社会来说这不是坏事，但对于那些没有第一时间提高警惕，结果染病身亡的百姓来说，这种秩序有什么好呢？"

"我知道。"她低垂着眼睛，"你果然疾恶如仇，余馥生同学。我也考虑过你的想法，而且，我可以承认，我之所以明明料到或许有人会被杀，还是产生了隐瞒的想法，就是因为我觉得自己不会是受害者。这种冷漠的想法原本占据了上风。但昨晚一时冲动,把情况告诉你以后,我开始动摇了。或许我今天约你出来,就是为了听你这样骂我一句吧。"

"我不是在骂你……不好意思。"

我意识到自己确实有些激动了。秦言婷好歹把事情告诉了我,而且她也确实在为是否公开这件事而犹豫着。更何况,她对恐慌的担忧不无道理,像朱小珠那样的人就是个定时炸弹。而且,我自己也产生过"还好被杀的不是我"的想法,现在又怎么能站在道德制高点上责骂她呢?

"总之,就算我想隐瞒,你也会说出去的,对吧?"

我沉默了,不是因为答案明确,而是因为我也犹豫了。但她误解了我的意思,立刻回答:"我明白了。既然如此,我们现在就去告诉大家吧。"

我们一起朝充当客房的天璇馆走去。但是,事实证明,我们的犹豫已经招致了大祸。

经过天玑馆的时候,秦言婷突然停了下来。

"你听。"

她抢在我问话之前,将食指抵在我的嘴唇上。

我听从她的要求,直起身子,仔细聆听起来。从天花板的方向,确实能听见细微的、清脆的响声,一下一下地回荡着:"铮……叮……铮……"

"这是什么?"我用气声问道。

秦言婷也用气声回答:"是琴声。"

啊,我想起来了,天玑馆二楼的展厅里确实有一把古琴。是有什么人正在二楼弹奏那把琴吗?但这也太奇怪了。首先,我不记得我们之中有人精通琴艺;其次,这种时候弹琴也不合时宜。

最重要的是，这声音也不像是在弹琴，更像是某个不通乐理的孩童，正在随意地、一下一下地拨弄着琴弦。

"上去看看吧。"

我不知哪里来了胆量，轻轻推了推秦言婷。她点点头，朝楼梯走去。

主展厅大门紧闭。我推了一下，门后传来木头被挤压的声音。

"门闩插上了。"

我说完，开始敲击铜制的门环。

"有人吗？里面是谁呀？"

没有人回答。过了几秒钟，屋里突然传来一阵拨琴弦的声音，紧接着就是"咚"的一声巨响。紧接着，刚才还推不开的木门发出了"吱呀"一声，竟缓缓朝里打开了！

我屏住呼吸，注视着一点点自己打开的木门。手臂上隐隐传来了触感，似乎是被秦言婷抓住了。她大概正担心屋里闯出什么可怕的东西。老实说，我和她一样受到了惊吓，但此时必须沉住气。如果我们两个都被吓呆了，就没办法应对突发情况了。

门打开了。首先看见的就是落在地上的古琴，刚才听见的巨响，大概就是它被人砸在地上的声音。虽然琴面没有断裂，但琴弦已经崩开了。接着，视线越过古琴，落在原本摆放它的桌面上。此时，桌上趴着一个人，他右手朝前伸出，双腿盘膝而坐，原本放在坐垫上的那把羽扇被插在他身后。同样被他披在身后的，还有一面锦旗，上面写着一个大大的"西"字。在他伸出的右手上，攥着一幅失窃的挂画。

是"空城计"……

《三国演义》里，面对司马懿大军的突然袭击，只有一座空城的诸葛亮，派人将城门大开，自己坐在城墙上焚香操琴，故作

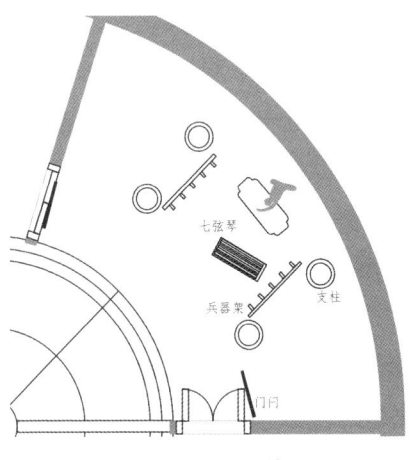

图七 第三具尸体

悠闲，性格多疑的司马懿担心城内有埋伏，吓得不敢入城，直接退兵。

此时此刻，我算是领会到了司马懿的心情。房间里除了趴着的那人，再也看不见其他人影，但我的双脚就是死死定在原地，不敢迈出半步。

这时，我隐约感觉身体被人推了一把。是秦言婷。她看着我，拍了拍裤子口袋："我还带着匕首。进去吧，小心点。"

"好，好的！"

我的心底涌起一股勇气。我们小心翼翼地走进房间。趴在那里的人是社长钟智宸，他的脖子上还留有深深的勒痕。

"死了……"

"还有一点体温。"

秦言婷看上去异常冷静。按理说，我们两个都是首次成为尸体的第一发现者，但她却是一副身经百战的样子。

"得快点通知大家。"

"好……好的，我们一起去？"

"得有人留守现场，至少也得先用周倩学姐的相机拍点照片。"

"可是一个人留在这太危险了！"

僵持之际，我突然听到了门环撞击木门的声音。有人正在敲另一侧的门。我快步走到门前，发现这扇门上也插着门闩。拿掉门闩，周倩学姐和朱小珠出现在那里。

"出什么事了吗？"

学姐探进头来。我急忙去拦她，但太迟了。她看见社长的尸体，整个人都僵住了。几秒后，她的嘴里漏出不成调子的呜咽声。死去的林梦夕和社长都是学姐最熟悉的人，她一定是受到打击最大的人吧。这下完了,连学姐也撑不住了,那还有谁能安抚一直歇斯底里的朱小珠呢?我正焦头烂额地想着,却发现朱小珠没做出什么特别大的反应,甚至把手搭在学姐的肩膀上轻轻拍着。怎么这两个人突然反过来了?

"果然是在这里啊。看到那把七弦琴的时候,我就觉得早晚要有一出'空城计'的。"

讨人厌的家伙也来了。奚以沫大摇大摆地从我们打开的那扇门走了进来,他的身后还跟着大哥和庄凯。所有人都到齐了。

"你们为什么都来了?"

"为什么呢?我可不清楚。我刚刚重温了天权馆的展示厅,正打算来天玑馆也逛一逛呢,结果这些人就扎堆了要和我挤楼梯……"

"我在自己的房间里听见奇怪的声音,就从天璇馆过来了。"大哥又补了一句,"庄凯也是,我俩在半路上碰见的。"

庄凯望着尸体,没有说什么。

"很高兴看到大家都过来了,这个时候一个人待着反而不安全。事情如你们所见,我和余馥生同学发现了社长,已经不行了。"

秦言婷第一次没有用全名称呼社长,大概是顾忌学姐的心情。接着,她又把我们两人发现尸体的经过简单说了一下。

"有琴声,却没有人?怎么会有这种事呢?按你们的说法,刚才有个人在展厅里弹琴,听到你们敲门的声音之后,砸坏了琴,又过来给你们开了门,最后化成烟消失了?是这样吗?"

大哥的声音有些颤抖。他挠了挠头,突然从口袋里变出一支烟,叼在了嘴上。这个举动让我们都吃了一惊:在这之前,他从来没有在我们面前抽过烟。看样子,巨大的压力已经让大家变得

难以藏匿本性了

"这就是空城计嘛。"

倒是有一个从来没有藏匿本性的家伙。

"'城'里一个人都没有，这出空城计可是比诸葛亮还厉害。佩服，佩服！"

奚以沫走到尸体边上凑近看。

"不要破坏现场！"

"我不会的，大小姐。我倒是想问问，这面锦旗是不是你们两个挂上去的？"

"我们为什么要做这种事？"

"呼。很好。那你们见过这面锦旗吗？没有？我反正见过，你们看，那头的柱子上是不是少了些什么？"

我顺着他手指的方向看去。离门最近的那根柱子上空荡荡的，我隐约记得，昨天参观的时候，这里似乎还挂着一面旗。再重新看向奚以沫的时候，他竟然伸手拿起了尸体上面的旗帜。

"喂！不是让你不要乱动吗？"

秦言婷似乎真的发火了，这是我第一次听见她这么大声说话。但是，奚以沫依然一副死猪不怕开水烫的样子，说："没办法，我好奇嘛。喏，你们瞧，这就是那面旗子。"

他把写有"西"字的锦旗翻过来，果然反面是个"蜀"字。

"这指代的应该是'西城'吧。诸葛亮使用空城计的地点，就在西城。是怕我们看不懂吗？真是恶趣味。"

奚以沫说完，乖乖把旗子放了回去。

秦言婷叹了口气。周倩学姐看起来还没有缓过来，一时半会儿可能没办法找她借相机了。她只得又强调了一遍，让我们注意不要破坏现场。

其实除了奚以沫,没有人会去碰现场的东西。社长的死,和前两个人的情况显然有着区别,因为这次真的发生了很诡异的现象。简单排成一圈的木板,或者烧焦的尸体,都只是粗糙的比拟,如果没有挂画,一般人或许都不会和"八阵图"或者"七擒孟获"联系起来。这次的要素则非常齐全,古琴、空城都准备好了,在看到挂画以前,我就联想到了"空城计"。这给我们的冲击力,甚至比前两次事件还要大。

我思考着发生的事情。室内传来琴声,敲门之后,还有人摔了琴,然后过来给我们开门。到这里都还算正常,如果之后出现在我们面前的是某位社员,我一定不会觉得有什么蹊跷。然而,在那里的只有社长的尸体。

在我们进门之前,右边的门是用门闩顶住的,而左边的门则是直到我们发现尸体以后都还维持着门闩放下的状态。我虽然不怎么阅读推理小说,但好歹也看过几集《名侦探柯南》,听说过"密室杀人"这种东西。一般来说,在这种案件里,凶手会在离开房间之后,用某种办法从外面锁上门。可是,这次的问题并不只是两扇门都锁着,还有人在屋里弹琴和开门。尸体不能弹琴,那是谁弹了琴?是谁给我开了门?一想到这里,我就觉得浑身发冷。

"学姐有些受不了了。"说话的竟是朱小珠,这是昨天以来,我第一次听见她正常而冷静的声音,"我带她回房间休息一下吧。"

两人正要转身,却被奚以沫出声叫住:"不行。你们不能走。"

"为什么?她很累了,而且在这里待着也无济于事……"

"并非无济于事。不如说,我现在有很重要的事情要说。虽然我是无所谓接下来会发生什么,但人总有好奇心。你们不想知道刚才发生了什么吗?现在开始,我就要告诉你们发生在展厅里的事,也就是完成'空城计'的诡计。你们两个不愿意听,是吗?"

"我们……"朱小珠吞了吞口水,"你说你知道了,真的?"

"是不是真的,你马上就能知道了。"

我们面面相觑。这转变实在来得太快,没想到一直作壁上观的奚以沫,这回居然在发现尸体后不久就说自己知道了真相。这可能吗?

"我没事的,小珠。以沫,那你就说吧。"

得到了学姐的许可,奚以沫立刻从尸体身边退回,靠近我们。

"这个问题再简单不过了。你们不是已经把其他的可能性都排除了吗?开门之前,有人杀害了钟智宸社长,然后若无其事地在尸体边上弹琴,摔琴,最后拿掉门闩开门。这一系列动作不在室内完成是不可能的,而你们打开门之前,没有人从右边这扇门离开,当然也不能从左边那扇上了锁的门离开。那么答案就很简单,凶手没有离开房间。"

"什么?"

我警觉地四下张望。室内没有任何可疑人物。

"别看了,我说的是当时,凶手可是早就趁你们盯着尸体发愣的时候,从那扇刚刚被打开的门逃跑了。"

秦言婷立刻反驳:"你想说凶手躲在门后?或许余馥生同学是没有看清楚,但我立即检查了门后,没有发现任何人。"

在我被吓破胆的时候,她居然做了那种事。自己是不是有点太没用了呢?我不禁沮丧起来。

"并不是门后那种老掉牙的地方。你瞧,这里不是有不少柱子吗？"

"难道是绕柱走？"大哥扭头，吐出一股白色的烟雾，"你是想说，他们两个刚刚进屋的时候，凶手躲在柱子后面；之后随着两个人的移动，凶手也跟着绕着柱子移动，时刻保持不被两人看到，直到两人经过柱子、走到尸体前，柱子后的视野盲区覆盖了门前的区域，然后再逃跑吗？"

"很有想象力，但那也不大可能。首先，这两人不是白痴；其次，凶手又不知道有几个人会来敲门，如果进来一个观光旅游团，他该怎么绕？"

大哥不说话了，继续抽着烟。

"那你说的柱子是什么意思？"

"很简单。你觉得为什么凶手会把旗子放在这？"

"欸？"意想不到的问题，"你不是刚刚说过原因了吗？因为凶手想用'西'字让我们联想到空城计发生的'西城'，让比拟更加逼真……"

"问题不在这里。我的问题是，为什么凶手知道，旗子的背面有一个'西'字？昨天我们来参观的时候，旗子上写的只有'蜀'和'汉'吧？"

"这……确实……"

"这个'西'字，我估计又是前任馆主在风水上玩的把戏，这里有四面旗子，背面大概就分别是'东''西''南''北'吧。问题是，凶手怎么知道这件事的？他如果没有看过旗子的背面，就不可能想到利用旗子来比拟'西城'。我们会在什么时候看到旗子的背面？"

"把旗子掀起来的时候。"

秦言婷一字一顿地回答。

"正是。所以我立刻猜到,凶手曾经把旗子从柱子上掀起来过。换言之,凶手在杀人的时候,还有心情把旗子掀起来。旗子后面有什么?当然是柱子。我想,他会这么做,是因为他遇到了和我一样的情况吧,就像这样——"

奚以沫走到没有挂旗子的那根柱子边上,突然用肩膀猛地一撞。

"铿——"

空洞的声音回响在没有窗户的展厅里。

"空心的?"

"是的,空心的。四根柱子里,只有这一根是空心的。"

说完,奚以沫用手在柱子上摸索了一会儿,然后猛地一拉。一块铁皮在拉扯下被无声地打开,露出隐藏在柱子里的一个空洞。

"这……这是密道?"

"应该不是,只是一根空心的柱子而已,而且里面坑坑洼洼的,说成是设计时偷工减料都比密道可信。不过,喏,这个大小完全可以藏下一个人。凶手就是藏在这里面的,等到你们观察尸体的时候,再打开柱子,跑到门外。在打开柱子的时候,他掀起旗子,看见了写在旗子背面的'南'字。"

"'南'?不是'西'吗?"

"这根柱子就是四根柱子里靠南的一根,当然写的是'南'。凶手为了比拟'西城',交换了两边柱子上的旗。你忘记了吗?前天我们参观的时候,'蜀汉'的旗号还是从左到右,今天就变成从右到左了。"

"我不记得了……"

我确实不记得了,但事后查阅博客的时候,我证实了奚以沫所言非虚。真是厉害，我只能再次感叹。

"他必须把旗子移开，不然打开柱子逃跑的时候，很可能被你们注意到响动。但是单独移开一面旗子又太显眼了，于是他把'南'和'西'的旗子对换，然后用'西'比拟'西城'，让我们误会。后面的事情大家都知道了，他锁上门在屋里大闹特闹，等你们看尸体的时候再逃走……"

"但那是因为我们从右边的门进来，而这根柱子靠近右边，他才有可能逃走。你不是说只有一根柱子是空心的吗？如果我们从左边的门进来，他要怎么逃走？"

"你们能进来，是托了谁的福？开门的不是凶手自己吗？如果你们从另一边敲门，他只要不理会就好了。"

"那要是我们从左边撞门呢？"

"那他就放弃密室计划，打开右边的门，光明正大地跑掉。总之，这个计划的主动权掌握在凶手手里，他很自由。"

奚以沫完成了推理。仅仅从一个"西"字，居然可以引申出这么多结论。

"那凶手是……"

"不好说，我们中的任何一个人都可能逃到门外，再假装是刚到。而我们以外的人，也可以暂时藏在洗手间里，等我们都进了门，再溜走。毕竟洗手间离这里很近嘛！可惜意识到得太晚了，现在已经确认不了咯。"

"这里不就只有我们吗？"

庄凯难得一见地开口了。他的声音听上去有点不安。

"不知道，我也只是说，有可能是别人。"

"关于这一点……"

秦言婷瞄了我一眼。我用力点了点头，表示支持她说下去。

于是,她把罐头数量莫名其妙减少的事情和盘托出。

"原来如此。"奚以沫的语气里难得有了些称赞的意味,"那就可以确认了,凶手是我们以外的某人,他潜伏在七星馆里,而且非常熟悉馆内的构造,甚至能想到利用柱子杀人……"

"是嵩楠!"

周倩学姐突然叫了起来。她甩开一直跟着自己的朱小珠,朝我们走了两步。由于低着头,一头长发散在她的身前,使她看上去仿佛从井里爬上来的贞子;而她的身体则像触电似的颤抖着,那份战栗直接传递给了我们。

谁也没见过学姐这副样子。她带着哭腔喊道:"是嵩楠,一定是他,他烧死了一个替身,假装自己死了。这是他家的馆,只有他能对密道这么熟悉,只有他会知道旗子背面写了什么字……"

"这可不能说死,任何人只要不小心撞到这根柱子,都可能发现它是空心的,进而掀起旗子一探究竟。"

"但……嵩楠还有杀梦夕和智宸的动机!"

众人在一片震惊中沉默了。

"对不起,大家,对不起,我早就该说出来的……"学姐结结巴巴地说着。

一度被她吓得后退的朱小珠,此时又重新回到她身边,帮她拨开凌乱的头发。

"原本,隐瞒这件事情是我、智宸、梦夕三个人的共识,但是在梦夕死去的时候,这个共识就应该已经失效了。看见梦夕的尸体,又得知嵩楠开的车子坠崖之后,我就觉得动机一定是那件事。但是智宸不愿意说出来,我就跟着沉默了。如果我不娇惯他就好了。如果那时候我就说出来的话,智宸也许就不会死……"

她踱步到展厅中间，面向社长的尸体，一只脚往前微微探了一点儿，最终还是定在原地。或许，她是想最后再看社长一眼，但又拿不出足够的勇气。

"社长和梦夕比你们都早一年加入海谷诗社。我是二〇〇三级的学生，我大一那年，几乎没有人加入诗社，二〇〇三级的学生除了我以外，剩下的两三个人只在纳新时来过，从来不在活动的时候露面。二〇〇二级的学长学姐们毕业后，就把社团托付给了我。一开始，我一点儿干劲也没有，只是因为比较闲才答应下来的。我不是不喜欢诗，但那时候的诗社根本没有正经的活动，即使对身为社长的我来说，也是可有可无的。改变这一切的是智宸。那年他大二，我大三，梦夕大一，他带着梦夕加入了诗社。我其实一直不知道智宸和梦夕到底是什么关系，或许刚刚加入诗社的时候，他们正在交往，后来分手了；也或许他们一直都在交往……我真的不知道，我不知道智宸这个人到底在想什么。大二的时候，他是个精力旺盛的小伙子，总能冒出各种各样奇怪的主意。你们现在习以为常的作诗会、讨论课、对句大赛等，都是智宸提出的点子，在以前是没有的。我和我的前辈们把海谷诗社给荒废了，是智宸让这片田地重新焕发了生机，吸引了这么多新伙伴加入，甚至连庄凯这样的老生都被纳新吸引了。海谷诗社能有今天，完全是智宸的功劳。

"瞧你们的样子，都很吃惊吧？确实，智宸现在这副颓废的样子，跟过去真是完全两样。他和我说过，自己之所以一心想要把海谷诗社弄好，最初只是因为和父亲的一次赌气；然而，随着相处加深，他真心喜欢上了这个社团。我一直发自内心地佩服智宸。他本来应该能继续当一个好社长的。一切都发生在他大二下学期的时候，也就是你们入社半年前。当时，海谷诗社的成员，除了我、智宸、梦夕以外,还有一个女孩子,叫祝佳侣,也就是祝嵩楠的姐姐。

"佳侣是我的学姐,当时大四,马上就要毕业了,名义上已经退出了海谷诗社。虽然我刚才说,我和前辈们把海谷诗社荒废了,但那并不是在指责他们,毕竟那几年没有社员,再怎么努力想拓展活动的前辈,也是巧妇难为无米之炊。佳侣就是一位负责任的前辈,她虽然不像智宸那样有点子,但为人很热心,经常帮我们喊人、借场地、印材料。她和嵩楠一样出手大方,也在社团摸索新活动的那段时间里赞助了不少资金。总之,她是我们最好的前辈,为我和智宸的社团发展计划做出了非常多的贡献,我们也都很感谢她。

"那年冬天,海谷诗社终于通过了校领导的考核。原本,由于社员太少,校领导是打算让我们解散的,多亏智宸和梦夕连夜准备了大量材料,佳侣学姐帮忙整理,最后由我参加答辩,顺利得到了校领导的认可。这样一来,我们不仅暂时不用废社,还能在第二年的招新活动中赢得一个比较好的位置。这是智宸一年多的努力换来的,我们都由衷为他感到开心。

"那段时间,佳侣学姐的毕业设计也通过了,和社团考核在一起,被我们戏称为'双喜临门'。为了庆祝,我们四个一起聚了一次餐。那时我们一定是昏了头……事到如今,我也不介意告诉你们真相了,即使你们因此觉得我不是个检点的女生也不要紧。聚餐之后,智宸把我们带去了夜店,一连换了好几场。他似乎是夜场老手,我觉得可以理解,毕竟他是那种社会阶层的人,想必从小就是文武双全、能专注也能放纵的类型。

"我对那里的气氛并不是很熟悉,一开始也非常抵触。但是,喝了几杯酒之后,我慢慢地也失去理智了。那后面的事情我都记不清楚，只知道再次清醒过来的时候，我们就已经坐在那辆被撞坏的车子里了。

"我们四个谁也说不清楚大家是怎么到这儿来的，但我们都看得出，车子是撞到了绿化带，而开车的人就是智宸。他那时候已经神志不清了，嘴巴里念念有词，我从来没见过他那么可怕的样子。我正想打电话叫救护车，他却按住我，说：'考核怎么办？'我花了好几分钟才反应过来，他说的是社团考核的事情。如果让校领导知道我们聚众出游、酒驾，海谷诗社一定会被学校下令解散，这一年多来的努力就会全部白费。然后，智宸就说了……他问佳侣学姐，能不能跟他交换一下座位……"

"顶包吗？"

我的脑海里浮现出几条社会新闻。我没有驾照，并不清楚具体的交通法规，但从常理上判断，出了车祸，最大的责任肯定是由司机承担，所以有时为了保护司机，会有在警察赶到现场之前，偷偷让其他人冒充司机的情况，也就是顶包。酒后驾车的惩罚更重，自然更容易发生顶包行为，前几年，香港明星谢霆锋就曾经在酒后驾车出事故后让司机替自己顶包，自己逃离现场，结果被识破，被判处社会服务来谢罪。

没想到在我身边也会发生这样的事情……不过，社长原本就是个纨绔子弟，听到是他做出这种事，我竟也不觉得特别意外。

"嗯……佳侣学姐也有驾照，而且她当时名义上已经不在社团里了，也就是说，只要我们三个逃走，只留下她在现场的话，这件事就和海谷诗社没有关系了……你们可能会觉得很夸张，很愚蠢，我承认这确实是很愚蠢的行为，但在当时的我们所有人眼里，社团的考核成果也是我们努力的结晶。现在回头来看，只会觉得当时的行为非常幼稚，但对于走入社会之前的学生来说，大学就是与世隔绝的象牙塔，它里面有一个自成一派的社会体系，而社团就相当于我们在自己的社会体系里运营的公司、企业、事业……那个时候，我们只想着要维护我们的企业、我们的集体，而牺牲佳侣学姐，在当时是唯一的办法……

"佳侣学姐答应了，她也愿意为了大家而献出自己。当然，或许也有酒精驱动的作用，让她痛快地答应了这件事。如果我当时还能保持理智的话，说什么也应该阻止她……顶包成功了，海谷诗社的考核也通过了，佳侣学姐受到了行政处罚，她对我们说影响不大，我们就信以为真了。可是，半年后，她突然跳河自杀了。那之后我们才得知，她因为这件事失去了已经找到的工作。说实话，我一开始不愿意相信这是她自杀的动机，因为我们都以为，以她的家境，应该不着急找工作才是。我们就彼此安慰，一定有更深刻的原因。一年多以后，我们在社团里遇到了嵩楠，他主动告诉我们，自己是祝佳侣的弟弟。他知道姐姐曾经在这所学校、这个社团里活跃过，所以他加入社团，也是想看看姐姐生活过的地方。于是，我们试探着问了一下当年的事情，他才说，佳侣学姐确实是因为失去工作而自杀的，因为他们的父亲思想比较保守，一直反对佳侣学姐自己找工作，她向父亲争取到了一次决定自己未来的机会，希望通过自己找到的工作证明自己，摆脱家庭的束缚。但是，那次车祸把这一切毁掉了……

"嵩楠并不知道顶包的事情，才能那样面对我们，而我们却根本不该有脸面对他。但人总是缺乏承认错误的勇气，最后，我们三个还是决定，把顶包的事情隐瞒下来，不让嵩楠知道。我们还告诉彼此，这是为了大家好，不能纠结于死去的人，应该朝未来看。多么自私的想法，而且那根本不能成为忘记过去的理由，罪恶感还是缠绕着我们。所以，那天晚上，听嵩楠讲起那个故事，梦夕才会忍不住崩溃的。真正的诸葛亮为了汉室江山，自愿做出牺牲，和皇帝交换身份，其实不过是政治斗争的牺牲品——从两张连着血缘关系的嘴里，讲出那些批判的话语，简直就像是在正面指责我们一样……"

"因为你们确实应该被正面指责啊。"奚以沫耸了耸肩，"你说了那么多，不都是在为自己开脱吗？顶包是钟智宸提出的，接受是当事人自愿接受的，而你的动机是维护象牙塔里的社团，是为了集体？开什么玩笑，哈哈哈！难道不是为了你自己的利益吗？如果当时没有顶包，你现在能干着这份会计师的工作吗？别再装出一副弱不禁风的样子啦！"

"喂！你别说得那么过分！"

朱小珠撑住快要倒下的学姐，对奚以沫怒目而视。

我陷入了激烈的思想斗争。若是在过去，出面驳斥奚以沫的一定是我，但此时此刻，我的想法却动摇了。一方面，我难以对刚刚失去了同学，又进行了忏悔的学姐穷追猛打；但另一方面，我也确实被这个故事所激怒，对主导这一切的钟智宸、冷漠旁观的林梦夕和学姐产生了反感。我甚至隐隐觉得，奚以沫此时的奚落，可以帮助我出掉心里的怨气……古时候的人，非常喜欢聚众看杀头，通过朝着囚犯滚落在地上的头颅吐唾沫，能够让他们确信自己是"正义"的一方。现在的我，难道也变成那种人了吗？

"不管怎么说，也不能为了这种事杀人。"

秦言婷开口了。她冷静的声音，让室内的温度再度降低。

"如此说来，祝嵩楠同学确实有杀人的动机。他可能早就调查出了真相，然后特意把我们邀请到有问题的七星馆里，完成他的杀人计划。他也有可能只是昨晚发现林梦夕同学的反应不对，所以在晚宴结束后逼问了她，才得知事情的经过，最后失手杀害了她。可是,我还是不认为凶手是他。因为根据学姐的说法,祝嵩楠应该只对你们三个人怀有杀意,那车子里的焦尸又是谁呢?难道他为了复仇,会额外再杀一个无辜的人吗?而且,现在我们都觉得他死了,如果他是假死,就必须杀死我们所有人,才能让假死变得有意义。但他没必要做到这一步吧?"

"谁知道呢?他也许准备杀完人之后逃亡,假死只不过是为了拖延我们的时间。至于多出来的尸体嘛,人在这世界上,难道会只有三个仇人吗?我脑子里现在也有两三个想杀的人呢。他既然决定要干一票,没准就多杀一个当附赠品呢。"

"你们都不要说了!"朱小珠打断了秦言婷和奚以沫的针锋相对,"学姐很累了,应该让她回房休息了。而且,她现在可能处在危险当中,如果祝嵩楠真的还藏在某处伺机犯案,那么学姐是最有可能被袭击的。我现在就要带她回房间,还要准备足够的罐头,能不出门就不出门,尽量把自己锁在房间里。而且,现在住在开阳馆的人只剩下学姐一个了,我会搬过去陪学姐,你们这些男生里也应该出一两个人,住过来,随时有个照应,难道不是吗?"

她拉着周倩学姐,后者就像一个漏了棉花的布娃娃一样任她摆布,仿佛刚才的忏悔已经用尽了其全身的力气。没想到朱小珠居然会变得这么可靠,和昨天慌张的样子完全不同。或许,我当时的猜测是对的,她的歇斯底里只是顺应气氛的一种表现,而如今表现出的可靠,则是为了迎合新的气氛——在她眼里,现在一定是"学姐需要人保护"的气氛。

真了不起啊。

"我去吧。"大哥拿下烟头,轻轻地咳嗽了一声,"但我的体格还是不够强健,庄凯,你也一起来行吗?"

"我……可以。"

庄凯沉着地点了点头。

"那你们快点跟过来。行李就别收拾了！反正也不缺什么吧？之后再轮班回去拿行李。"

朱小珠带着周倩学姐走掉了。

"哼。真是没意思。"

"什么没意思呢？是柱子的事情吗？你不是根据'西'字推理出柱子有问题，而是早就知道柱子是空心的吧，奚以沫同学。你刚才说了'也许凶手遇到了和你一样的情况'……"

"那当然。我倒是很好奇为什么你们没有发现。得知'空城计'的挂画失窃以后，我的第一反应就是调查这间展厅，因为不管怎么想，下一次杀人都应该发生在这里。"

"你早就知道了！"我忍不住叫道，"你早就知道这里会死人，为什么不告诉我们！"

"我为什么要告诉你们？我只是产生了一点猜测而已，不能保证杀人事件会继续发生，也许挂画的事情真的就只是恶作剧。毕竟，前面两起案件都充满了随机性，让人觉得凶手根本没有计划。而且，别看我这个样子，我可没做过什么亏心事，不像周倩学姐，平时一副和蔼的样子，暗地里却协助过违法犯罪行为……我不担心自己被杀，你们呢？"

"人被杀并不一定是因为他违反了法律，不如说，正因为这个世界上有很多法律处理不了的事情，才会有为了复仇而产生的杀人事件。奚以沫同学，这是我能给你的忠告。你或许不是一个坏人，但也要注意做事的方式，这也是为你自己的安全着想。顺便一提，我不认可你解答的密室诡计。"

"哦？有意思。你觉得哪里不对？"

"前提不对。"

"前提？"

"使用你说的手法，未必不能成功。但就像齐安民同学提出的'绕柱法'一样，凶手使用任何案发后躲在室内的诡计，都必须承担一个心理上的风险：万一逃走的时候被人发现该怎么办？那可就相当于被抓了现行。况且，我们这里有七个人，发现尸体的人越多，这个手法的成功率就越低。正常人不会用如此不谨慎的手法，仅仅为了比拟'空城计'。再说了，这个手法事后被发现的概率太高了，我们只要稍加调查，就能发现柱子是空心的。不如说，凶手把'西'字旗挂起来，更像是为了诱导我们发现柱子有问题。"

"没错，那就是提示，凶手就是希望手法被识破。"奚以沫爽快地赞同了秦言婷的说法，"凶手的目的就是让我们陷入恐慌，比拟'空城计'能让我们陷入恐慌，发现柱子有问题则更能让我们陷入恐慌，在眼前有人被利用空心的柱子杀了，我们就会觉得整座馆都有问题，进而被那个来无影去无踪的凶手吓得寝食难安。当然，我指的是心里有鬼的人哦。"

"我赞成你说的一部分——凶手让我们发现柱子是空心的，是为了让我们害怕。但还有一个更重要的目的，那就是让我们把矛头对准馆的主人，祝嵩楠。"

"所以你觉得凶手不是祝嵩楠？"

"少装了，你也是这么觉得的，不是吗？"

"我怎么觉得可不重要，重要的是真相呀。"奚以沫又一次耸了耸肩，但这次，他的动作却很急促，看上去有些狼狈，"我不过是把各种可能性罗列出来罢了。你刚才不是给了我一个忠告吗？为了表示答谢，我也应该给你一个忠告：别太感情用事了。"

奚以沫拍拍自己的衣角，转身离开了展厅。大哥掐灭烟头，朝庄凯挥了一下手，两人也出发了。我看向秦言婷，发现她正站在门边看着我。

"我还是想拍一下现场的照片，你能帮我去找周倩学姐借一下相机吗？我在这里等你。"

"没问题。"

在这个节骨眼上去和周倩学姐打交道一定很麻烦吧，但我没有拒绝的理由。我离开天玑馆和天权馆，穿过空地和餐厅，找到周倩学姐的房间。她一个人坐在床上，一副失魂落魄的样子。我说明来意后，她指了指书桌的抽屉。相机就躺在抽屉里最显眼的位置。

很快我就回到了天玑馆，全程没和其他人有任何一句交谈。秦言婷正靠在那根空心的柱子上若有所思。

"你有什么看法？"

拍过照之后，她突然问我。

"对什么的？"

"祝嵩楠，还有他们几个，之间的事情。"

"我不知道。虽然有人会说'死者为大'，但复仇也是人类与生俱来的情感之一。我不支持杀人，但也不是完全不能理解他的心情——如果凶手是祝嵩楠的话。"

"你还是那么直接。不管怎么说，你对死者还是有怜悯之情的吧？那就来帮我搭把手吧，我们把社长的尸体放回他的房间。"

"这里不行吗？这里是放藏品的地方，气密性和温度都不比客房差……"

"不是保存的问题，是人的尊严的问题。"

"你说得对……"

我羞愧地低下头。

尽管是第二次搬运尸体，这次尸体的重量却出乎意料的沉。一方面来说，社长的体重可能比林梦夕要更重；另一方面，上回和我一起搬尸体的大哥和庄凯，力气应该要比秦言婷大不少吧。最后我们还是决定把他移动到隔壁天璇馆的空房间去——开阳馆实在是太远了。

还有一件非常重要的事情。拖动尸体的过程中，社长的口袋里掉出一小包白色的粉末。秦言婷捡起粉末，仔细看了许久，又把它丢给我。粉末装在没有任何标签的塑料袋里，颗粒有大有小。

"这是什么？"

"我也不知道。不过，我有个猜测——你还记得吗？我提议搜查房间的时候，钟智宸社长是最先反对的。"

"嗯……"

我们心照不宣地有了结论。这包毒品或许是社长原计划在周六晚的酒会上拿出来的。联系到刚刚听说的、他经常混迹于夜店的传闻，我觉得这也不是太令人吃惊的事——虽然这是我个人的偏见。

就这样，又一个谜题解开了。完成这部分工作后，我们动身去餐厅吃饭，刚走到石子路上就发现了异常：头顶似乎有什么东西在飘荡。抬头一看，有一根烟囱正发出 LED 光，在正午的阳光下不是很明显；但烟囱口冒出的滚滚浓烟，证据确凿地告诉我们，这座馆三层的炉子被人点燃了。再进一步看的话，会发现离地十多米的烟囱尖端，那块火苗形状的挡风板上，挂着一块黑色的破布，正迎风飘荡……

我数了一下，是第二座馆，开阳馆——学姐他们现在住的地方。

"出事了！"

秦言婷用力说出这三个字。

我们跑了过去。不久前刚刚去过的学姐房间现在房门大开，朱小珠正抱着罐头，不知所措地站在那里。

"出什么事了？"

"学姐……学姐不知道哪里去了，我刚刚明明叫她不要离开房间……"

床铺上还有一个浅浅的皱褶，似乎是人坐过的痕迹，书包则丢在椅子上；洗手间里还挂着毛巾，洗面台的排水口关着，里面接了一些水。怎么看都是直到刚才还有人在这里的样子，但那个人却不见了。

"啧。"

秦言婷扯开嗓子，喊道："齐安民！庄凯！你们两个跑哪儿去了？"

十几秒后，大哥和庄凯几乎同时打开房门。

"不好意思，我正在抽烟……出什么事了？"

"我在洗脸。"

"保险起见，我先问一句：你们有人点过三层的炉子吗？"

所有人都面面相觑。秦言婷跺了跺脚，说了句"跟我上来"，就"噔噔噔"上楼去了。

这是我第一次进入三层。楼梯口正对着的就是燃料室，不，与其说是燃料室，不如单纯看成堆积煤炭的地方吧——因为这里没有窗户也没有房门，只是单纯堆了一堆煤炭在楼梯口而已。

看到那堆煤的一瞬间，所有人都明白：一定又出事了。在那堆煤炭上，三张带来死亡的挂画并排铺开："木牛流马""七星灯"和"退司马懿",所有的挂画都在这里了。

"赶紧开门!"

左右两边都是安放炉子的灯室,我推了一下身后的庄凯,自己朝左边的灯室冲去。一打开密闭的隔热门,热浪立刻裹挟着黑烟冲出。

"不行,可能有毒……快出来!"

我第一次看见秦言婷露出惊慌的表情。另一边,庄凯也打开了隔热门,两边一起喷涌出烟雾。为什么会积攒这么多烟雾?不是有烟囱吗?

我们狼狈地退回楼梯间,关上逃生门,正好遇到悠闲走来的奚以沫。

"这是怎么了呀?"

"烧炭……"大哥扶着额头,"可能有人在上面烧炭……"

"吸了那个会中毒的。不完全燃烧的时候,会生成很多一氧化碳。"

"那可真是危险。还好建筑师给楼道设计了门,大概就是为了应对这种情况的吧。不过是谁在午饭前打开炉子的呢,难道是罐头吃腻了?话说回来,我怎么觉得少了一个人呢?"

"学姐!"

朱小珠反应过来。她冲向逃生门,我和大哥赶紧拉住她。

"现在不能进去,你也会中毒的!得等烟囱把烟雾都排掉。"

"可是,如果学姐在里面的话……"

"安心吧。如果她在里面,应该在你们注意到炉子被人点燃的时候,就已经没救了。"

"你会不会安慰人!"

"哎呀,难道先骗她说'会没事的',再给她看一具尸体,就叫作仁慈吗？"

现在谁也顾不上和奚以沫吵架了。总之，我们努力压住了朱小珠。大家退到隔壁的玉衡馆，从窗口观察烟囱，直到二十多分钟后，它不再冒出浓烟。回到出事的楼层，打开逃生门，屋子里已经见不到多少烟雾了，烟雾应该都顺着烟囱出去了。

我们一步一步走进灯室。左边的灯室里只有墙上已经熄灭的炉子。被放进去焚烧的煤炭应该不多，这么快就烧完了。右边的灯室里，趴着周倩学姐。

"死了。"

奚以沫简短地说完，不顾秦言婷的呼喊，把尸体翻了一面。一张被涂得漆黑的脸赫然出现，如同恶鬼一般。

"这是……被烟熏的吗？"

"不对，她是趴着的。这应该是主动用煤在脸上涂的，是比拟。"奚以沫放下尸体的衣领，"一次比拟三幅挂画，真是心急啊。"

"哪里有比拟了？第四幅挂画不是'木牛流马'吗？"

"木牛流马只是诸葛亮发明的一种运输粮草的交通工具，并不是某个单独的事件。制作出木牛流马之后，诸葛亮还曾经派遣士兵戴上面具，穿上奇装异服，披头散发，扮成鬼神，驱赶着木牛流马去收割成熟的麦子。司马懿原本派兵准备伏击他们，结果见到这么一帮不知是人是鬼的东西，吓得不敢贸然行动，最后就让蜀军顺利运走了军粮。学姐的脸被涂黑，是比拟'木牛流马'和'扮鬼割麦'的事情；在灯室点火、点亮烟囱，是为了比拟诸葛亮点'七星灯'延长寿命的事情；至于'退司马懿'，我暂时想不出有什么对应之处，但这件事发生在诸葛亮死后，也许学姐的死，为这件事画上了句号，本身就是一次比拟吧。"

"听你这说法,就好像在说学姐是自杀一样。"

"扯什么犊子呢!学姐为啥要自杀呢?!"

朱小珠说起了方言……此时的她,又变回了歇斯底里的样子。不,如果之前的疯狂是她顺应气氛的一种表演的话,这次或许是真的急了吧。任谁都看得出,朱小珠非常尊敬周倩学姐。

"烧炭自杀,不是最常见的自杀方式之一么?相对来说也比较体面。"

他毫不理会朱小珠,径自走向房间深处。在两间灯室中间是连接着烟囱的通风室,里面除了烟囱还有抽风装置,全都固定在墙壁上;灯室和通风室之间,用推拉式的栅栏门隔开,栅栏的缝隙足以让烟雾通过。他走到烟囱口,朝里面探望。

"原来如此。"

"什么原来如此?"

"你们刚才看到挂在烟囱上面的黑布了吗?我就是看到那个才过来的。"

"我和余馥生同学看到了。有一块黑布挂在烟囱顶端的位置。"

"烟囱顶端?那可是有十几米高吧?"

大哥瞪大了眼睛。正如他所说,烟囱的长度目测有五米左右,再加上两层楼的高度,顶端肯定超过十米了。而在三层暂时还没有发现通往天台的通道。那块黑布是怎么被挂到那么高的位置的?

"那样就说得通了。"

奚以沫却像是弄明白了什么似的点着头。

"挂画都在这里了,可见这件事情到这里就结束了。值得庆幸的是,我们可以放心等待明天的救援了,因为暂时不会有人死了，大家安心回去休息吧……"

"凭啥就结束了？凭啥呢？"

"奚以沫同学，你不会真的觉得周倩学姐是自杀的吧？难道前面三个人也是她杀的吗？这根本就说不通。"

"我可没这么说过。"奚以沫拍了拍手，"咱们走吧，下楼去泡杯咖啡，慢慢说，如何？我会把你们想知道的都说出来的——我说事情结束了，是因为我已经知道凶手是谁了。只有在那个人是凶手的情况下，现场才会是这个样子。当然，不是周倩学姐，也不是祝嵩楠，而是此时此刻，站在这里的一个人。"

七 棺木

白越隙喝了一口咖啡,将目光投向智能手机的显示屏。上午八点五十五分,他独自一人坐在这间星巴克咖啡店里靠窗的位置,看着窗外稀疏的行人。

他想象着一辆白色的救护车停在咖啡店门口的景象,然而这一幕并没有出现。一分钟后,他看见一个穿灰色大衣的中年人小跑着进了店。那人张望了一下,看见他举起一只手,立刻快步走了过来。

"请问你是……"

"白越隙,昨天留电话的那个。您是邱先生吧?"

"哎,是我,是我。"

中年人愉快地在白越隙对面的位置坐下。他长着一张方脸,剃平头,厚厚的N95口罩也没能遮住他那大大的下巴;身体已经有些发福,肚腩凸了出来,而下半身则穿着紧身裤,身体侧面的轮廓看上去如同一只肥大的鸡腿。

"需要喝点什么吗?"

"不用了,不用了。那个,你要不把口罩戴上?不怕一万,就怕万一……"

白越隙愣了一下,赶紧用纸巾擦去嘴角的咖啡渍,戴上口罩。他没想到对方会这么直白。

"不好意思，是我疏忽了。"

"哎呀，没关系没关系。我现在干这一行，难免紧张一点。这几个月虽然情况好点儿了，但是马上入冬，还不知道会不会二次暴发。年初的时候，我晚上睡觉都不敢摘口罩呢！现在是好多了，但那也是靠小心堆出来的，稍不留意，没准又……对吧？不怕一万，就怕万一。"

根据谬尔德的介绍，邱亚聪有好几个不同的身份。十多年前，他是赵书同的私人司机；赵书同去世后，他辗转了几份工作，最后在当地的医院开起了救护车。今年年初，他主动报名，驰援武汉参与了疫情应对工作，成了一名勇敢的"负压救护车司机"；而现在，他结束任务，又回到了本地医院。

"辛苦您了，您真的很了不起。"

"都是该做的，总要有人上，对吧？"邱亚聪搓着手，"我也是当爹的，得给孩子做个榜样。我儿子最喜欢看那种，叫什么，'铠甲骑士'还是什么的，英雄穿上帅气的战甲和坏人战斗的片子。所以，年初的时候，听说开负压救护车有防护服穿，我就报名了。我就是想让孩子见识一下，他爹也能当英雄。"

所谓"负压救护车"，是为了应对新冠肺炎疫情而准备的一种特种救护车。通过特殊设备的控制，能够保持车厢内部的气压低于车厢外部，这样一来，车厢内部带有病毒的气体就不会向外排出，可以在运送病人时起到隔离作用。换言之，每一辆负压救护车，就是一个移动的污染舱，里面的所有工作人员都必须穿上厚重的防护服。

"哎呀，那可真是难忘的经历啊。当天报名，第二天就走了。那防护服，老记不住穿和脱的步骤，可麻烦了。轮班都是二十四小时制，干满一整天，歇满一整天，有紧急情况也得披挂上阵……你是作家,对吧?我建议你有机会,拿咱们救护车司机这个题材写点小说吧。这可是牵动全国的大事呀!人人都会爱看的。"

白越隙苦笑了一下。他觉得疫情这样的话题,就像泰坦巨兽的身躯,是自己无法驾驭的沉重对象。他所能做的,最多只是触碰一下它的皮毛,感受在那冰冷坚硬的表皮下奔涌的、巨大而温热的血液。

"我会考虑的。不过,这次是受人之托,只能先完成工作了。"

"噢噢,对,对。"

邱亚聪拍了两下手,一副非常惋惜的样子。

"那咱说正事。是赵女士找你来的吗?"

"是的,赵乔女士拜托我为赵书同先生立传记。"

这当然是谎言。谬尔德不知通过什么手段,掌握了当年赵书同的私人司机的联系方式。然而,白越隙却没有接近他的理由。好在,赵家最后的血脉——赵乔,在亲人相继去世后,跟着丈夫离开浙江,搬去了夫家,和以前的朋友们断了联系。而邱亚聪更是早在赵书同去世的二〇〇四年,就被赵果和许远文夫妇辞退。事到如今,他和赵乔几乎不可能有交集,因此白越隙决定冒充赵乔雇用的写手,直接采访邱亚聪。

"赵女士希望我能尽量以客观的视角写作,要求我先自己收集素材。所以,我现在基本上是以一张白纸的状态,在记录赵书同先生的历史。因此,还请您尽可能详细地回答我的问题,在我这张白纸上勾勒出赵先生的形象。"

"呵呵,不愧是作家,说得好啊。你问吧,什么都可以问,随便问。"

"十分感谢。那么我就开始了。请问您是哪一年来到赵家工作的呢?"

邱亚聪眯起眼睛,似在回忆。

"那时候我还不到二十岁呢,大概是十九岁……对,十九岁的时候。二〇〇一年吧。"

"是别人介绍您来的吗?"

"对。当时人人都知道浙江有个赵书同哪!他原本的司机太老,辞职了,他想找个年轻的,刚好他家有个仆人跟我同一个镇,那会儿我开公交车呢,他把我推荐过去了,试了一下还行,就干下来了。哈哈,时间过得真快,现在我也老大不小的了……"

"您说'人人都知道赵书同',他当年非常有名吗?"

"那可不。他厉害呀,真的厉害。一个外地人,没亲没故的,能把公司做得那么大,可不厉害嘛。"

"他是哪里人呢?"

"不清楚。外头没有传说,只知道是外地人。"

"您也不知道吗?"

"他没告诉过我。我一个开车的小年轻,哪有机会跟他唠嗑呀。"邱亚聪顿了顿,"这么一说,好像是有一次,我听说过。有一次我听他在车上跟别人打电话,说什么,'我的老家已经消失在地图上了'……"

"消失在地图上?"

白越隙快速地回忆起赵书同的年龄。二十世纪四十年代是个动荡的时代,自那以来至今,世界不知道发生过多少次剧变。但是,"消失在地图上"这个说法未免也太重了。难不成赵书同是苏联人?他想起某本推理小说的情节,立刻摇头驱散了这个想法。这也太扯了。

"您对这话有头绪吗?"

"没有。本来就是没头没尾的一句话,不好乱猜嘛。你要不之后去问问赵女士?"

"啊……好的。"

白越隙只得口头接受他的建议。要是办得到的话,他没准就直接换个借口去采访赵乔了;但现在他连赵乔人在哪儿都不清楚。

"那么,您知道赵先生的过去吗?当年是不是有很多关于他过去的传说?"

"是不少,不过,传说嘛,毕竟不够准确。"邱亚聪交叉起胳膊,"我个人是不大愿意讲传闻的。不过,我毕竟在他身边待过,结合我自己的观点,大致能判断出哪些传说是可信的。可是,给你说这些,合适吗?"

"您放心,我日后会向赵女士进一步求证的。而且,传记是给人们看的,把一些人们对他的印象写进去,也能让读者产生亲近感。"

其实白越隙完全不是这样想的,他觉得把偏见写进传记,只会让传记的主人蒙羞。但现在不是和对方讨论文学表现手段的时候。

"我明白了。那我就说了。赵先生嘛,用现在的话说,就是'四〇后'。你听他这名字,很有书卷气,对吧?因为他父母就是知识分子。听说抗战期间,他家挨了日本人的轰炸,一直持续到他三岁;之后那里又天天打仗,他还在爹妈怀里吃着奶的时候,就被抱着满世界逃难了,一直逃到他八岁才安定下来。苦呀。但他从小就聪明,二十二岁那年考上了大学。二十世纪六十年代的大学生呢，肯定不简单的。他本来学的是历史，如果日子顺当，没准能当一名大学老师。可是没过两年，'反右'开始了，他家被打成右派，他也受到牵连，日子过得很艰难，最后书没念完，就送去'改造'了。这些能写吗？我也不了解详情，就这么一说，你看着记录就是了。总之，他在乡下待到将近八十年代，后来才回到城里，做些生意。怎么说呢，聪明人到底是聪明人，一九八七年土地改革的时候，他立刻嗅到了机遇，几年后，他就开始试探房地产领域的投资。到一九九二年的时候，他已经有自己的公司了，就是后来的南阳房产。那时候他都五十岁啦，大器晚成。虽然那段时间全国都在'房地产热'，但他是最早开始准备的那一批，所以一九九三年国家整顿行业的时候，泡沫破裂，很多公司都出事了，南阳房产却撑得住。他忍了几年，等到一九九六年，政府再度发布救市政策，房地产市场回暖，早有积蓄的南阳房产则是乘风直上。那之后他就越做越大，成了我们省最大的房地产老板之一。"

邱亚聪一口气说完，歇了歇。N95口罩被他呼出的二氧化碳撑得鼓了起来。

"但是，他在家庭方面却不是很顺利。他三十多岁才结婚，在那一辈里算很晚的了。夫人于一九八几年就病逝了，此后赵先生就没有再娶，他们一家也很少提及夫人。结婚后，夫人一连给他生了两个女儿。那个年代的人嘛，总是比较保守，还是想要个儿子，这个心愿过了好几年，生了第三胎，才实现。赵先生特别疼这个儿子，就是赵思远少爷。我没有直接见过这个人，因为他在我入职之前就被赵先生送去广东读大学了，之后就一直没回来。但平时很严肃的赵先生，基本上只有在和少爷通电话的时候才会说笑，给我留下了很深的印象。那时候我每天开车送他在家和公司之间往返，每周末，他都要和少爷通电话。少爷据说也很孝顺，而且争气，成绩好，顺利的话，准备送去美国深造。唉，谁知道，赶上了'非典'。你这个年纪的人，知道'非典'吗？"

"大概知道……那时候上幼儿园。"

"那可真是灾难。"邱亚聪叹了口气，"我实话说吧，我后来选择开救护车，选择支援武汉，也是因为想起'非典'了。当年我们浙江省做得特别好，整个浙江才四例感染，真是了不起啊！但也正因为这样，大家心里头缺一针'疫苗'，这次新冠来的时候，好多老一辈根本不当一回事儿。唉，真是不应该！疫情的事情，能小吗？我特别清楚疫情有多痛，因为我是亲眼看着赵先生失去少爷的。广东，那时候是暴发疫情的前线呀。少爷确诊以后，赵先生每天打电话，每天都打！他还想亲自飞过去看护，被劝住了。唉，很快啊，半个多月，人就没了。那之后赵先生就跟变了个人似的，有时候，我下班时间去接他，开车都到楼下了，他却叫我回去，自己一个人要慢慢地走回家。我就把车停在公司楼下，看着他一步一步往家走，六十多岁的人了……"

白越隙想不出该说什么。邱亚聪沉痛地叙述着当年的事情，其中或许还融入了一些他今年在抗疫一线产生的感想。"非典"已经过去了，但人类历史上，还会有多少场疫情呢？

"赵先生是个性格倔强的人，但那么倔强的人，这回都被打倒了。他给医疗机构捐了很多钱，希望帮助像赵思远少爷一样的病人。后来，他甚至去联系各种科研机构，给疫苗的开发大把大把地投资。最后，他没得'非典'，却因为别的原因病倒了。去世之前，他把公司里的事情交给下属处理，家里的事情交给长女赵果女士和她丈夫处理。唉，她那个丈夫，把持了财政大权，却根本不会指挥……"

"您说的是许远文先生吗?"

"啊,对。你已经了解到啦?"

"略微了解了一点儿。"

"那个人是真的不行呀!真不知道他现在在做什么。"邱亚聪似乎不知道许远文已经死了。"我倒不是说他是个坏人,他人不坏,但就是真的没有能力。他好像是个什么建筑师,这就很成问题了,你想,堂堂房地产公司总裁的女婿,居然干的不是管理层的工作,而是个基层员工,这不是很丢人吗?当然了,因为赵先生心目中的接班人应该一直是赵思远少爷,本来也轮不到姓许的管事。但赵思远少爷走得早,赵先生只好把继任者换成公司里的外姓干部,总之轮不到长女家。这还是说明他没有才能嘛!"

白越隙在脑子里快速处理着邱亚聪的话。根据之前看到的报道,许远文经常出席赵家的相关活动,他以为这是许远文受到赵书同器重的表现,但邱亚聪却并不这么认为。看来,许远文之所以频繁出席活动,只是因为赵思远身在外地,赵家需要有一个年轻男人装点门面。换言之,就是替代品。

但白越隙还是认为,赵书同对许远文并无恶意。他把女儿嫁给许远文,即使不是看重他的才能,也不至于看轻他的人品。对赵书同来说,许远文应该是个可以信任的老实人。

"赵先生去世以后,大女儿赵果继承了大部分的不动产,小女儿赵乔继承其他财产。不动产大王的不动产呀,那得多值钱!放到现在,得几千万、几亿了吧!但那个许先生啥都不懂,他变卖了不少房产,去投资什么黄金还是什么的,结果赔得一塌糊涂!你说是不是蠢?"

白越隙违心地点了点头。其实,十几年前的人,很难预测到房价会有今天这么夸张的涨幅。但事后诸葛亮总是不用负责任的。

"唉，真是一手好牌打得稀烂。那之后我继续给赵果女士开车，偶尔也载许先生，但他从二〇〇六年开始出差就很频繁，好像是被投资的事情搞得焦头烂额了。我一直干到二〇〇九年，赵果女士去世的第二年。她也是操劳成疾，真不值得……她去世以后，许先生的资产也用得差不多了，坐不起车了，就把我辞退了。"

说到这里，邱亚聪咬牙切齿，不知道是在为许远文间接累死妻子生气，还是在为自己被辞退生气。

"后来我托朋友的关系，到医院开救护车，每个月几千块的待遇，不比在赵家差，日子过得还是挺不错的……啊，不好意思，说的不是我的事情吧？你瞧我，一不留神就扯远了。"

"没关系，您说的都是非常有帮助的话。我这里还想请教您一个问题，您有没有听说过'七星馆'这个名字？"

"'七星馆'？那是什么？"

"应该是赵先生的私宅，大约二〇〇三年开始建造，地点应该是在赵先生的故乡吧，负责人是许远文先生。"

白越隙想起许远文在新闻报道里用了"荣归故里"这个词。七星馆应该位于赵书同的故乡，但邱亚聪并不知道那是哪里。看来暂时还没有办法实地考察七星馆啊。

"没有听说过……等一下，又是二〇〇三年？那年事情实在太多了，'非典'、赵思远少爷去世，都是那年。你这么说，我有点印象了。那年夏天，有段时间，赵先生经常在车里打电话，说什么'快一点''没有时间了''赶快准备'之类的话。我后来才听说那是在给许先生打电话。说起来，那半年多也没见过许先生。该不会他们当时就是在盖那个东西吧？"

很有可能。从时间上来看,二〇〇四年秋天赵书同去世的时候,七星馆已经存在了,并且媒体称其为"一年前修建"的。那么,许远文在赵书同的指挥下建造七星馆的时间,也就只能是在二〇〇三年到二〇〇四年的这段时间里。虽然不知道七星馆到底长什么样,但怎么也得花个一年半载的时间来建造吧。那么,二〇〇三年夏天就是最后的期限了。

可是除此之外,邱亚聪就很难再提供什么有关七星馆的情报了。

"……基本就是这样了。这次我可是毫无保留,全部,原原本本,都说给你听了。虽然我觉得大部分都是没用的情报。怎么样,你那值得用一只眼睛来交换的智慧,是不是总结出了什么东西?"

白越隙闷在旅馆里,和谬尔德用微信通话。数分钟前,他几乎把整间客房翻了个底朝天,才找到写有 WiFi 密码的卡片。

"事先声明,我不是炼制可疑药剂的巫婆,也没有拿走你一只眼睛的恶趣味。我只不过是让你成为我的耳目而已。从结果上来说,你确实起到了耳目的作用,但我可以说你有眼无珠,毕竟你明明得到了那么重要的情报,却说它'没用'。"

谬尔德的声音懒洋洋的。白越隙能想象出他趴在熊脸靠枕上打哈欠的样子。

"我从中午十二点到现在,七个小时,给你打了多少次电话,都可以截图发到网上编段子了,可你一个也不接。我以为你是在做白日梦,你现在却摆出一副好像刚刚跑完马拉松的态度,爱答不理的,也不想想是谁在浙江帮你采访呢!"

"我确实是睡了个好觉,但那不代表我现在就该很有精神呀。

睡眠只是人类休息的一种手段，既然是手段，它就不一定有效果。我可是在梦里解决了一桩连续密室杀人案，只可惜凶手用的手法太异想天开，居然说那栋房子会竖着像海盗船一样打转。你愿意在下一本书里用这个诡计吗？如果你回答'好'，我就会在你坐动车回来之前，把你的房间里的私人物品收拾打包好，寄到浙江，再给公寓的防盗门换一把锁。"

"好。"

"算了，我又改变主意了。反正日本有个姓周的也写过这个诡计……"

"那你就快打起精神来，教教我，到底是哪里被我看漏了。"

白越隙也顺势躺到床上，还留在桌面上的手机被耳机扯了一下，在危险的位置保持住了平衡。今天早上，聊完七星馆之后，他又和邱亚聪聊了些无关紧要的话题，诸如赵书同每天晚上十一点会准时睡觉啦，所有领带都有斑点图案啦，办了健身卡但每年只去两次啦，喜欢吃麻辣火锅啦……到最后，他和这位性格严谨的救护车驾驶员几乎成了朋友。临走时，两人加了微信，邱亚聪的头像是一只灰色的兔子。他小跑着离去的样子，真的让白越隙联想到《爱丽丝漫游仙境》里带着怀表的那只兔子了。

只可惜，他还是在朋友圈里屏蔽了邱亚聪，这是为了避免将来被邱亚聪发现，自己并不是受赵乔委托来写传记的作家。

"你没有看漏什么，不如说，你查到的东西完美印证了我的猜想。虽然就算没有你，我也已经把七星馆的事情查得差不多啦。"

"好啊，原来你还留了一手。我就说凭你的本事，怎么会只能请到赵家的司机，好歹也得让我采访一位南阳房产的中高层职员才对，原来是你自己把肥肉捡去吃了！"

"别冤枉我呀，你不是人在浙江吗？刚好那位司机也在浙江，我才派你去查的。总不好让你再跑去别的省吧？现在的全国'健康码'能够记载你十四天内去过的所有省市，要是让人看见你的记录像美发店的账单一样莫名其妙地长，没准连出租车都不愿意载你。"

"你在外省？不对，应该是你用网络问了外省的人……"白越隙梳理着耳机线，脑子里回忆起邱亚聪说过的话，"你找到赵书同的家乡，也就是七星馆的位置了？"

"可以说找到了，也可以说没找到。"

"说得好。你什么时候去当新闻发言人？"

"我只是说出符合事实的话。那位司机不是已经告诉你了吗？七星馆所在的地方，也就是赵书同的家乡，已经消失在地图上了。"

"我知道海平面一直在上涨，为了保护环境，我也在减少牛肉的摄入量。但是这八十多年来，难道世界上有哪块土地已经消失了吗？"

"小白呀，我知道你是理科生，但也该稍微补一补政史地的内容。"耳机里传出谬尔德的嘲笑声，"算了，总之你就放弃实地考察七星馆，直接从浙江回来吧！我可不希望你在入省的时候被隔离十四天，那我可就太寂寞了。我直接把我查到的东西告诉你好了。

"根据南阳房产的会计记录，从二〇〇三年六月起，许远文开始大量装运建材，而且是加工装配好的一体化建材。简单来说，就是在南阳房产自己下属的工厂里，把墙体、地板、烟囱之类的零件加工好，再用火车运输到七星馆的选址上组装。这其中还有个插曲，他花了半年多的时间做零件，到二〇〇四年二月开始才突然大量装运，估计是前面拖了太久，被赵书同催促了。总之，他盖七星馆，用的是一种工业化生产思路，能够加快建造速度，并且满足一些苛刻的建筑要求，国内第一次大量投入使用应该是在二〇〇九年，万科集团在北京建造的。而赵书同和许远文的做法比他们还领先了六年，这说明了什么？"

"你不是自己说出来了吗？因为他们想加快建造速度，以及满足一些苛刻的要求。"

"在考试的时候照抄标准答案可是要扣分的，这至少说明了两件事。一、赵书同非常着急，想尽可能早地看到七星馆竣工。这和邱亚聪的证词不谋而合。二、七星馆在外形或者建材上，有一些苛刻的要求。这两点合起来，很容易推导出一个结论：七星馆有一种特殊的用途，而赵书同急迫地想要实现这项用途。

"那么，这项用途具体是什么呢？值得注意的是，我在会计账目里发现了一件非常有趣的事情：许远文在定做建筑物零件的时候，准备了七根烟囱，而且每一根烟囱都造价不菲。我想，那烟囱要么很长，要么就是内部有什么高科技机关。"

"七根？总不可能七根烟囱插在一间房子上吧……"

"你想每天过七岁生日吗？当然不是那样，许远文虽然是庸才，但也不至于造出那种生日蛋糕一样的房子。七星馆其实是七座馆，这才是最有可能的答案。"

"七座馆啊……每座馆上插一根烟囱？怎么听着这么丑呢。"

"因为你缺少一对发现美的耳朵。我都说到这份上了，你应该多少也有察觉到才对。赵书同建造七星馆的理由，到这里已经昭然若揭了——如果你能猜出七星馆的形状的话。"

"对了，诸葛亮……我想起来了，七星馆是为了纪念诸葛亮而建造的。那就只有一种可能了吧，和诸葛亮有关的，七星——

是诸葛亮点七星灯的典故?"

"你之前不是问我,为什么知道赵书同和诸葛亮有关吗?其实线索随处可见。首先,他的公司叫'南阳房产',南阳就是诸葛亮出山之前隐居的地方,'南阳卧龙''南阳诸葛庐'等说法都是由此而来。其次,他给自己长女取名叫赵果,在野史里,诸葛亮的女儿就叫诸葛果,这个说法起源于清代张澍的作品《诸葛忠武侯文集》。之后他大概是想生个儿子,没想到还是女儿,他只好借用诸葛亮的外甥诸葛乔的名字——此人后来过继给了诸葛亮,成为诸葛亮的养子——把二女儿命名为赵乔,这个名字比较中性,可以接受。最后,他终于得到梦寐以求的儿子,立刻将其命名为赵思远。这来自诸葛亮的长子诸葛瞻,此人名瞻、字思远。最后就是在晚年修建七星馆的行为了。"

"这……与其说他是诸葛亮的狂热爱好者,不如说,他是在自比诸葛亮……"

"正是如此。在赵书同眼里,他自己就是诸葛亮。"

谬尔德用力说出这句结论。

"七星灯的别名就是'招魂灯',最早可以追溯到商朝,但在民间传说里,最有名的七星灯使用者,就是三国时期的诸葛亮了。三国后期,他带领军队六出祁山,讨伐魏国,直至心力交瘁。他自知命不久矣,但大业未成,为了继续完成理想,他决心使用道法,在五丈原布置祭帐,点起七星灯,每天白天处理军务,晚上彻夜祈禳。按照他的说法,如果七天之内灯不灭,就可为自己延长十二年寿命,否则必死无疑。可惜天命难违,灯在第七天被闯入帐篷报告军情的魏延踏灭,诸葛亮自此一病不起,很快就去世了。

"二〇〇三年,赵书同遇到了一样的危机,他经历了白发人送黑发人的痛苦，自己的身体状况也大不如从前。他无比痛恨夺取儿子生命的'非典'疫情，为此，他为疫苗的开发工作投资了大量金钱。在他看来，这是一场和'非典'的战争。虽然现在我们知道'非典'疫情只持续了半年多，在二〇〇三年七月就基本结束，比如今的新冠肺炎疫情要短多了；但对当时的人来说，铺天盖地的新病例不断出现，如潮水一般看不到尽头，亲人也在眼前离世——赵书同会觉得，这将是一场持久战。即使疫情暂时得到控制，他也誓要彻底消灭'非典'。

"但是，疫苗的研发工作是非常缓慢的，因为每一步都需要特别慎重地进行。一般来说，一款疫苗从研发到临床试验，再到上市，要经过八年以上的时间。赵书同觉得自己已经没有那么多时间了。对自比诸葛亮的他来说，与'非典'的战争，就像诸葛亮发起的伐魏战争，不管花上多少时间，他都要打赢。不就是时间吗？这一辈子，他靠时间战胜了太多对手。儿时的战乱，他忍了过去；'反右'期间的迫害，他忍了过去；楼市泡沫的危机，他忍了过去……对他来说，只要自己不被打倒，只要自己还有时间，胜利就不会弃他而去。所以，他需要的只有时间。为了得到更多的时间，他修建了'七星馆'——以此向上天祈禳，延长自己的寿命，直到'非典'被彻底消灭的那一天。"

白越隙安静地听着。直到此时，他对赵书同才有了一点模糊的印象。棱角分明的脸，锐利的眼神——拍下那张证件照的老人，有着对抗天灾的毅力。

"我推测，组成七星馆的七座馆，应该都被做成了汉代油灯的形状，而且可能真的设计了点燃的功能，可以进行仪式，祈祷延长自己的寿命。事实上，古时候不是没有使用七星灯的成功案例，根据民间传说，明朝的刘伯温就曾经和诸葛亮一样点七星灯为自己延寿，并且真的成功延长了十二年的寿命。赵书同一定真心认为自己能够超越命运、超越诸葛亮，所以他不仅要做仪式，还要做得很大，利用自己干了半辈子的房地产事业，造出一组最大的、独一无二的七星灯。我想，他最后那段时间里，可能已经陷入疯狂了。

"很可惜的是，七星馆刚刚建成，赵书同就病逝了。希望成为诸葛亮的企业家，最终走上了和诸葛亮一样的命运。在他死后十六年的今天，'非典'的疫苗依然没有被正式研发出来。

"当年参与这个计划的工人们，要么负责在南阳房产总部生产零件，要么负责在当地拼装，彼此没有交集，真正全程在两头干活的只有许远文一个人。他本来或许打算拆除这个疯狂计划的产物，但妻子患癌，他需要钱，赵书同的遗产因为投资不善已经亏得差不多了，他只得转手把七星馆卖给其他有钱人。这个举动，直接导致他丢掉了性命。"

"等一下，你说什么？"

白越隙这才想起来，自己的初衷是调查许远文和黄氏兄弟的联系。

"你还没告诉我这一切和黄阳海的手记有什么关系呢。就算是七星馆……啊，难道，黄阳海看到的景象，是七星馆里的景象？"

他在小说里见过类似的情节：由神秘建筑师设计的大宅，能够利用内部隐藏的机关，制造各种诡异的现象。但谬尔德立刻打破了他的幻想。

"我不知道你是如何想象七星馆的，在你的脑海里它是不是变形金刚的样子？"

"那……那这两件事的关联到底在哪儿呢？"

"我只有一个猜测。虽然是没有根据的猜测，但我相信那应该八九不离十了。你知道'藏叶于林'的道理吧？你肯定知道，因为印象中每次我都会问你这个问题。"

"当然知道。但现在我们手里只有两片叶子，哪来的树林？"

"何止两片呢？你还记得你列了五个问题吧。啊，现在应该更多了吧？"

白越隙回忆起自己出门前列出的疑问：

1. 积木搭建的花园为什么会成真？
2. "黑洞"卡牌为什么会反复出现？
3. 最后出现的房间、"宇航员"和一对男女，代表着什么？
4. "阿海"最后怎么样了？
5. 手记最后的血手印意味着什么？

"确实，现在更多了，而且这五个疑问都没有得到解答……"

白越隙在心里列出了新的疑问：

6. 许远文为什么会在密室里坠楼？
7. 许远文死前一周遇到的"幽灵"事件是怎么回事？
8. 黄阳山、黄阳海和许远文之间有何关系？是黄阳山杀害了许远文吗？

虽然他对七星馆在哪儿、七星馆和这一系列事件有什么关联也抱有疑问，但转念一想，如果不是谬尔德煽风点火，他根本不会去特别关注七星馆这个地方。就算知道了七星馆是赵书同为了延续自己寿命而建造的疯狂建筑,这也对他最初的目的——揭开手记的真相——毫无帮助。

"我能想到的只有八个疑问,难道你要说,这些疑问里只有一个是重点?"

"不,它们都不是重点,只是它们之间有一种共性。它们全都绑定在一条绳子上,只要意识到这一点,我就能用一句话解释这八个疑问。"

"一句话?这不可能。你这种说一句'早上好'都要绕两个弯子的人,怎么可能用一句话解释八个谜团?"

"我说可以就是可以。而且,这句话连逗号也不用加。"

白越隙想象着谬尔德表演相声《报菜名》的样子。

"你是不是在想很过分的事情?"

"没有。"白越隙叹了口气,"这次是我输了,我不认为你会在没有把握的情况下夸这种海口。我能回福建了吗?我会履行约定,帮你拖地的。"

"严格来说,我也没有百分之百的把握,但至少也是百分之九十。如果能找到缺失的最后一环,就可以说是百分百了,但这种事情不能强求,毕竟不是每座暴风雪山庄里都有愿意勤勤恳恳记录杀人事件的人。"

"暴风雪山庄?"

"啊,没什么,是我自言自语。算你走运吧!如果找到了那一环,你可能就不止需要拖八个月的地板了。"

"已经加价了?"

八个月也认了吧。白越隙安慰自己,想用这个题材写小说的依然是他,最终获利的依然是他,谬尔德还是在给他打工……

他不顾谬尔德的笑声,挂断了微信电话。这时,他才注意到，在两人通话期间，微信收到了不少新消息。

"微博转发抽奖啦！两本《屋顶上的小丑》。"

"膝盖疼怎么办？三个简单动作来拯救！"

"在吗？我找到了不得了的东西，看到快回复。"

在亲朋好友群里的各种垃圾信息之间，他发现张志杰的动漫人物头像上亮起了红点。

"我在，怎么了？"

几分钟的等待。

"我后来拜托我妈找一找舅舅的遗物。"

"就是她当年去浙江收回来的那些。"

"都放在一个铁盒子里了，收在床底下。"

"她拖了好几天，我都回北京了，她才把盒子找出来。"

"拍照发给我看，里面主要就是他的驾照、钱包之类的小玩意，但是我从照片里发现了一个 U 盘。"

"是那种看上去和钥匙扣差不多的 U 盘，我妈不认得，一直以为只是装饰品。"

"我想那里面很可能有你需要的东西，我就让我妈寄给你吧？"

白越隙立刻打字："这样好吗？是你舅舅的遗物吧。"

"你看完还给我不就好了嘛。"

"真的？太感谢了！"

他想起谬尔德上次的所作所为，又留了个心眼：

"我发个地址，你寄到这里来吧。不要寄到上次那里。"

"又搬家了？"

"不是，最近去那里比较方便。"

他报出学校的收件地址，又立刻联系以前的舍友帮忙代收。

安排好一切后,他买下第二天中午的动车车票。这次说什么也要在谬尔德之前得到情报。没准,所有谜题的答案,都会在那个 U 盘里。

八 散花

已经不行了。

对了，U盘。记录到U盘里。

我必须把这一切记录下来，仅仅是存在电脑里已经不够了，还需要在U盘里备份一份。幸好我口袋里的钥匙串上，还有钥匙扣式的U盘。那是去年在学校组织的义卖活动上顺手买下来的，之后用来拷贝过几次课件。没想到如今会以这种形式派上用场。

事到如今，我终于感受到近在咫尺的生命危险。我甚至已经没有能平安下山、连接互联网发博客的自信了。没想到事情会变成这样，看到所有挂画都出现的时候，我还以为杀戮会到此为止，为什么会变成现在这样呢？

大家都死了。有人死在密室里，有人从密室里消失不见，还有人被砍掉了脑袋，而且那具没有头的尸体还自己跑到了外面！

啊，不行……我不能这个样子。我必须冷静下来。现在我必须冷静下来。

让我想想如何记录吧。我要按顺序记录……

对了，从上次中断的地方开始吧。

昨天中午，发现周倩学姐的尸体之后，奚以沫通过推理指认出了凶手。因为忙着把凶手关押起来，我们手忙脚乱的，所以我睡前偷了懒，只记录到奚以沫开始推理之前。唉，早知道就不偷懒了！现在这个样子，我还有办法把之后发生的事情记录下来吗？

但我必须记录下来，说什么我也要记录下来。还剩下一个多小时……

我想，很久以后，总有人会找到我的记录的。

当时，奚以沫把我们带回餐厅。我还以为他说"泡杯咖啡"是说笑的，没想到他真的从厨房的柜子里翻出了速溶咖啡包。可惜，我们谁也没有心思喝，他就只给自己泡了一杯。

"我该从哪里开始说？"

"我们怎么知道你在想什么。如果是自首的话，就从最开始说起吧。"

"如果我是凶手的话，在这种情况下是会放弃抵抗，直接自首的，但很可惜，我不是凶手。那我就从发现周倩学姐的尸体开始说吧。那之前，我们看见烟囱上有一块黑布，对吧？"

"是的，我和秦言婷都看到了，然后你说你也看到了……那是怎么回事呢？我想不出凶手该怎么把布挂得那么高，但如果凶手是祝嵩楠的话就有可能了，因为他或许知道让烟囱升降的机关……"

"很遗憾，恰恰是那块布说明，凶手不是祝嵩楠，因为祝嵩楠知道烟囱上的机关。"

"什么意思？"

"那块布，或者说，原本是'那团布'——是用来堵住烟囱的。你们想，既然三层有烟囱和排气装置，学姐要怎么被一氧化碳毒死呢？烧炭自杀的时候，不都是先封死门窗，然后才动手的吗？而且我们把门打开的时候，大量烟雾喷了出来，说明在那之前，室内已经聚集了大量烟雾。这就说明烟囱本来是堵上的。"

"可烟囱没有堵上呀，我和秦言婷也看见烟囱冒烟了，你不也看见了吗？"

"白痴，我不都说了吗？黑布是用来堵烟囱的，你发现情况不对的时候，黑布已经挂在烟囱上了，烟囱自然就会冒烟了。只是因为之前积攒得太多，煤也还在燃烧，不断生成新的气体，所以到我们上楼的时候还没有排干净。还记得第一天晚上，祝嵩楠给我们表演节目的时候吗？他回到烧烤地点之后过了一会儿，各个馆的烟囱才亮起来，说明LED灯的控制系统是存在延迟的，所以你刚才看到烟囱是亮着的，就足以说明，煤已经烧了一阵子了。"

"难道说……那块布是被烟推上来的？"

"正是。我估计那块布原本是盖在燃料室的煤堆上的，毕竟人们也不会直接把煤堆在楼道里，多少得有个遮挡。凶手就地取材，用布堵住烟囱，把不能行动的周倩学姐关在里面，然后点火。他这一次杀人干得很急，大概是因为他知道周倩学姐即将被我们保护起来的缘故。可是，七星馆里大部分构造都是一体化的，估计是事先加工好再运到这里来拼装的吧！总之，建筑内没有太多粗糙的连接处，烟囱内壁也比想象中要光滑，堵在这里的一团布只能做个样子，并不能真的封死烟囱。随着室内气体的增多，气压越来越大，汇聚在烟囱口，最终将那团布顶了上去，越顶越高，最终喷出烟囱口，挂在那上面。这就是我们看到的景象了。

"那么会是谁做下这种事的呢？有三种可能：祝嵩楠，学姐自己，或者我们中的一个。"

"为啥也算上学姐！"

朱小珠抗议道。

"我这只是为了严谨，但首先就可以排除学姐。因为她的死因并不是一氧化碳中毒。烧煤杀人本来就很不保险，烟囱堵得也不严实，作为杀人手段来说实在是下下策。一般的暴力罪犯或许会在时间紧迫时留下纰漏，但从这几天的观察来看，凶手是一个思维缜密的人，既然他急于杀死学姐，那么他最先要保证的一件事，就是学姐会死。所以，即使他在其他地方犯错，也不会在最重要的致死性上心慈手软。学姐是被杀之后转移到这里的，我刚刚摸过她的衣领，是湿的，我想，凶手是把她摁进房间的洗面台，把她溺死的吧！"

我确实记得，刚才寻找学姐的时候，她房间的洗面台里盛了水。没想到那竟是杀人道具，我感到一阵反胃。

"在没有专业法医在场的情况下，这种死法最不容易被我们看出破绽。我想凶手可能计划事后再进一步损毁尸体吧，在我们下山之前。所以学姐肯定不是自杀的。

"那么，会不会是祝嵩楠下的手呢？有两个证据可以推翻这种观点：其一，祝嵩楠不知道我们计划把学姐保护起来，所以他不会采取这么急躁的办法；其二，祝嵩楠不会用布团来封锁烟囱，因为——就像余馥生刚才说的，烟囱里其实是有机关的。你们看到烟囱口那块红色的铁片了吗？之前我们一直以为那是挡风板，或者扮演七星灯顶部'火苗'的道具，但其实那块铁片还有别的用途。我刚才发现，烟囱内部有个拉杆，边上写着'拉动拉杆封闭'。我猜，只要拉动拉杆，那块铁片就会盖下来，把烟囱闭合。我也不知道这种设计有什么用，或许在清洗烟囱的时候用得上？你们如果有谁不信，可以过来拉一下试试。"

"我试试。"

大哥主动上前,把身体钻进烟囱里。里面传来他费力拉扯拉杆的"吭哧"声。过了一会儿,他探出身子,脸上满是煤灰。

"确实能关上。"

我也上前确认了一下,此时透过烟囱口已经看不见天空了。

"懂了吧?如果凶手是祝嵩楠,他就用不着拿布团堵烟囱,因为他身为这里的主人,肯定知道拉杆的存在,所以凶手不是他。那么就只剩下我们中的一个了,我,你们五个,一共六个嫌疑人。"

"你也知道自己有嫌疑啊。"

"但我能够排除我自己。你们想,为什么凶手要给学姐的脸上涂满煤灰呢?"

"那还有什么为什么,不就是为了比拟'扮鬼割麦'的典故吗?"

"挂画里的'扮鬼割麦'并不是把脸涂黑,而是让士兵戴着面具吧?在天玑馆的副展厅里明明就摆着面具,使用面具来比拟,要比煤灰契合得多,而且事后不需要去洗掉手上的煤灰,怎么想都是更好的选择。为什么凶手不用面具呢?"

"因为没办法取得面具吧。"

秦言婷好像已经跟上了他的思路。

"是的。凶手当时非常着急,他需要立刻杀害学姐,一刻也不能晚,没有返回天玑馆伺机盗取面具的时间了。所以,凶手应该在'没有机会偷面具'的人之中,只有满足这个条件的人,才会被迫用煤灰去涂学姐的脸。但我的行踪你们谁也不知道吧?如果我是凶手,在你们解散之后,我完全可以趁乱偷走面具,溜进开阳馆,将学姐杀害,再翻窗离开,回到自己的房间,之后假装若无其事地过来和你们一起发现尸体。换言之,我没有不在场证明,我有机会偷面具,所以我不是凶手。"

这家伙,居然利用自己没有不在场证明这一点来摆脱嫌疑!但我想不出该如何反驳他。

"另外还有两个人的行动是自由的,那就是秦言婷和余馥生。我刚才听你们讲了自己的行动,余馥生曾经把秦言婷留在社长的尸体身边,一个人去找学姐借相机,对吧?那个时候你只要有心,就完全可以顺道偷走面具,过去杀了人,再回来。而秦言婷在这段时间里也是独处的,也有机会拿走面具。既然凶手没有拿走面具,那么你们两个就都不是凶手。除此之外,秦言婷还有更完整的不在场证明,她应该没有办法在余馥生去借相机之后那么短的时间里完成这么多布置工作。"

不,他说得不对。我其实是没有机会取得面具的,因为我出发去借相机的时候,秦言婷就站在门边。我没办法用那段时间偷面具,因为那样做一定会被秦言婷看到。所以,这套逻辑并不能排除我。但我怎么能把这种话说出口,让别人怀疑我呢?

"所以凶手就在没办法取得面具的另外三个人之中,朱小珠,齐安民,庄凯。"

"凭什么我也成凶手了?"

朱小珠已经完全进化成了煤气罐,时刻喷射着怒火。大哥竟也出言相劝道:"以沫,你怀疑我没关系,但小珠和学姐最好,她怎么会是嫌疑人呢?"

"你倒是也担心一下自己嘛!而且,我没说她一定是凶手,只是说有可能。事实上,你们三个当中,只有一个人可能是凶手。"

"谁?"

"这要和之前的案子连起来看。我那天说过的吧？哦，当时庄凯和朱小珠都不在，那我得再说一遍。你们还记得第二起案件吧，就是疑似祝嵩楠的人被烧死在车里的那起案件？"

他指的是社长提出"七星馆是对称的，所以祝嵩楠在混乱中走错了方向"这个观点。当时，奚以沫指出，祝嵩楠在下山的时候，会把路口"有没有池塘"当成判断方向的依据。

他把那段对话复述了一遍，再度做出总结："我当时的结论是，祝嵩楠不可能在逃亡的时候自己开车撞下悬崖。要么，他是被人杀害后伪装成那个样子的；要么，那具尸体就不是他。但就在刚才，我通过烟囱开关的问题，排除了祝嵩楠涉案的嫌疑。这一系列的案子显然是通过挂画连起来的，也就是说，凶手应该始终是同一个人，既然杀害学姐的不是祝嵩楠，那么犯下其他案子的多半也不是他。一个无辜的人实在不可能在这段时间里刚好消失不见，所以烧焦的尸体只能是祝嵩楠的了。

"那么，祝嵩楠就是被人杀害后，伪装成驾车跌落断崖的样子。凶手通过这种方式让案件看上去也有可能是意外事故，变成模棱两可的状态，进而让我们怀疑是祝嵩楠杀害了林梦夕，为他下一次犯案争取时间。但是，他偏偏又留下池塘这个破绽，导致我识破他的伪装。那就只能解释成一种情况了：凶手在犯案的时候，不知道祝嵩楠把池塘视为路标。

"祝嵩楠在坐第二班车上山时迷路了，他让庄凯把车子停在路边，两个人下车去探路，途中祝嵩楠先一步回来，把这件事告诉了我们。所以，不知道祝嵩楠用池塘判别方向的，有那天坐第一辆车上山的人——那几位中现在只有秦言婷还活着了——除此之外，当时不在车上的庄凯也有可能听漏这句话。所以，凶手只能是秦言婷或者庄凯中的一个人。"

不对……还是不对！这个条件我也符合。当时我正在打盹，也没有听见那句话，直到后来奚以沫推理的时候才得知这件事。

"符合第一个条件的是齐安民、庄凯和朱小珠；符合第二个条件的是秦言婷和庄凯。两个条件都符合的凶手，就只有庄凯一个人了。"

我感觉自己出了一身冷汗。奚以沫的推理这次打歪了，因为我和庄凯都是同时符合所有条件的人！只是，我当然知道我自己不是凶手……那么，凶手就是庄凯了？

"不是我……"

我们看向庄凯。他还是一如既往的面无表情，但那条一字眉已经拧成了一团。

"不是我，我没有，不是我干的。我没有杀人，我谁也没有杀……"

他像坏掉的机器人似的，重复着意义相似的话。

"真不爽快啊。我刚才都建议你自首了。诸位，把这个杀人犯绑起来吧？"

"就算你这么说……"大哥露出为难的表情，"但是仅凭这种逻辑上的证明，就要说他是凶手，有点不讲道理吧？庄凯也没有杀人的动机呀。"

社长和学姐相继死去后，大哥就成了这里说话最有分量的人。而且，他的意见确实有道理。

"真拿你们没办法，这个世界明明就是依靠逻辑在运行的，你们却拘泥于实证。那这样如何？我们去搜查一下庄凯的房间，如果在里面发现了勒死社长的绳子，或者别的什么可疑物品，就可以认定他是凶手了吧？"

"不行！"

庄凯突然大吼了一声。体魄健壮的他爆发出惊人的音量，整个房间似乎都震了一下。我是第一次听见他发出如此大的声音。

"不……不行，真的不行。"

下一秒他的声音就像被戳破的气球一样开始变小，激动的神情也迅速转变为示弱。

"有什么不行的？难道你在房间里布置了邪教仪式的祭坛吗？"奚以沫乘胜追击，"话先说在前头，我提议搜房，已经是很大的让步了呀，毕竟什么可疑的东西也搜不出来也是很有可能的。可是你这个反应，叫人要怎么相信你呢？"

确实。庄凯的反应实在太过古怪，这下我们都对他产生怀疑了。在我们的注视下，他慢慢垂下了脑袋，似乎认命了一般。

"好吧。我带你们去看我的房间。但是，如果没有凶器，是不是就能洗清我的嫌疑？"

"人们不会因为一个人没有什么东西而为他免罪，而是会因为他持有什么东西而给他定罪。不过你的反应已经完全超出了我的预期，如果现在从你房间里挖出一具尸体，我反而会觉得很刺激，变得不想把你抓起来了呢……"

"你稍微严肃一点。"

虽然奚以沫站出来指认了凶手，但他讨人厌的地方还是一点儿也没变。我忍不住沉着嗓子说了他一句，他这才安静下来。

我们回到天璇馆，逼着庄凯打开了自己的房门。

眼前出现的东西完全出乎我们的意料……不是凶器，不是尸体，不是挂画或者别的什么证物。就算是最聪明的秦言婷和奚以沫，见到这幅光景也愣在了原地。

庄凯的房间里藏了一个小孩子。

那是一个皮肤黝黑、身材瘦小的男孩子，看上去不超过十岁，正蜷身睡在床上。他身上穿着单薄的衬衣，胸口印着一个奥特曼图案，原本应该是黄色的衣服已经严重掉色，腰部盖着被子，露出的右腿上有一道暗红色的裂口，从脚踝一直延伸到大腿，看上去极其严重。

值得庆幸的是，孩子的胸脯还在有规律地起伏。他还活着。在床边的地板上，丢着好几个吃剩的空罐头。

"原来丢失的食物都在这里。"

秦言婷喃喃道。

"这可真是劲爆的场面。庄凯啊，你养这么个小孩子，是用来干什么啊？"

"我……这是有原因的。"庄凯沙哑着嗓子说，"我们刚到这里的那天晚上，我失眠，睡不着，就出去逛了逛，结果看见对面的山头那里好像有紫色的光芒……"

紫色的光芒！我想起昨天晚上看见的光点。庄凯也和我一样看见了紫色的光芒？不对，我是昨天晚上看见的，他则是前天晚上看见的，日期对不上。难道每天晚上都有紫色光芒出现？

"接着编。"

奚以沫完全不信这种说法，其他人也都是一脸怀疑。我该不该站出来证实庄凯的说法呢？那一瞬间，我竟然胆怯了。

"是真的！我非常好奇，想去发光的地方看看，就带上手电筒出去了。森林里很暗，但是因为有那道光指路，不用担心迷路。我快速走了几百米，发现地上趴着一个小孩子，旁边还掉着一只挎包和一些玩具。他身后是一小截断崖，大概几米高吧。我想他应该是这附近村镇里的孩子，从另一头的山坡一路走过来，迷路了，最后失足从上面摔下来的。我简单看了一下，他没有伤到要害，就是腿被划破了。不能把他就这么丢着，我就把他背起来，顺着草丛里踩过的痕迹原路摸索回来了。"

"出了那么大的事，你怎么不告诉我们？"

"当时已经凌晨了，我觉得你们肯定都睡了。第二天早上又出了那么多事，我们也被困在馆里了，我就觉得告诉你们也没用……"

"所以你就自己把他养着，每天偷罐头给他吃？然后……每天晚上也和他睡一张床吗？庄凯，真是知人知面不知心，没想到你有这种爱好！如果我们今天没有搜你的房间，你会在救援到来的时候自己坦白吗？"

"我……我没有想好……"

面对秦言婷的指责，庄凯低下了头，一句反驳也没有。这下就算我们不愿意相信，也只能相信了——庄凯确实出于他个人的某种兴趣，囚禁了捡到的少年。

"虽然不知道是你先捡到人，还是那两个人先被杀害，但是，如果第一天晚上，你发现这个少年之后立刻把大家叫起来，没准事情就不会发展到今天这个地步。我们可以马上带少年下山，林梦夕和祝嵩楠或许也就能逃过一劫，不至于死……你可真是！真是的！"

秦言婷看起来真的生气了。

"这下你们相信我了吧？庄凯是个危险人物。诸位，还是把他关起来吧。"

这次没有人提出异议了。每个人都用厌恶的眼神看着庄凯，如同面对某种污秽的生物。

"把他关哪里呢？"大哥边问边掐灭了烟头，"七星馆里有能从外面反锁的房间吗？"

"有了！就那个，朝堂那屋，有个鸟笼的那个。"

"天权馆的展厅吗？确实，那里有一段锁链，看起来还挺沉的。"

朱小珠指的应该是天权馆那个空荡荡的主展厅，用鸟笼、锁链和空荡荡的朝堂来讽刺刘禅的那间屋子。

"那就去那儿吧。"大哥拍板道，"另外，还得另外安排一个人给这孩子送饭。要把他叫醒吗？"

"感觉他还很虚弱，算了吧。我先把水和晚饭带过来。"

就这样，我们完成了分工。我、大哥和奚以沫负责押送庄凯去天权馆，秦言婷和朱小珠去准备罐头。庄凯一点儿反抗的意思也没有，乖乖地被我们拉着走。

我们用锁链上自带的镣铐锁住了他的双手双脚，再将另一头缠绕在柱子上。那段锁链比想象中还要重，得两个人一起用力，才能完成缠绕的工作。之后，我们又给他放了一个尿盆和几个开好盖子的罐头。

"我们明天早上会来给你换尿盆和送饭的。你保重吧！"

说完，我们关紧了主展厅的门。这样一来，庄凯插翅也难逃了。大哥把锁链的钥匙放在厨房，以便在紧急情况下取用；但我们彼此都达成了共识，没人打算放庄凯出来。

做完这些，所有人都产生了一股畅快的感觉。虽然还是不能确定庄凯杀人的动机，但既然他是个变态，就算无缘无故杀人也是有可能的。他被限制住了行动，我们就暂时安全了。在这份虚脱之后的安心感下，剩下的五个人一起吃了顿晚饭。虽然还是罐头餐，但每个人都吃得很开心，甚至有人吃着吃着笑了出来。

明天就是周一，我们能回家了。此时，七星馆里的气氛就像期末考结束之后教室中的一样。我也没有心思写博文了，那天早早就进入了梦乡。

这一觉睡到了十点半,身体前所未有地轻盈。来到玉衡馆的餐厅,其他人都已经先到了,这场景一如两天前的早上——只是少了几个人。尽管如此,大家的表情还是很轻松。人拥有自我修复损伤的能力,从某种意义上来说,这还挺无情的。

"那个孩子怎么样了?"

"昨晚我给他送了罐头,今天早上去的时候已经吃光了,人还是睡得死死的。他跟我们的作息时间好像错开了。按理说应该多照顾他一点的,不过我们也太累了,没办法彻夜守着他……"

朱小珠轻快地说着,她从昨天晚上开始就恢复了正常。

"没事就好。庄凯的情况又如何?"

"还行。早上换了尿盆,添了罐头。不知道他有没有睡,披头散发的,眼睛里都是血丝。唉,再怎么说也是曾经的伙伴,看他受苦还是有点不忍心。"

"再苦也就到今天为止了,等警察来了,他后面的苦还有的受呢。"

朱小珠对大哥的仁慈有些不以为然。

"也别那么乐观哦,还不知道救援能不能在今天之内到。不出意外的话,祝家的人应该会从今天早上开始察觉到异常,最快午后派人上山查看吧。如果到那个时候还没有救援的话,我们可能就得想办法做个'SOS'啦。"

"哈哈,不至于吧。"

奚以沫还是一如既往地说着吓人的话,但这次没有任何人对他表现出不快。捉住了庄凯,让他在我们心目中的形象高大了不少。只是,不知道对他来说,会不会觉得这样更无聊呢?

我们在餐厅里一边闲聊,一边打发着时间。聊到中午,再吃罐头，生活完全没有规律了。反正现在只要保存好体力，活着下山就行了。

吃过午饭，朱小珠和大哥分别带着罐头去喂那个孩子和庄凯。奚以沫也厌倦了平静的生活，大摇大摆地回自己的房间去了。餐厅里又一次只剩下我和秦言婷。

"如果误会了还请见谅。你是不是有什么想说的？"

我出声搭话，她像是吃了一惊似的抬起头。

"为什么你会这么认为呢？"

"总感觉刚才你有些心不在焉的样子。事情解决了，但你的话却变得更少了。"

"是吗？"她苦笑道，"我本来话也不多，听你这么一说，好像是这几天我太活跃了。"

"不……我不是那个意思。"

"没关系的。我这个人确实有点别扭，明明发生了这么恐怖的事情，我却没有表现出多少害怕的情绪。或许，我的脑子已经被过剩的求知欲占领了。"

"这也挺好嘛，如果没有你和奚以沫，我们现在还没办法看穿庄凯的真面目呢！第一次发现尸体的时候，多亏你及时指挥我们拍照和处理尸体。虽然最后奚以沫比你快了一步，但我们也很感激你的。"

"我没有在计较那种得失。只是……不知道由我来说，合不合适。"

"什么呢？"

"有些地方我还不能完全释怀。事实上，从昨晚到现在，我一直在思考之前发生的案件。我怎么也不能接受，那个'空城计'密室的真相是凶手躲在空心的柱子里，况且被抓起来的庄凯也没有亲口承认这件事。然后，直到刚才，我终于看穿了那个手法的真面目。"

"难道凶手不是庄凯？"

我大惊失色，秦言婷赶紧比了个"嘘"的手势。

"我没有那么说。我只是说，制造'空城计'密室的手法不是那样，但我想到的手法也是任何人都可以实施的，并不足以推翻庄凯是凶手的结论。可是，如果这个手法成立的话，它就会成为插进奚以沫那段推理里的一根针。能够插进一根针，就说明它并不是天衣无缝的。只不过，我不能确定我的推论是否正确，而现在大家也都难得放下心来，顺利的话，很快就能回家了，在这个时候说出这种动摇人心的推理，真的合适吗？我很苦恼，就没在吃饭的时候说出来……哎呀，我怎么又自顾自地都对你说出来了？"

我怔住了。直到她说出最后一句话以前，我的心里还有一丝紧张。她认为奚以沫的推理并非天衣无缝，这点我完全赞成。他锁定庄凯为凶手的那段推理，实际上并不成立——我自己就是另一个满足所有条件的"备选凶手"。但是，我没有把这件事说出来。我骗自己说，这是为了让大家放心——反正庄凯确实做了坏事，把他关起来天经地义；反正明天救援就能到达，之后交给警察判断就行……但我其实还是为了自己，因为我害怕，如果承认自己也满足成为凶手的条件，就有可能像庄凯一样被人怀疑，被众人冷眼相待，甚至锁进展厅里。

可是，那明明是一个大错。既然满足条件的我不是凶手，那么庄凯有没有可能也不是凶手呢？奚以沫的推理建立在完美而理性的条件下，只有当凶手每次都采取最优解，才能满足所有推理的前提。然而人是复杂的，谁又能保证凶手不会因为某些我们没有想到的、非理性的原因或疏忽,而放弃采用最优解呢?

我明明意识到了这点,却没有挺身而出,指出他的错误。我以为再等一天,再忍一阵子,事情就都能过去。但这种做法,和被我写诗讽刺的人又有什么两样?把"这也是为了大家都能安心"当成借口,打着大局观的旗号,擅自把大家蒙在鼓里,攻击那些被定义成"坏人"的朋友,实际上还是为了自己的安全……这和钟智宸他们做过的事情,又有什么区别呢?

是秦言婷让我意识到了这一点。她曾经称赞我,说我能够积极地、直观地表达自己对奸邪之物的反感;我也一度自以为能代表正义。但等到自身利益被危及的那一刻,我居然下意识地采取了和那些人一样的做法,通过沉默和欺瞒来保护自己。秦言婷之所以愿意向我敞开心扉,就是因为她认为我是个直肠子,但现在的我还有这种资格吗?

我必须做点什么。

"我觉得你应该说出来。"

至少,我应该在这里支持她。

"正如你所说,奚以沫的推理不是天衣无缝的。人们很容易产生先入为主的观念,这其实是一种惰性,因为第一次看到的解释暂时消除了心中的疑惑,就如同泡进了水温适宜的温泉里,飘飘然中,就不会想花功夫重新爬出来,去接受新的解释。但是,温水能煮死青蛙,也是一样的道理。我们应该在还未酿成大祸的时候,尽可能地纠正那些错误……"

我不知道自己在说什么。或许我还是没有立刻向秦言婷承认错误的勇气,只得瞎扯一番似是而非的道理,来旁敲侧击地鼓励她……

"听你这么说,我感觉安心了许多。"

她真的露出了安心的笑容,这让我更加惭愧。

"我先把我的推理告诉你吧。如果有错误,还希望你能及时指出。"

"没问题。"

"'空城计'的密室,是我们两个一起发现的。当时,没办法解释的谜题有这三个:为什么从室内传出了琴声,打开门却没有人;为什么敲门之后,原本放下的门闩会被拿开;杀人者要如何在门闩放下的情况下离开。奚以沫用一套理论解释了这三个谜题,即,他认为凶手在弹琴、拔掉门闩之后,躲在了空心的柱子里,趁我们不注意再逃走。但我无法接受这个解释,因为这么做的风险实在是太高了,如果发现现场的人不止我们两个,又或者我们两个中有人一进门就发现了柱子的问题,那凶手就很可能被当场抓获。冒着这么大的风险,仅仅是为了恐吓我们,这点也很难解释,它的风险与回报不成正比。而且,如果凶手是庄凯,那就还有一个新的问题。根据奚以沫的说法,凶手留下'西'字旗是一种提示,他希望我们注意到柱子是空心的,从而进一步恐吓我们。但是,如果我们是所有人一起发现尸体的呢?在那种情况下,一旦我们破解了密室,就能直接确定凶手是发现尸体时最后出现的那个人。这太不保险了,如果凶手是假死的祝嵩楠,还能说得过去,但很难想象我们之中的某个人敢采用这种手法来制造密室。所以我觉得那根柱子仅仅是个误导,真正的密室手法并非如此。

"那么再分开看这三个谜题,我发现其中一个谜题其实是很好破解的,那就是凶手该如何在门闩放下的情况下离开。天玑馆的主展厅,采用的是古风的木门,你在推门的时候,曾经听到过木头被挤压的声音,对吧?那就说明两扇木门中间并不是严丝合缝的，还存在细微的空隙。凶手只要利用这个空隙，就很容易从外侧放下门闩了。他只要用一根细线套住门闩，隔着门举高，紧紧攥住线，等到关上门之后，再慢慢放下门闩，最后抽走细线，就能从外侧锁门了。

"这个诡计非常简单，也非常可行，但是，它只能解决一个疑点，即凶手如何离开房间，但不能解释凶手如何弹琴和开门。可是，顺着这个思路，我发现，如果门闩是用这种手法放下的，那么凶手在我们赶到现场的时候，就一定已经离开了。既然如此，弹琴声、摔琴和开门的效果，就一定都是通过自动机关达成的。我思考了很久，就在今天早上，突然想明白了。为什么凶手要把'西'字旗取下来呢？奚以沫给出了两种解释：一、为了避免自己离开空心柱子时发出声响；二、为了诱导我们发现空心柱子的存在。但我想到了第三种解释——为了使用挂旗子的那个钩子！

"和放下门闩的方法一样，凶手事先用细线做了一个绳环，套在门闩的其中一头，而绳环的另外两边则绑在那架七弦琴上。然后，凶手将绳环绕过柱子上的挂钩，从而将七弦琴吊起来。他花了很多时间，慢慢从门的另一侧放下门闩后，整个系统就处于一种不稳定的平衡状态。如果受到外力的撞击，系统失去平衡，七弦琴就会掉落，进而拉动绳环，将门闩的一端抬起。这样一来，门闩就被打开了，七弦琴也自动掉到地上，完成砸琴的动作。"

"为了保护展品，展厅是没有窗户的，气密性良好，也不用担心整个系统因为刮风而提前运作。启动这个机关的开关，就是你敲门的动作。"

"这种机关只能布置在固定位置吧，那如果我们敲的是另一

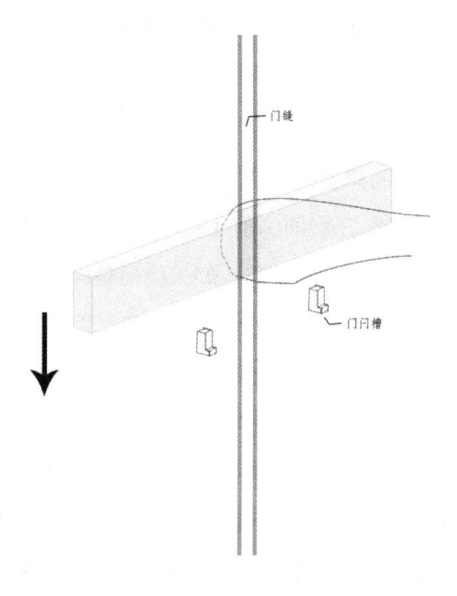

图八 放下门闩的诡计

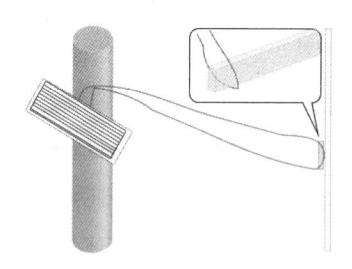

图九 拉开门闩的诡计

侧的门呢?"

"一般情况下,其中一侧的门打不开,我们总是会尝试绕去另一边看看的,所以最终还是会触发机关。"

"有道理……但如果用这种手法的话,室内不是会留下细线吗?我们看到这种东西了吗?"

"这就是整个手法最关键、最巧妙的一个地方了,凶手使用的细线,是从七弦琴上拆卸下来的琴弦。"

"啊?"

"一米左右的琴弦,七根加起来就有七米,每根弦之间用活结绑住,就能连成一根很长的绳环,在摔落的时候自动分开,变回七根琴弦。而且,现在市面上的琴弦通常都是内置钢芯的,强度也有保障。我们闯入展厅之后,七弦琴已经在地上摔坏了,琴弦散落在地是很自然的事情,不会引起我们多想。而且,凶手之后一定也混进现场了吧,那时候只要偷偷用脚拨一拨,就能把琴弦聚拢在摔坏的七弦琴边上。那时我和你都被社长的尸体吸引了注意力,很难发现这么细小的动作。而且这样一来,琴声的问题也得到了解决,开门时发出的琴声,是绳环崩断时发出的声音,而我们在楼下听见的琴声,则是凶手小心翼翼地从外侧放下门闩时,不可避免地触碰到琴弦发出的声音!"

"你的意思是,我们上楼的时候,凶手还在布置现场?"

"是的,当时应该刚好到收尾阶段了吧。听到我们上楼的声音,他大概就躲进厕所里去了。如果当时能想到搜一下厕所,也许真的能抓到凶手……"

"不,你现在能想明白已经很厉害了,当时刚刚看到那个场景,怎么可能马上想到这么多呢?"

我是发自内心地佩服秦言婷。这套手法非常有说服力,能够完全解释所有的疑点，而且不需要凶手冒任何风险——只要布置现场的时候不被抓现行，那么就算这套手法被人破解了，也不会对他造成任何实质性伤害。反过来说，如果我们面对的是一个能想出这种手法的凶手，那他又该是个多么可怕的对手呢……

"会是庄凯做的吗？这套手法，他也可以用。"

"这就是我们现在需要查明的。"秦言婷摸了摸自己盘在肩膀上的辫子，"你愿意相信我的推理，真是太感谢了。我们去把这个结论告诉其他人吧。"

"也许又会引起一阵风波。不过，只要好好说明，我想大家一定会接受的。"

"我比刚才更有信心了，因为我们现在是二对四呢。"

"嗯……"

我暗自下定决心，如果只靠秦言婷不足以推翻奚以沫的结论，那我就把自己隐瞒的事情说出来。即使因此要和庄凯关在一起，我也心甘情愿。

我要为了心目中"正确"的事情，踏出一步。

"庄凯那边就拜托你了，我去客房叫奚以沫、齐安民和朱小珠。"

"没问题。"

我们一前一后离开餐厅，秦言婷去了客房，我则走楼梯上天权馆的二楼。

刚走出楼道，一个黑影就朝我扑来。我的身体失去了平衡，后脑传来一阵剧烈的震荡，耳边"嗡"地一响。霎时，我只觉得视野里像坏掉的卫星电视一样，被密密麻麻的灰色雪花覆盖。天旋地转之间，我似乎晃了两圈，最后软绵绵地趴倒在地上。

我的意识还没有消失，勉强还能思考，但身体和四肢如同被割掉脑袋的青蛙般颤抖个不停，几乎丧失了行动能力。混乱之中，我努力整理着思路：我被什么东西撞击，后脑勺重重磕在了墙上……

数十秒后，我的视野重归清晰。脚下竟然有一小摊血迹。我本以为那是我自己的血，但仔细一看，似乎是从走廊里延伸过来的。我拖着快要报废的身体走进走廊，看见正对着窗户的地板上，掉着一张纸条，上面写着极为潦草的字迹：

致还活着的诸位：

　　这场游戏就到这里结束了。

　　本来还想多玩玩的，可惜时间不允许，真遗憾哪。

　　警察就要来了，你们都能得救，我却无处可逃。但我并不后悔，至少最后这段时间里，我过得不无聊。

　　那就有缘再会了。

奚以沫

搞不懂。

为什么这里会有如此意义不明的东西。

这些血又是谁的？

对了，庄凯……我想起自己原本的任务。说到天权馆二楼，那就是关押庄凯的地方。庄凯的情况怎么样了？

主展厅的门口渗出一大片血迹。我试图推门，推不动。这不是和昨天的情况一样吗？情急之下，我不顾一切地用肩膀撞了一下，没想到门竟直接"轰"的一声被我撞倒了。眼前是一幅诡异的景象，我不禁倒抽一口凉气——

人头。

一颗人头横在房间中央，旁边渗出大量的鲜血。以我的视角看，它似乎还在滚动，就好像几秒前刚刚被人砍下来一样。那张带着几分惊讶的脸，分明是大哥——齐安民的脸。

而庄凯根本就不在房间里。

为什么会这样？庄凯明明被那么重的铁链绑住了，是我、大哥和奚以沫三个人一起绑住的。他怎么可能逃出来，又怎么在逃出来之后锁上房门？这次根本没有什么琴弦……

而且，人头！为什么大哥会被人斩首？他的身体又在哪？

我再一次低下头，突然意识到了血迹的意义。血从大哥的人头下流出，朝我来时的方向延伸出一道血迹。

我从血迹的源头往前走，经过奚以沫留下字条的地方，经过下行的楼梯，一直通到天权馆门外的石子路上——

是大哥的身体——不，老实说我没办法确定那是不是大哥的身体，因为那具躯体脖子以上的部位已经没有了。他就那样趴在地上，似乎倒下之前还在朝前奔跑。

就好像失去了头颅的身体，还在努力逃跑一样。

"死孔明吓走活仲达。"我喃喃道。

这是最后一幅挂画上的内容，《三国演义》里记载的故事。诸葛亮死后留下计策，让蜀军徐徐退兵，司马懿得知后亲自率兵追赶；蜀军突然杀回，诸葛亮也好好地坐镇军中。司马懿以为自己中了诈死之计，吓得丢盔弃甲，抱头逃窜五十里，见到副将，还问他们："我有头否？"

大哥被比拟成了最后一幅挂画的场景……

也就是说，周倩学姐的死，仅仅是比拟了"扮鬼割麦"这一件事而已。杀人事件并没有结束，都是因为我的隐瞒，因为我的退缩，才会导致大哥也被人杀了……

不对。要是这样的话，还有一次比拟没有完成。还有"七星灯"的挂画没有被比拟。

如果凶手是奚以沫的话，正准备找他讨论诡计的秦言婷就有危险！

我冲回七星馆内。秦言婷是最相信我的人，她说过，我是个不会隐瞒的人，如果她因为我的隐瞒而被杀的话……

只有这件事绝对不能发生！

我奔跑在昏暗的走廊里。后脑的伤口反复发出剧烈的刺痛，身体依然在剧烈地晃动，耳边几乎只剩下耳鸣声，视野也逐渐变黑。我甚至觉得自己已经没办法支撑到客房了，但我必须跑下去。

醒来的时候，秦言婷正抱着我的头。

我一个激灵，想从她身上爬起来，下半身却传来钻心般的疼痛。

"你醒了？"

她惊喜地看着我。

"我……我不知道，我什么时候晕过去了……"

"别乱动。你受了很严重的伤。"

"先别管我了，出大事了！大哥——齐安民被杀了，还有奚以沫……"

"我知道。"

"你看到了？"

"看到了，馆外有一具无头尸，看服装像齐安民同学。还有奚以沫同学的尸体在屋顶上。"

"奚以沫死了？"

"你说的不是这件事吗？他脖子上缠着绳子，头朝外躺在天玑馆的屋顶上，看上去好像是用烟囱上吊，结果绳子断了，人掉在了屋顶上。舌头伸得很长，舌尖还被咬破了，看上去非常吓人，就像电视剧里那样。我不知道他是怎么跑到那么高的烟囱上的。不过，事到如今，这都无所谓了。"

是比拟。

这是第四幅挂画——"七星灯"的比拟。奚以沫被挂在象征七星灯的烟囱上。至此，所有挂画的比拟都完成了。被困在"八阵图"里的林梦夕，像"七擒孟获"中的藤甲兵一样被烧死的祝嵩楠，脸上被抹黑"扮鬼割麦"的周倩，吊在"七星灯"灯芯上的奚以沫，像"吓退活仲达"一样丢了头而不自知的齐安民……

"那，庄凯呢？朱小珠呢？"

"我没有看见他们，也许都死了，也许都疯了……"

"这是哪里？我们不在七星馆吗？"

我这才注意到，我们两人所处的环境非常陌生。借着微弱的光线，可以看见被庄凯囚禁的那个孩子也倒在一旁。

七星馆消失不见了。

我感觉自己好像做了一段很长很长的噩梦，如今一切却又如泡沫般散去。

"这孩子倒在地上，我把他背了过来。"

秦言婷伸手拨了几下，从灰尘中拉出一个背包。

"这是……我的背包。"

"刚好就在手边。我看到了一些有趣的东西。"

"啊！"

完了，我写的博文被她看了。这可太让人害羞了。

"不好意思。在救援赶到之前,实在没有什么能做的事情了。我以前都不知道,你是个这么有表达欲的人。不,在以前听到你写的诗的时候,我就应该想到的。"

"这算什么表达欲。"

"我并不是在嘲笑你,请见谅。你为何不继续写下去呢?毕竟……救援不一定能赶到。"

她用怜爱的目光来回看着我和那个孩子。

"你和这孩子真像,他的挎包里也有一本有趣的本子。如果他待会儿还能醒过来,我会建议他把那个故事续写下去。相比之下,我可真是滑稽,还费尽心思去拍什么现场的照片,现在相机都不知道丢到哪里去了。还是你来记录吧,余馥生同学,我希望你能记录下去。如果我们没办法在这个小屋子里撑到救援赶来的话,至少,应该要有人知道真相,才不会让大家白死。哈哈,我可真是的,都这种时候了,还把'真相'挂在嘴边……"

她说完,身体往后靠了靠,突然不动了。我这才发现,她的额头上有一大块暗红色的印记。

"你受伤了!什么时候?"

"我没事。暂时还没事。为了保持清醒,我通过看你的博文来提神,但现在到了保存体力的时候了。我们要轮流照看对方,现在轮到你找事情做了,余馥生同学……"

她闭上了眼睛,但依然维持着平稳的呼吸。或许她是对的。

我从背包里拉出笔记本电脑,抚摸着外壳上的磕痕,然后下定决心,启动了电脑。还剩下一个多小时的电量。在这之前,我应该能把发生的事情记录下来。

我深吸一口气,敲下文字:

许远文：

　　你以为你删掉自己犯下的罪行，就能高枕无忧了吗？

　　没用的，我依然会追在你身后。不管你是夹着尾巴逃回老家，还是厚着脸皮回来，我都不会放过你。

　　我是你清洗不掉的罪孽，我是你夜夜入梦的梦魇。

　　你马上会付出代价的。

黄阳海

九 神木

"咳咳。"

走出动车站时,一阵凉风袭向白越隙,他不由得轻轻咳嗽了两声。一瞬间,他察觉到附近的人们缩紧了身子,纷纷和他拉开了几步距离。

啊,这下完蛋了。连他自己都产生了几分恐惧。早知道刚才在动车上就不偷偷拉下口罩了。几分钟顺畅的呼吸,如果要以健康为代价来交换的话,未免太不划算了。邱亚聪都那样强调过了,为什么自己就是不听呢?这下完了,可能已经感染了,可能下个月就要死了。自己感染的消息如果被发到网上,很快住址和行踪也都会被公开,遭受成千上万网民的痛骂。要是沦落到那一步的话,至少也要在被隔离之前传染给谬尔德才行……

这份阴郁的想法,在一碗冬粉鸭下肚后被一扫而空。他又重新变得生龙活虎。

按照约定,他坐公交来到学校,取回了寄放在朋友那里的包裹。包裹只有巴掌大,拆开后,里面是一个长方形的银色金属U盘,长度不过一寸,尾巴上连着一个大大的圆环,应该是用来扣在钥匙串上的。值得注意的是,U盘表面有很多深浅不一的擦痕,似乎遭受过猛烈的撞击。

他就近找了一家网咖。这几年,过去的"网吧"都纷纷改名叫"网咖"了，字面意义上是提供上网服务的咖啡厅，其实除了装修比较豪华、真的提供饮料这两点以外，跟网吧没什么区别。在大学边上，这种店是最不缺生意的，所以随处可见。

为了防止未成年人进入，这里也需要刷身份证认证。每个人在上网前需要办一张会员卡，然后往里充值。会员卡和身份证是绑定的，每次只需要在机器上刷一下身份证，就能完成认证。

和大部分大学生一样，他也早就办好了会员卡。服务员告诉他，余额还有十元左右。一小时的网费是六元，绰绰有余了，他拒绝了服务员让他充值的提议。每次都觉得"只要把里面的钱花光了，下次就不会再来了"，但往往还是会再来。话虽如此，人总得用一些外力来鞭策自己。

他穿过烟雾缭绕的人群和"禁止吸烟"的标牌，潜入网咖最深处。来网咖看U盘里的文件实在是很怪异，但为了不被谬尔德干扰，也只能如此了。

打开U盘，本以为会见到许远文工作上的文件，出现在眼前的却是标题为"线性代数""思想与政治"之类的PPT。同为大学生的白越隙立刻反应过来——这个U盘的主人应该是个大学生。难道是许远文读书期间使用的U盘？但他那个岁数的人，读书的时候还未必有U盘这种东西呢。

除了PPT，还有几篇WORD文稿。他逐一点开查看。前几篇文档很杂乱，有电影的观后感，也有蹩脚的古体诗。最后一份没有标题的文档占用空间最大，打开之后，加粗的标题赫然映入眼帘——

七星馆之行。

来了！

白越隙按捺住激动的心情，逐字逐句地阅读起来。

作者似乎是一个名叫余馥生的大学生，从字里行间推测，这至少也是十多年前写下的了。里面不仅出现了七星馆的具体构造，还讲述了一起诡异的连续杀人事件。直到电脑发出刺耳的警报声，提醒他网费已经用完，白越隙还是没有把视线从这个故事上移开。他义无反顾地额外充值了五十元，换来一杯附赠的珍珠奶茶。

"很好。"谬尔德读过文档之后，如此简短地评价道，"真是不错的消遣读物，小白，你总是能不让我失望哪。"

"你之前说暴风雪山庄里需要记录员，就是指这个吗？我真是想不明白，为什么你会预先知道这份文档的存在，难不成张志杰也是你的同伙，你们一起在玩弄我？"

"世界并不是围绕着你转的，我有必要做那种事吗？"谬尔德坏笑着，"我不过是根据手记里的内容推测的。在手记结尾，黄阳海被带去的建筑物多半就是七星馆，而他见到了无头尸体，那就说明，那天在七星馆里肯定发生了杀人事件。所以我才说，如果有人记录下那起事件就好了。这不是被你找到了吗？这下，百分之九十的把握彻底变成百分之百了。"

正如他所言，看过文档以后，白越隙已经可以确信，在结尾出现的小孩就是写下手记的黄阳海。而这个叫庄凯的大学生，就是被黄阳海描述成"宇航员"的人——身材强壮，一字眉，外貌特征完全吻合。至于那具无头尸，应该是在结尾被砍掉头死去的齐安民。虽然是不同的两个人，但没有了头，还是孩子的黄阳海未必能准确地分辨出其中的差别，更何况他一直以为和自己在一起的只有"宇航员"一个人。

换言之，文档和手记是可以互相照应的。而且，它把黄阳海和许远文再度联系到了一起。如此一来，已经可以整理出事件的时间顺序：最早，许远文主持建造了七星馆，之后赵书同去世，许远文将七星馆变卖给祝家；后来，祝嵩楠邀请社团的朋友们来七星馆做客，其间发生了杀人事件；而同一时间，黄阳海偷了朋友的玩具积木，一个人在山上迷了路，最后被庄凯发现，囚禁在自己的房间；最后，杀人事件的幸存者——余馥生和秦言婷，带着黄阳海一起等待救援。

之后，文档出现了诡异的变化，余馥生突然写下了落款为"黄阳海"的复仇宣言，而且矛头直指许远文。

"毫无疑问，那是黄阳山写的。"白越隙说道，"因为那段话里提到'逃回老家'，说明写下那段话的时间晚于二〇一四年，很可能是二〇一五年许远文回到浙江之后。这段时间里，在许远文身边的、和黄阳海有关的人物，就只有黄阳山。他找机会窃取了U盘，在WORD文档里补上这段话作为警告。不管许远文有没有看到这段话，他都在不久之后坠楼身亡了。由此看来，手记里的血手印多半也是黄阳山留下的，同样是为了恐吓许远文。虽然黄阳山是临时工，但既然他和许远文的恩怨能追溯到那么久以前，那么从二〇一四年开始他就已经在设法接近许远文也是完全有可能的。许远文看到那个血手印，吓得寝食难安，最后逃回了福建，把手记藏在老房子里。他可能以为事情能就此结束，没想到黄阳山还是没有放过他。"

但白越隙的推测只能到此为止了。他看出许远文和黄阳山之间存在恩怨，但想不明白那是什么恩怨。囚禁他弟弟黄阳海的，明明是大学生庄凯才对。许远文只不过是建造了那栋七星馆，这又算什么罪孽呢？

而且，七星馆里的杀人案也没有一个完美的答案，尤其是最后发生的两起不可能犯罪，很难用"庄凯是凶手"来加以解释。

太混乱了。白越隙感觉自己就像一个失败的水管工，还没补好漏水的墙壁，身后又传来马桶堵住的噩耗。问题没有减少，反而变得越来越多。而谬尔德则是坐在水箱上跷着二郎腿看着他的那个人，不仅不来帮忙，还随时可能添点乱。

"你好像什么都知道的样子，是我错了，我不该总想着偷跑，也不该偷偷去网吧看文档。我后来放弃思考，用剩下的网费打dota2去了。你就告诉我吧，到底七星馆里发生了什么事？"

"哼哼。之前答应你的，不是解答七星馆的案件吧？"

"几个月我都干。问题我都列好了，你随便吩咐吧。"

他拿出准备好的纸条。之前的问题可以做出如下修正：

问题3：最后出现的房间、"宇航员"和一对男女，代表着什么？——"宇航员"和男女的身份已经揭晓，但他们当时究竟在哪里？黄阳海醒来时，另外两人又在做什么？

问题5：手记最后的血手印意味着什么？——已经得到解答，新的疑问是，黄阳山和许远文之间存在什么恩怨？

问题8：黄阳山、黄阳海和许远文之间有何关系？是黄阳山杀害了许远文吗？——前半句可以合并到问题5，后半句可以合并到问题6。

整理一下，加上新的疑问，最后总结起来就是：

1. 积木搭建的花园为什么会成真？
2. "黑洞"卡牌为什么会反复出现？
3. 最后出现的房间在哪里？黄阳海醒来时，另外两人又在做什么？

  4. "阿海"最后怎么样了？

  5. 黄阳山和许远文之间存在什么恩怨？

  6. 许远文为什么会在密室里坠楼？是黄阳山杀害了许远文吗？

  7. 许远文死前一周遇到的"幽灵"事件是怎么回事？

  8. 七星馆里发生的比拟杀人案件，其比拟的意义究竟是什么？

  9. 余馥生、庄凯和黄阳海都曾看到的紫光是什么？

  10. 如果杀害祝嵩楠和周倩的不是庄凯，那么奚以沫的推理错在哪儿？

  11. 庄凯是如何从密室里消失的？

  12. 被杀害的齐安民在没有脑袋的情况下奔跑，是怎么回事？

  13. 奚以沫是如何在那么高的地方上吊的？

  14. 为什么发生了这么大的连续杀人案，被害者中不乏权贵子弟，网上却完全查不到相关报道？

  15. 七星馆里的杀人凶手到底是谁？

  16. 七星馆最后真的消失了吗？

  "整整十六个谜团。之前我提出八个谜团的时候，你说你可以用一句话来解释，现在翻了一倍——"

  "我还是可以用一句话解释，而且是同一句话。"

  谬尔德语出惊人。

  "是吗？我不想像个笨蛋助手一样反复发出疑问，但我还是得问，真的吗？我不相信，什么话能有这么大的分量？"

"那是一句很简短的话。虽然很短,但是非常沉重,非常有分量。你最好严肃一点。"

一直玩世不恭的谬尔德,此时却不像是在开玩笑的样子。他坐正了身子,双手交叉撑在桌上,直勾勾地盯着白越隙。从这一刻起,他抛弃了平时挂在嘴边的各种玩笑话,变得极为认真和专注。

"伟大的法国数学家笛卡尔发明了平面直角坐标系,自那以后,人类就能够以两个数字,来确定平面上一个唯一的位置。这起事件也是一样,我们只需要两个关键词,就能够确定七星馆事件的全部真相。

"第一个关键词,就是七星馆的地点。许远文对媒体说,七星馆建在赵书同的故乡。赵书同则说,自己的故乡已经不存在于地图上。这句话显然不是指他的故乡消失了——既然强调了'地图上',就很容易联想到行政区划的变更。在他那坎坷的人生道路上,有太多地方在地图上发生了改变,然而我们还有很多推理的素材。他的家乡直到他三岁为止,也就是到一九四四年为止,都在遭受日军的轰炸。他在家乡修建的七星馆里,放满了纪念诸葛亮生平的各种物品——真的是这样吗?仔细想想,说到诸葛亮,我们最先想到的,除了'空城计'以外,不是应该还有三顾茅庐、赤壁之战、借东风、草船借箭等事迹吗?然而这些事迹在七星馆内一丁点也没有体现,不如说,七星馆里的诸葛亮,是'某个时期'以后的诸葛亮。赵书同非常注重养生,但他最喜欢的食物不是麻辣火锅吗?因为那是他家乡的食物,他没办法改掉年轻时的习惯。赵书同热爱着自己的家乡。"

赵书同是四川人。

一九三八年到一九四四年,日军对四川地区发动了持续不断的轰炸。

七星馆里描述的诸葛亮事迹，全都是刘备攻克益州，进入四川之后发生的。

重庆，在行政区划上经过多次变更，最后于一九九七年第三次脱离四川省，成为直辖市。

"赵书同大概是重庆人，但他又是个精神上的'四川人'，认为自己的家乡应该是整个四川省，所以才会在电话里说'我的故乡已经消失在地图上'这样的话。他自比诸葛亮，也是因为诸葛亮后半生都在四川，让他产生了一种归属感和认同感。修建七星馆时，他自然要选择四川作为修建地点。不能是在陕西的五丈原，因为诸葛亮就是在那里祈禳失败的，他当然不愿意重蹈覆辙。所以，七星馆就是建在四川省内的某个地点。

"明确了地点之后，第二个关键词就是时间。这其实也非常明显了，从各种只言片语中都能看出。首先是年份，'神舟五号'升空的二〇〇三年，黄阳海六岁，而他在写下手记时十岁左右。周正龙伪造华南虎照片的事件发生于二〇〇七年年底，当时是热点事件。彭宇扶老人的事情也发生在二〇〇七年，当时社会上的普遍论调还是'彭宇被老人讹诈'，如今又反转了。钟智宸唱的'去年的流行歌'，是花儿乐队于二〇〇七年发行的专辑歌曲《穷开心》。余馥生带来的小说《少年股神》，也是二〇〇七年出版的，作者是紫金陈。'史上最牛'这句话，是二〇〇七年的网络流行语。余馥生提到奥运圣火下周到自己家，奚以沫哼着北京奥运会的主题曲《北京欢迎你》，都说明这是在二〇〇八年奥运会开幕之前。好了，线索如此之多，还有什么可怀疑的呢？七星馆事件，就发生在二〇〇八年。

"至于日期，黄阳海在手记中明确写下，事情发生在劳动节之后的下一个周末；余馥生那边，钟智宸在第一天晚上的致辞里也说过，他们本打算在劳动节期间出来聚会，因为意外而推迟了一周。二〇〇八年五月一日是星期四，往后推一周的周五，就是五月九日，那个周末里发生了杀人事件，而余馥生的记录停止在那个周末之后的周一。五月十二日。"

二〇〇八年五月十二日。

汶川大地震。

那一天的下午十四点二十八分，里氏8.0级的大地震袭击了四川省，地震波环绕了地球整整六圈，波及大半个中国。五十万平方公里的土地遭受严重破坏，近七万人遇难，一万八千人失踪，伤者数以十万计。

那是人们永远无法忘记的一场灾难。

"他们是汶川大地震的遇难者……"

"没错。"

谬尔德压低声音，缓缓地诉说着，恍若宣读神谕的使者，生怕语气不够平稳，对万物之灵造成亵渎。

"七星馆在汶川大地震的受灾范围内。一切的谜团，都是那场浩劫的先兆与余波造成的。

"五月九日下午，黄阳海一时冲动，偷走了朋友的玩具积木，跑到了山上。他走了很长时间，自己也迷路了，幸运的是，这一路上他都没有撞见野兽。最后，他在荒野上坐下，开始拼积木。在他专注于积木的时候，这片土地之下也在暗流涌动。

"众所周知，地震是地壳释放能量所产生的振动，在人类历史上，每当特大地震即将到来之时，人们往往会发现一些预兆。预兆之一，就是地底的土壤受到挤压，形成隆起。二〇一五年四月，尼泊尔大地震发生前，日本北海道的海岸线就曾经被人目击到土地隆起。如果说这两个地方之间还相隔太远的话，一九七三年，四川炉霍也有人目击到地面出现高约二十厘米的鼓起，形如倒扣的铁锅，那之后当地便发生了7.6级大地震。黄阳海看到的，应该就是类似的东西，他把鼓起的地面想象成了积木的连接片。

"之后出现的黄色小溪也是类似的情况。地下水是最先感受到地震的地方，在地震之前，地下水很容易发生各种各样的异常。早在二〇〇八年三月，四川境内就有四个地下水观测点发现了水流异常情况，只是以当时的技术还没办法将这些变化和地震联系在一起——即使现在，预测地震也是做不到的。黄阳海当时所在的位置，多半是一条河流故道，只是因为地下水的异动而暂时干涸了。那天下午，他经过那里的时候，地下水又喷涌了一小段时间，形成了一条稍纵即逝的小溪。溪水是黄色的，是因为混杂了大量沙土。他拔掉积木的时候，喷出的脏水刚好流光，所以小溪又消失不见了。

"老鼠的问题就更好解释了，听觉灵敏的生物原本就有提前感知地震的能力，在地震来临之前，它们会大规模迁徙。二〇〇八年五月八日，四川省林业厅就发表过声明，说四川省绵竹市出现了成千上万的蟾蜍，把人行道、车行道都给占领了。黄阳海见到老鼠，也是出于同样的原因，它们正为即将到来的地震惶惶不安，自然也顾不上怕人了。"

"那，老鼠为什么会发出老牛一样的'哞哞'声呢？"

"我想那不是老鼠发出的声音，而是地下异常运动发出的响声，比如，地下水被抽走的声音。要知道，黄阳海当时还只是个孩子，而且是个想象力丰富的孩子，也是个刚刚偷了朋友的东西、精神上承受着巨大压力的孩子。更何况，那之后不久他就误食了毒蘑菇——这也是川渝一带山区里常见的植物——于是产生了幻觉，所以他事后回忆起这段经历的时候，难免会添油加醋。我们只能在这个前提下展开大致的推测。

"接下来是馒头。既然知道这里曾是一条河道，馒头的由来也很好理解了。那是原本顺着河道漂过来的垃圾，甚至有可能是真的馒头。他在手记里不是写过了吗？他的朋友家豪不喜欢吃馒头，经常在放学后想办法丢掉。黄阳海和家豪是走同一条路回家的朋友，在放学路上被孩子王暴打的时候，他又提到边上有一条小河。家豪很可能就是把不爱吃的馒头丢进了小河，最后顺流而下，流到黄阳海那天迷路的地方。

"后面的事情之前解释过了，他误食了毒蘑菇，眼前出现各种幻觉，像是家豪的人头、扩大的黑洞，应该都是幻觉。只有'黑洞'这张卡片不是幻觉，而是真实存在的东西。这和馒头出现的原理是相同的，黄阳海曾经为了求得孩子王原谅，把'黑洞'卡牌交给对方，结果被随手扔掉了。这件事也是在河边发生的，'黑洞'卡牌和馒头一样，顺流而下，在山上被黄阳海捡到了。这张卡也刺激了黄阳海的神经，导致他梦见自己被黑洞吸走。在现实中，他应该是如庄凯说的那样，失足从几米高的断崖边掉了下去。

"到这里，你提出的问题一和问题二，都可以解释清楚了。黄阳海在手记里见到的'积木花园'，是地震前各种异常现象的集合。在这里，我还可以顺便解答问题九：庄凯和黄阳海看到的紫光应该是同一道，庄凯顺着那道光找到了黄阳海；余馥生看到的则是另一道。那道光，我想应该是地震前偶尔会出现的'地光'现象。古今中外，经常有在地震前后目击到地光现象的报告，它有着各种各样的颜色和形态，持续时间也从几秒到几十秒不等。一九七五年的辽宁海城地震、一九七六年的河北唐山地震,在发生前后都出现了长短不一的彩色光带。对于这种现象的成因,目前还是众说纷纭,有人认为是空气中的电离物质导致的,也有人认为是空气摩擦生热,类似的说法还有很多。尽管科学暂时还没能给这些现象一个特别合理的解释,但大地如此神秘,谁也不能断言这些现象不会发生。总而言之,这道地光使庄凯发现了昏迷的黄阳海,将他背回七星馆。

"醒来之后,黄阳海见到的就是庄凯,那时候庄凯他们已经被困在七星馆里了,能吃的也只有罐头。那个'红红的、方方正正的东西''像积木一样的食物',就是被从罐头里取出来的午餐肉。黄阳海家显然并不富裕,连腌菜也很少吃,没见过罐头是有可能的,何况庄凯一开始似乎把肉直接从罐头里取出来给他了。他试图和庄凯说话,后者却一副听不懂的样子,那可能是真的听不懂——庄凯是外地人,而黄阳海说的是四川方言,他曾经在手记里写过自己的普通话说不好。

"那之后,他见到了齐安民的尸体。根据余馥生的记录,我们可以确定,齐安民被杀是在五月十二日的午后,当时正是地震开始的时候。黄阳海翻出小屋的时候,觉得'地面像一块大面团',这正是地震发生时泥地会有的特征,在地震力量的作用下,泥土间的抗剪力会大大降低,导致土壤发生液化现象,变得松软。他摔在松软的土地上,也许还被落下的砖石砸到了,最终失去了知觉。

"醒来时他见到的男女,自然就是余馥生和秦言婷。周围一片漆黑,是因为他们待在地震之后的废墟当中……他们当时可能已经被掩埋了。"

谬尔德难得地露出了同情的表情。

"他隐约看见白色的星星,那可能是缝隙里透进来的日光,当时或许是白天。身体以下的部分不见了,是因为被埋在废墟当中了。而根据余馥生和秦言婷都微笑着看着他,一言不发这件事看来,他们当时有可能已经遇难了——在遇难之前的最后时刻,两个人努力托举出一片空间,保护黄阳海的生命。"

白越隙想起余馥生写下的忏悔——绝不能再为了保全自己而退缩。在生命的最后时刻,为了拯救一个素不相识的孩子,他鼓起勇气,成了真正的英雄。

"后来黄阳海或许凭借自己的力量,把身体从废墟里抽了出来。但他还是被困在瓦砾之下,在这段时间里,他完成了剩下的手记。事到如今,已经没办法得知他最终有没有得救了,但从他的哥哥黄阳山对许远文的态度来看,他很有可能在废墟下去世了,毕竟七星馆的位置本来就很偏僻,救援不容易抵达,而黄阳海经过几天的折腾,身体也已经非常虚弱。这就是黄阳山写下的'罪孽'的由来。"

"许远文犯了什么罪?如果黄阳海是在地震中丧生的,为什么要怪罪许远文呢?"

"当然是因为七星馆。你还记得吗?七星馆是赵书同为了续命,下令许远文赶工建造的。为了加快速度,许远文不惜使用当时还不流行的拼装式结构来建造。仅仅一年时间,他就建成了整整七座馆。这里面当然有不少的水分——许远文是庸才,所以他为了争取时间,只能在建筑物的质量上打折扣。

"据说在汶川地震之后,有一大批混凝土专家奔赴四川,调查那些倒塌的楼房,结果发现了两件事:一、大部分建筑物的抗震标准是达标的;二、当年在技术限制下,抗震标准制定得偏低,很难发挥实际作用。因此,二〇〇八年之后的几年内,建筑物的抗震标准不断提高。然而七星馆作为房产大亨赵书同私自建造的奇异建筑，恐怕连建筑行业的相关法规都不符合吧。既然这种东西能被造出来，想必早已打通了关系。这就给了许远文为所欲为的机会。余馥生他们不是发现了一根空心的柱子吗？如果那不是有意制造的密道，就只能是许远文偷工减料的罪证了。

"勉强造出的七星馆，是用一堆劣质积木草草拼成的、摇摇欲坠的危房。如果它仅仅用来举行仪式，满足赵书同生命最后的疯狂欲求，倒还可以原谅。想必一开始许远文也是这么打算的，所以赵书同去世以后，他立刻打算把这项'豆腐渣工程'拆掉。然而，接连的投资失败导致他身价大跌，妻子患癌又加重了他的经济负担。为了凑钱给妻子治病，他做出了真正不可饶恕的行为：把不适合住人的七星馆，高价卖给了不明真相的祝家。

"结果，地震来临之际，七星馆轰然倒塌，速度之快，甚至来不及让余馥生、秦言婷和黄阳海逃出倒塌范围。这就是黄阳山痛恨许远文的原因。弟弟不明不白地在没听过的宅子里死去，为了调查真相，他花费了多年时间。他查到那座宅邸的名字叫七星馆，建造人是赵书同和许远文；为了追查许远文，他又跟到浙江，潜伏在许远文身边，最终用某种办法偷走了许远文藏在身边的手记。

"那份手记，还有 U 盘，当然都是许远文从七星馆的废墟里找到的。根据邱亚聪的说法，二〇〇八年的时候，许远文经常为投资的事情出差。汶川地震发生时，他很可能就在四川。不，既然他持有余馥生的 U 盘，那他二〇〇八年就一定身在四川，是汶川地震的亲历者之一。身为施工负责人，他立即想到了自己修建的七星馆。一想到那里面现在很可能住着人，而建筑倒塌之后，安全问题也都会暴露出来，他就如坐针毡。他利用自己的人脉,第一时间跟随救援队来到七星馆,在废墟中看到了黄阳海的手记和余馥生的 U 盘。他担心那里面记载了七星馆的坍塌经过,于是趁乱把这两件东西偷走了。

"好在许远文最后还是没有被追究责任,我猜这可能是因为祝家的其他人也没能在地震中幸存下来。手记和 U 盘后来被许远文带回浙江,最后被黄阳山窃走。黄阳山把两份记录结合起来,弄清了一切真相,也被弟弟最后给自己的留言所打动。弟弟直到最后还在等待自己的原谅,自己却来迟了整整六年。那一刻,他下定决心,要为弟弟复仇。这就是对问题三、问题四和问题五的解答。"

"但是,许远文是在密室里坠楼的,当时没有人可以上楼,许远文从四楼坠落,黄阳山则在三楼。他是如何杀害许远文的呢?"

"我想他当时还没有准备动手杀害许远文——虽然他确实希望向许远文复仇,但还没有下定杀人的决心。所以,他先是用各种方式恐吓许远文。他先在弟弟的手记里制作血手印,这一招直接把许远文吓回了福建。等他重新返回浙江时,他又在余馥生的记录结尾加上了一段警告。这些事件让许远文心神不宁。最后,他决定以许远文最害怕的事情吓唬他,就是地震。

"你听说过'震楼器'吗?那是一种经过改装的振动马达,安在天花板上,启动后,机器内部的马达就会带动敲击锤快速撞击天花板,从而使上一层的住户听到噪声,产生震感。从二〇一五年开始,网络上就出现了许多以贩卖'震楼器'为生的店家,买家多用来解决邻里矛盾。当然了,这种东西只能制造更大的矛盾。可惜网络世界就是新时代最大的教唆犯,放大了太多人心中的戾气。直到今天,'震楼器'依然是热销商品,在百度上很容易就能找到。

"黄阳山自己是建筑工人,本来就有接触振动马达的机会,他从中受到启发,自己改装了一台类似的装置。那天中午,他确定许远文上楼休息之后,就在楼下的房间里安装了自制的机器,启动。你遇到的那位KTV员工说,他那天戴着耳机在听歌,对吧?所以他没有注意到机器启动产生的异响。但许远文就不一样了,正在闭目养神的他被突如其来的震动和噪声吓醒。身为汶川地震的亲历者,自己又盖过因地震倒塌的房屋,许远文当时一定是万分惊恐的。他有很严重的心理阴影,对自己盖的房子无法信任。往楼下逃跑吗?但他身在四楼,根本来不及逃出去。警方事后不是发现,现场有一段大跨步的脚印通向窗台吗?那不仅说明许远文的目的性很明确,还说明他当时非常着急,动作非常快。在糊涂之中,他选择了最糟的做法,从四楼一跃而下。

"发现出事,黄阳山赶紧收起了马达。后来警方调查的过程中,很可能把马达当成了施工用品,没有深入追究。就这样,黄阳山杀害了许远文,完成了自己的复仇。这就是对问题六的解答,从某种意义上来说,许远文也是地震的受害者。"

"是吗?他只是为了逃命而已吧。在他的心中,真的忏悔过自己的所作所为吗?"

"我想多少是有的,证据就是那起'幽灵'事件。许远文坠楼发生在二〇一五年五月二十日,幽灵小孩潜入工地则发生在一周前的午后。我认为,那起事件就发生在五月十二日的午后,两点半左右。当时,在现场的只有许远文和黄阳山两个人,两个人都是汶川大地震的亲历者与幸存者。两个人都没有看到小孩潜入工地,说明他们当时都在做同一件事,一件会导致他们看不见周围情况的事情。"

"啊……"白越隙懂了,"他们在低头默哀。"

"是的,他们在为七年前的那场灾难中遭受痛苦的同胞们闭目默哀,而刚好就在那个时候,小孩子闯入了工地,没有被他们发现。这就是对问题七的解答。"

至此,发生在许远文与黄阳山之间的谜团,全都有了解答。

每一个解答,都和那场灾难有关。

"我算是明白了。"白越隙叹了一口气,"的确如你所说,一切都是因地震而起。但是七星馆的事件又是怎么回事呢?那些杀人案也是由地震引起的吗?"

"是的。就是地震引起的,或者说,如果不是因为地震,就不会发生七星馆里的杀人案。"

"怎么讲?"

"你的第八个问题是七星馆里的比拟杀人究竟有何意义,我的回答是没有意义。或者说,凶手并不是为了杀人而比拟,而是为了比拟而杀人。回想一下发现尸体那天早上的情形吧:最开始,林梦夕和祝嵩楠的尸体上是没有挂画的。直到他们吃午饭的时候,挂画才出现。也就是说,凶手是在尸体被发现以后,才偷窃挂画来进行比拟的。他为什么不在前一天晚上来做这些事,而非得等到大家都清醒的白天再出手偷画呢?因为前两具尸体并不是他布置的,或者说,他没有料到这两具尸体会以这种形式被人发现。

"回顾一下林梦夕的尸体状况吧。她被平放在地上,四肢向四个方向舒展,周围被摆了一圈木板。根据齐安民的说法,那些木板本来就是前一天堆放在屋后的。事实上,根据余馥生画下的图片,那些木板摆放得歪歪扭扭,甚至不像个圆。如果没有后来加上的'八阵图'挂画,他们未必能把那个现场和'八阵图'联系起来。第二个死去的祝嵩楠,也只是单纯被烧死,和'七擒孟获'关系不大。反观凶手后来的比拟,不管是'空城计'还是'扮鬼割麦',都是非常逼真形象的,唯独前两起案件如此草率。那是因为这两起案件中的比拟并不是凶手有意布置的。

"在所有人中,最早死亡的林梦夕和祝嵩楠,这两个人的死因都非常像意外。那是因为,这两件事都真的是意外。那天晚上,林梦夕在酒桌上失言了,这让祝嵩楠想起了自己姐姐的事情。他对林梦夕产生了怀疑,所以在散场后找到林梦夕,逼问她当年的真相是什么。林梦夕是个脆弱的人,在逼问之下坦白了自己的罪孽。失去理智的祝嵩楠,在冲动之下将她推倒,撞到了头,失手将她杀害了。慌乱之际,祝嵩楠想起屋后的木头堆,想到利用木头堆来隐藏尸体。他把林梦夕的尸体拖到屋后,再把木板一片一片叠在尸体上,直到大致看不出尸体的存在为止。

"但是,当天晚上,和黄阳海遭遇的情况一致——七星馆附近的地下,也发生了地面隆起的现象。恰好就是林梦夕所在的地面,因为地下土块的挤压而隆起,将林梦夕的尸体向上顶起。于是,好不容易叠起来的木板被顶歪了,最终纷纷滑落到地面上。因为地面是拱起的,滑落的木板也会围绕着拱起的圆形散落,拼成类似圆形的形状;而林梦夕的尸体也因此变成四肢朝四个方向舒展的模样。第二天早上,隆起的地面已经恢复原状,呈现在人们眼前的就只有尸体和那些木板了。

"再说祝嵩楠的情况。他第一次失手杀人,虽然暂时冷静下来处理掉了尸体,内心终究无法平静下来,最终到了失去理智、决定开车逃跑的地步。不擅长认路的他,确认自己走的这条路不会经过水池以后,就发动面包车直冲下山。不幸的是,那天晚上又发生了一起意外。秦言婷曾经说过，那片水池是连着地下水的。在地底运动的作用下，那天晚上，水池也和黄阳海遇到的小溪一样，暂时干涸了！祝嵩楠看到地面上没有水，而馆之间的构造又和对称的另一头相似——正如钟智宸的推理——于是他错以为自己走的是下山的路。他一心逃跑，毫不犹豫地加大油门，结果车毁人亡。

"第二天早上，所有人都发现了这两具尸体。但有一个人的心情和其他人不一样。他看见林梦夕的尸体，立刻知道这不是凶手摆放的，于是才会偷走挂画，摆到林梦夕的尸体上，让人们联想到'八阵图'。他为什么知道林梦夕的尸体不是凶手刻意摆放的？因为他就是处理林梦夕尸体的人，或者说，处理林梦夕尸体的人之一。祝嵩楠不是一个人去逼问林梦夕的，他还带了一个自己信得过的人，失手杀害林梦夕之后，也是两个人一起处理的尸体。但事后祝嵩楠实在太害怕，还是丢下同伴，开车逃走了，结果遭遇不测。看到这一幕，这名同伴不知道林梦夕的尸体为什么会变成这样，也不知道祝嵩楠为什么会走错下山的路，但他却从两具尸体的状况中，联想到了前一天见到的挂画——这是上天的旨意！两个人的死状，在冥冥之中变成了与诸葛亮经历过的事迹相同的状态。在他看来，这一定是祝嵩楠为姐姐报仇的决心，感动了栖息在七星馆里的神灵。于是，他决定继续完成这个比拟，用剩下的挂画里的故事，来谋杀祝嵩楠的另外两个仇人：钟智宸和周倩。

"奚以沫的推理也是在这里出了错。他认定祝嵩楠是被一个不知道水池可以充当路标的人杀害的，便把嫌疑锁定在庄凯和秦言婷之间，却不知道祝嵩楠是意外死亡的。这就是对问题八和问题十的解答。"

"那么他这个同伴是谁呢？"

"只能确定，他是一个祝嵩楠信任的人，但仅凭余馥生的手记，没办法确定谁和祝嵩楠最亲近。我们暂时就称他为凶手吧。只要回答了剩下的问题，他的身份就呼之欲出了。

"问题十一：庄凯是如何从密室里消失的？问题十二：被杀害的齐安民在没有脑袋的情况下奔跑，是怎么回事？问题十三：奚以沫是如何在那么高的地方上吊的？这三件事都发生在五月十二日下午，也就是地震发生的时候。那时，余馥生被人撞了脑袋，几乎快昏过去，硬撑着见证了接下来发生的诡异现象。对，那个时候地震已经开始了，但是意识模糊的余馥生没有很好地理解这一点。他早就说过自己是个对震动感觉迟钝的人，在发现齐安民尸体的那段时间里，他也说自己身体在不由自主地颤抖——那都是因为地震已经开始了。当然，最后被埋在废墟下的时候，他一定已经明白过来了。他应该写下了明确指出七星馆已经倒塌的字句，但是被心里有鬼的许远文删除了，所以黄阳山才会说：'你以为你删掉自己犯下的罪行，就能高枕无忧了吗？'

"我先解释最简单的问题十三。奚以沫被杀，对凶手来说一定是个意外，因为他已经把所有的挂画都放在了周倩被杀的现场，说明他本来就打算在杀死周倩之后收手。但是，奚以沫却看穿了他的身份。从余馥生的记录里不难看出，奚以沫并不是那种通常意义上的好人，他做事随性，不考虑别人的看法，喜欢挑衅他人。"

"说得对。"

白越隙意味深长地看着谬尔德。

"虽然只是我的猜测，但我想，奚以沫其实没有那么笨，他应该早就推理出真相了吧！他不是在钟智宸被杀的时候就已经指出,凶手犯下前两起案件是没有计划性的吗?我想,他就算没有看出祝嵩楠之死是意外,也应该意识到所有案件并非同一个凶手所为。但他还是利用祝嵩楠案的线索将庄凯推理成了凶手。这或许是因为他和庄凯有什么私仇,又或许是单纯为了好玩……总之,他没有揭发真正的凶手。在庄凯被关起来之后,他很可能主动找到真凶,对他说了什么话——是勒索,还是挑衅?事到如今已经没办法知道了。只是他没想到凶手会如此凶悍,直接冒着被发现的巨大风险,当场杀死了他。

"杀完奚以沫之后,凶手陷入焦虑。好不容易在机缘巧合之下让庄凯当了替罪羊,事到如今,必须让奚以沫的死有个理由。于是,他简单写下一封遗书,让人们以为奚以沫是真正的凶手,在玩腻了之后自己上吊自杀。

"没错,奚以沫是被伪装成上吊自杀的,而且地点应该就在余馥生发现假遗书的窗户边。只有遗书没有尸体,这本来就很奇怪。原本奚以沫的尸体是被凶手吊在窗边的,但地震开始之后,七星馆发生了剧烈的晃动,吊在窗口的奚以沫随着绳子晃动开始左右摇摆,摇摆的幅度越来越大,越来越大……最终,绳子断开,奚以沫的尸体被从窗口甩了出去,挂在另一座馆的屋顶上,看上去就像从烟囱上吊下来似的。这就是对问题十三的解答。

"但这就揭示了另一个事实。奚以沫死的时候,舌头吐出,而且被咬破了,这是为什么呢?真正上吊自杀的人嘴里是不会出血的,电视剧那样拍,往往是为了增加视觉冲击力。奚以沫是自己咬破舌头的,这算是他在被杀之前留下的死亡讯息吧!他把满嘴血沫喷到凶手身上,留下无法掩饰的罪证,从而指认凶手。

"换言之,沾到奚以沫血液的人就是凶手,而奚以沫的血液是从余馥生发现遗书的楼道开始出现的。沿着血迹追踪,就能找到凶手——是的，死在血迹尽头的齐安民，就是杀死钟智宸、周倩和奚以沫的凶手。

"回头看看，其实能发现非常多的提示。为什么齐安民的外号是'大哥'？仅仅是因为他看上去很老成吗？但他的年龄明明是所有人中第二小的，仅仅比祝嵩楠大；而且，从头到尾，管齐安民叫'大哥'的，除了余馥生，就只有祝嵩楠。海谷诗社的老成员，没有人叫齐安民'大哥'。余馥生可能是跟着祝嵩楠叫的，那么祝嵩楠呢？这两人可能早就认识了。

"早在第一天介绍七星馆三层有煤炉的时候，祝嵩楠就提到，齐安民可以去那里吸烟，但齐安民第一次吸烟是在钟智宸死后，也就是他第一次亲手杀人之后——在那之前，社团里的其他人都不知道齐安民抽烟。钟智宸他们晒木头的事情，齐安民自称是吃晚饭的时候祝嵩楠说出来的，但他明明比余馥生更早退出晚宴，如果余馥生不知道这件事，齐安民又怎么能知道？说明他其实是在和祝嵩楠一起埋林梦夕的尸体时，才听说这件事的。齐安民和祝嵩楠，这两个人很早就是朋友，甚至可能连祝嵩楠的姐姐祝佳侣也是齐安民的朋友，或者某种更为亲密的关系。齐安民杀害钟智宸和周倩，都是为了祝家兄妹。

"回过头来看，整起案件确实可以说是因地震而生。想起姐姐遭遇的祝嵩楠，叫上齐安民帮忙，两人一起从林梦夕口中问出了当年的真相，之后祝嵩楠或齐安民中的一个人在冲动之下杀害了林梦夕。从祝嵩楠事后独自逃跑的情况来看，动手的应该是祝嵩楠。随后，两人一起隐藏了尸体。当晚，祝嵩楠因为搞错方向而在逃跑过程中坠崖，林梦夕的尸体也意外显露了出来——这都是由地震前的异常现象所引起。

"目睹这一切的齐安民，受到了巨大的震撼。从他的视角来看,自己和祝嵩楠一起埋好的尸体,如今不知为何又冒了出来,像某种仪式一样被木头环绕在周围;而祝嵩楠疑似驱车自杀,尸体又刚好让人联想到'七擒孟获'的故事。齐安民把这一切当成了上天的安排。他立刻产生了帮助祝家兄妹杀死剩下两人的想法,于是偷取挂画,让大家把死去的人和诸葛亮的典故联系到一起。

"但是,真正有计划地犯下谋杀罪行,是需要很大的勇气的,所以他犹豫了整整一天。如今,我们无法知道他究竟经过了怎样的心理斗争,但总之,五月十一日,他终于动手,杀害了钟智宸,再用琴弦诡计布置现场。他可能打算晚些时候再找机会杀害周倩,没想到她立刻坦白了当年的罪行,打了齐安民一个措手不及。他不得不在周倩被保护起来之前抢着下手,再用煤灰草率地进行'扮鬼'的比拟。那次作案留下了许多破绽,差点被奚以沫将死,所幸他的推理最终走上了岔路——这也是因为他忽略了地震前地下水的变化。

"杀完周倩,齐安民的行动就到此为止了。他当初偷走所有挂画,只是不想让人一眼就看出他打算杀几个人而已。可没想到奚以沫还是看穿了真相,他只好多杀一人,没想到被余馥生撞见现场,逼得他仓皇出逃。"

"可是,齐安民也被人砍掉了脑袋啊。"

"那是整件事情里最不可思议的一部分。齐安民刚刚布置好奚以沫的尸体,余馥生就上楼了,情急之下他撞开余馥生,不顾一切地逃出天权馆。当然,也可能是因为他察觉到了地震,正在逃命。然而,前面早就说过,七星馆本身就是用各种零件拼成的、积木一样的危房。许远文用半年多的时间生产零件,直到被赵书同催促之后,才匆忙进行后面的装配工作。所以,在地震的摧残之下，这些零件的连接处很快就发生了崩塌，但零件本身倒是不那么容易坏掉。于是，它们会一块一块地掉落下来。

"最先崩塌的就是烟囱。天权馆的烟囱，恰好是在大门正上方的位置。那根烟囱与馆的连接处发生了松动，于是，烟囱在空中划过一道半圆——"

白越隙想起了黄阳海的手记：上课时举起的手，就像一把铡刀……

"烟囱长约五米，三层楼是六米多高吧，两者相减，差不多就到一个人脖子的高度。齐安民刚刚逃出馆门，没有防备，被烟囱顶部那块薄薄的挡风板切中了脖子。"

"他就这样不明不白地死去了。但是，更离奇的事情还在后面。就在烟囱倒下的同一时间，天权馆内部也发生了异变。余馥生的记录里也写过，馆内的天花板是连成一片、没有缝隙的——所以在地震发生之后，天花板和地板并没有马上开裂。但是，它们当初毕竟是匆匆拼装起来的，地板和墙壁之间的连接处，强度就要弱得多了。所以，天权馆发生了非常罕见的现象，主展厅的天花板竟然整块掉下来了！

"虽然展厅里有承重柱，但估计和另一边的空心柱子差不多，都是劣质材料，这会儿大概都直接倒塌了。于是，天花板畅通无阻地坠落下来。此时，墙壁和天花板各自保持完整，仅仅是天花板自己在往下掉。三层为了在燃烧煤炭的时候更加安全，气密性做得很好，而二层的主展厅也为了保护展品而没有开窗。这就导致，三层的通风室、二层的展厅、两者之间的地板，它们组成了一个整体。在地板瞬间坠落的过程中，这个整体就像抽血时使用的针筒一样，内部空间突然增大，而气体总量却没有发生变化。也就是说，在内部，瞬间形成了一个低气压环境。"

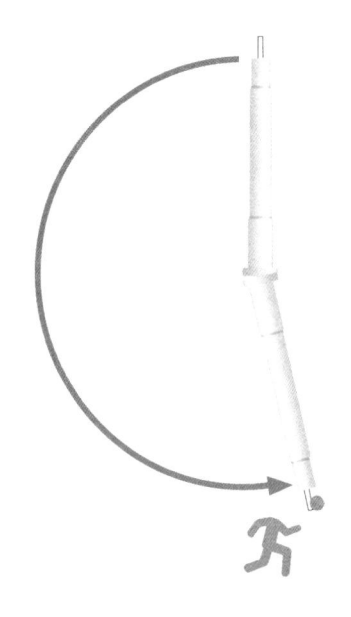

图十 斩首的真相

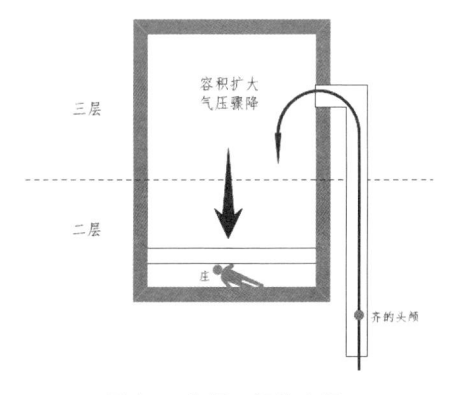

图十一 头颅飞行的真相

白越隙想起邱亚聪开过的"低压救护车"。

"而这个整体内唯一和外界相连通的部分，就是刚刚转了九十度的那根烟囱。为了平衡气压，那根烟囱口在瞬间产生了吸力。人类的头颅质量大约是五千克，假设烟囱口的横截面积在九百平方厘米吧，那么只需要在一瞬间产生大于五百六十帕斯卡的压强差，就足以将人头吸进烟囱里。这并不困难，大约就是给轮胎充气的程度。

"齐安民的头颅被吸进烟囱里，顺着烟囱掉进室内。这个时候，因为天花板崩塌，二层和三层之间已经没有界限了，所以头颅直接跟着天花板一起掉在了二层。因为三层的各种设备都是固定在墙壁上的，不会跟着天花板坠落，所以余馥生打开门的时候，在混乱中没有察觉到变化。他一开始打不开门，是因为掉下来的天花板比原本的地板略高，卡住了门；用力之后就能撞开门，则是因为地震使得门的连接处变得不牢固了。"

"那么庄凯……"

"他被沉重的铁链缠住，根本没办法逃生，可能当场就被天花板压住遇难了吧。这或许是他做出变态行为的报应，虽然罪不至死……"

"余馥生看见展厅里流出一摊血，那是庄凯的血吗？"

"正是。他的血流出门外，和奚以沫临死前喷出的血混在了一起。所以余馥生以为齐安民是在展厅内被砍头，然后身体流着血跑了出去；而真相是反过来的，先是杀人之后沾到血的齐安民跑出去，然后才被斩断头颅，头被吸回馆内。他们最终还是没能逃出七星馆。这就是对问题十一、十二和十三的解答。"

"我都明白了。问题十四的解答我也知道了，之所以这起大案没有被任何媒体报道，也是因为地震的影响吧？他们被当成了一般的死难者。"

"是的。失去行踪的朱小珠,最后很可能也在地震中罹难了。接着,许远文夺走余馥生的U盘,案件的经过便再也不为人知晓。

"至于问题十五和十六,我也都告诉你答案了——凶手就是齐安民,而七星馆,也确实在大地震中,从这个世界上消失了。"

谬尔德长长地,吐出一口气。

1. 积木搭建的花园为什么会成真?——因为地震前发生的异象。

2. "黑洞"卡牌为什么会反复出现?——因为地震前地下水的异常变化。

3. 最后出现的房间在哪里?黄阳海醒来时,另外两人又在做什么?——房间是地震形成的废墟,另外两人在地震中保护了黄阳海。

4. "阿海"最后怎么样了?——在地震中不幸遇难了。

5. 黄阳山和许远文之间存在什么恩怨?——许远文建造的劣质房屋,间接导致黄阳山的弟弟在地震中遇难。

6. 许远文为什么会在密室里坠楼?是黄阳山杀害了许远文吗?——许远文因为地震留下的心理创伤,被黄阳山意外杀害。

7. 许远文死前一周遇到的"幽灵"事件是怎么回事?——因为值班的两人正为地震默哀。

8. 七星馆里发生的比拟杀人案件,其比拟的意义究竟是什么?——地震前的变化导致两具尸体呈现出异常的模样,刺激了凶手进行比拟。

9. 余馥生、庄凯和黄阳海都曾看到的紫光是什么？——是地震前的地光现象。

10. 如果杀害祝嵩楠和周倩的不是庄凯，那么奚以沫的推理错在哪？——他忽略了地震前地下水的变化。

11. 庄凯是如何从密室里消失的？——因为地震而遇难。

12. 被杀害的齐安民在没有脑袋的情况下奔跑，是怎么回事？——因为地震形成了密室。

13. 奚以沫是如何在那么高的地方上吊的？——因为被地震晃出馆内。

14. 为什么发生了这么大的连续杀人案，被害者中不乏权贵子弟，网上却完全查不到相关报道？——因为他们被当成了地震中的死难者。

15. 七星馆里的杀人凶手到底是谁？——齐安民和祝嵩楠因为地震前的异常现象而坚定了杀意，最终却又分别死于地震引起的灾祸。

16. 七星馆最后真的消失了吗？——是的，它在地震中消失了。

所有的问题，都是起源自同一句话。

所有的问题，至此都得到了解答。

"古时候的人们对大自然有着极大的敬畏之情，他们会将自然界的各种事物视为神明的寄托加以崇拜。《三国演义》里，曹操就是因为试图砍伐百年神木给自己的宫殿做梁，触怒神明，才染上头痛，直至身死。如今的人类上天入地，古代那些神明都做不到的事情，对我们来说也已经是易如反掌。但在天地之外，又有什么东西存在呢？"

赵书同为了对抗天命，而建起七星馆。

最终，这场疯狂的梦想，却在上天的震怒之中轰然倒塌。

良久，两人沉默地对坐着，仿佛在对那些于天灾中逝去的生命致以哀悼。

尾声 花园积木

十二月到了，新冠肺炎疫情还是没有结束。

白越隙戴着新买的 N95 口罩，走在去超市买拖把的路上。

今年冬天格外冷。穿过寂静的公园，路上已经见不到什么行人了。南方小城的冬天虽然没有雪花与枯木，却依然能让人感受到一股灰色的气息。生命在任何地方，都必须面对周而复始的更替。

他裹紧了自己的大衣。十一个月以前，他也曾经像这样裹紧大衣、戴着口罩，走在冰冷的公园小径上。那时，澳大利亚燃烧着熊熊大火，东非遍地飞蝗，菲律宾火山爆发，南极洲的气温突破了二十摄氏度，长江白鲟被宣布灭绝，新冠肺炎疫情正在肆虐。

现在，新冠肺炎疫情依然肆虐，情况似乎并不比当时好多少，但在这不比当时好多少的情况之下，人类也还在一步步向前迈进。

白越隙最终没有把整个故事写下来。他不得不选择面对近在咫尺的考试。复习备考的日子里，他时常想起赵书同，这位他未曾谋面的老人。

十七年前，这位老人也和今人一样，面对着看似永远不会过去的疫情。

他只有一个念头：活下去。

人类在无法抗拒的天灾面前，能做的，似乎也只有活下去。

活下去，坚持下去，传承下去。然后，在废墟之上，也许就还会诞生什么东西——那就像在破败的花园里，从堆积的腐料之上，逐渐萌发的树苗。

他并不觉得赵书同是疯狂的梦想家。这位老人的一生，就是对"活下去"最好的诠释。在他所走过的岁月里，有各种各样的黑暗。但黑暗是相对于光明的概念，有黑暗，也就有光明；每一段黑暗结束的时候，都是崭新的光明开始的时候。

白越隙又想起十二年前。那时，他还在读小学，对世间的剧变一无所知。撑过那一年的人们，将他托举给了未来。

那一年，人们经历了暴风雪与大地震。同样是那一年，北京奥运会圆满落幕，"神舟七号"飞向了太空。

为了纪念那一年的悲怆与喜悦，那一年的"感动中国"组委会，将二○○八年的"感动中国"年度人物，颁发给了战胜灾难的——全体中国人民。

后　记

　　二〇二〇年年底，本该像其他人一样全力为未来寻出路的我，突然被一个意外产生的想法打动了心弦。那是一个在当时看来天衣无缝的点子，稍加雕琢似乎就能变成一本推理小说。一边是等待已久的研究生考试，一边是两年一届的岛田奖，不管哪边都是无比诱人，而又颇有希望拿下（当时自以为）的挑战。最后的解决方式也很朴素：那就两边都冲一冲吧。三心二意，虽有落得两头空的可能，但要是从一开始就舍弃了一边，那也算是"一头空"了。更何况我性子急，一旦被一个想法缠绕住了，总是无法轻易甩掉它，还不如速战速决。"复旦和岛赏，总能上一个吧！"最后我这样想着，用两周多的时间完成了这本小说。

　　从结果上来看，确实是两头空了。不过，如果没有这次两头空，我大概就不会那么快走上社会，最后做起以写字为生的工作；同样，这本书大概也就没办法这么快出简体版，和大家见面了。失之东隅，收之桑榆，虽是随波逐流的借口，倒也有几分快慰。

　　作为推理小说读者的时候，我十分喜欢那种在小说结尾"一击制胜"的快感；但以"一击"来承载十余万字，并不容易。只有一个谜团的推理小说，可能会被人诟病"太单调"。但布置多个谜团的推理小说，如果每个谜团都使用全新的一套理论来解释，又会显得过于繁杂。用一个切入点，同时解答多处疑惑，就像在《水果忍者》里一刀挥出了五连击。这样的爽快感，每每使我拍案。出于这种对"同一性"的追求，我才找到那个切入点，尝试将诡计、逻辑、凶手身份、动机等内容收束在这一点，然后一次性爆破。

当然，选择这个切入点的时候，我也清楚这样宏大的题材并非我所能驾驭，所以只能一面缩小着眼点，一面尽力表现那些我想要传达给读者的个人感受。发生在本土的社会事件，从某种意义上来说，应该更能引起国内读者的情感共鸣；对我个人而言，更是希望能有一个机会，将自己曾经产生过的感触记录下来。不管是二十年前、十年前，还是现在发生的那几场灾难，我们都是它们的见证者。二〇二〇年也是多灾多厄的一年，但是在大自然面前，人类应该有能够坚守住的东西——这大概是我那时最想传达给读者的信息吧。

至于成书效果如何，就并非我所能预计的了；只能说，作为人生第一部长篇处女作，我自认为算是交出了一张自己能接受的答卷。如今有幸出版，若是还能收获一些来自读者的批评与建议，就更是感激不尽了。

最后，想特别感谢一下我的好友凌小灵，接受了我无理的共同投稿邀请，为我按时完稿提供了动力，也提出了许多宝贵的修改建议；特别要祝贺他的《随机死亡》斩获了那年的岛赏特优奖。感谢我的好友王奥，在构想形成之初便热心与我探讨，同样提出了许多宝贵的修改建议。感谢为此书出版付出诸多努力的编辑老师们。以及，感谢读到这里、给予本书支持的读者朋友们。

从初中时代开始便向往的小说写作，在快十年后终于开花结果，今后也敢大着胆子，说自己算得上半个小说家了，这实在叫人激动。也希望二十二岁的这本作品,能够成为属于我的一个原点。前路漫漫,今后也当戒骄戒躁,继续耕耘。

期待还能以更好的姿态与大家再会。

白月系
二〇二一年十月十五日

图书在版编目（CIP）数据

积木花园 / 白月系著 . -- 北京：新星出版社，2022.8
ISBN 978-7-5133-4912-3

Ⅰ . ①积… Ⅱ . ①白… Ⅲ . ①推理小说 - 中国 - 当代 Ⅳ . ① I247.5

中国版本图书馆 CIP 数据核字（2022）第 073094 号

午夜文库
谢刚 主持

积木花园

白月系 著

责任编辑：王　萌
责任校对：刘　义
责任印制：李珊珊
封面绘图：KEN
装帧设计：Caramel

出版发行：新星出版社
出 版 人：马汝军
社　　址：北京市西城区车公庄大街丙3号楼　　100044
网　　址：www.newstarpress.com
电　　话：010-88310888
传　　真：010-65270449
法律顾问：北京市岳成律师事务所

读者服务：010-88310811　　service@newstarpress.com
邮购地址：北京市西城区车公庄大街丙 3 号楼　　100044

印　　刷：北京九天鸿程印刷有限责任公司
开　　本：910mm×1230mm　　1/32
印　　张：8.25
字　　数：138千字
版　　次：2022年8月第一版　　2022年8月第一次印刷
书　　号：ISBN 978-7-5133-4912-3
定　　价：48.00元

版权专有，侵权必究；如有质量问题，请与印刷厂联系调换。